辛弃疾集

名家精注精评本

刘乃昌 编选

凤凰出版社

图书在版编目（CIP）数据

辛弃疾集 / 刘乃昌编选. -- 南京 : 凤凰出版社，2014.10 （2024.10重印）
（名家精注精评本）
ISBN 978-7-5506-1983-8

Ⅰ. ①辛… Ⅱ. ①刘… Ⅲ. ①辛弃疾（1140～1207）—宋词—诗歌欣赏 Ⅳ. ①I207.23

中国版本图书馆CIP数据核字(2014)第160673号

书　　名	辛弃疾集
编　　选	刘乃昌
责任编辑	林日波
封面设计	徐　慧
责任监制	程明娇
出版发行	凤凰出版社(原江苏古籍出版社) 发行部电话025-83223462
出版社地址	江苏省南京市中央路165号，邮编:210009
照　　排	南京凯建文化发展有限公司
印　　刷	唐山楠萍印务有限公司 河北省唐山市芦台经济开发区场部
开　　本	787毫米×1092毫米　1/32
印　　张	10
字　　数	207千字
版　　次	2014年10月第1版
印　　次	2024年10月第5次印刷
标准书号	ISBN 978-7-5506-1983-8
定　　价	89.00元

(本书凡印装错误可向承印厂调换，电话:022-69381996)

目 录

诗 选

文 选

前　言

辛弃疾是南宋时代一位英气勃勃的爱国志士，是中国文学史上爱国词人的杰出代表。他用词这种独特的艺术形式，抒发了当时社会人群普遍关心的抗战救亡的重大问题，表达了不甘忍受民族压迫的爱国情操，以及反击侵扰、统一中原的强烈愿望，把词的创作推向了一个新的艺术高峰。“言语妙天下，名德冠朝绅。”（韩玉《东浦词·水调歌头》）宋人称赞辛弃疾的这两句诗，可以说概括了他言行道德文章等方面的杰出成就。以下对其生平、思想和创作略予评介。

一、爱国志士的一生

我国历史上杰出的爱国词人辛弃疾，生活于公元十二世纪四十年代至十三世纪初期，正当南宋中叶，这是一个民族矛盾十分尖锐、中原人民的抗金要求不断高涨的时代。

靖康巨变造成了北宋覆灭，赵构在临安建立起仅仅占有东南半壁江山的偏安政权，整个淮河以北地区为金军占领，形成了南北对峙的局面。金贵族统治者在北方推行一系列的种族歧视政策，使中原人民生活于水深火热之中。他们对南方则采取和、战两手交替进攻：一面多次发动南侵战争，直接掠夺残害江南人民；一面以讲和为条件，胁迫南宋称臣纳贡。南宋政权虚弱无能，因循苟安，不断加紧榨取东南人民的膏血，来满足自身的享受和换取暂时的和平，东南地区的人民因此沦入痛苦的深渊。在这样灾难深重的时代，始终贯穿着民族压迫者加紧其掠夺压迫同广大人民反对民族压迫的斗争，贯穿着宋廷内部主和派同主战派的斗争。而如何摆脱金贵族的奴役压迫，统一中原大地，则是当时最为突出的时代课题，辛弃疾就是扎扎实实地根植于多灾多难的时代土壤，用词这种艺术形式，引领高唱时代主题，从而赢得了很高声誉的伟大歌手。

青年时代起义南归(1岁至23岁)　辛弃疾字幼安，号稼轩居士，济南历城人，宋高宗绍兴十年(1140)农历五月十一日(公历5月28日)，出生于金人占领区的历城四风闸。这时宋室南渡已十三年，就在这一年，金都元帅宗弼曾率兵四路大举南侵，东京副留守刘锜指挥王彦旧部奋起抵抗，赢得顺昌大捷；抗金名将岳飞在河南郾城大败金兵，一直把敌人追到汴京附近的朱仙镇。可是这振奋人心的胜利进军，却因主降派头子赵构、秦桧的破坏而功败垂成。辛弃疾就诞生于这风雷激荡的时代。

辛弃疾的家世虽不显贵，但"受廛济南，代膺阃寄"，先代袭封过中下级外任军职。其父辛文郁事迹无考。祖父辛赞在中原沦陷时，因族众牵累，未能脱身，曾接受过金人县令、知府一类职官。但据辛弃疾说，他并未忘怀故国，常常"登高望远，指画山河，思投衅而起"(《进美芹十论札子》)。辛弃疾幼年从学于亳州刘瞻，刘瞻能诗，在金朝做过史馆编修，对辛弃疾的文学修养可能有所帮助。辛弃疾曾两次抵达燕山，"谛观形势"，察视北方山河，探听金军虚实，为后来起事做了准备。辛弃疾的岳父范邦彦，也是在完颜亮南侵时起兵反正、投向南宋的有志之士。

绍兴三十一年(1161),金主完颜亮一手破坏了南宋勉强维持了二十年的表面和平局面,征发番汉兵四十万,亲自督师大举南侵,前锋抵达长江。金军后方的人民“屯聚蜂起”,纷纷反抗。济南农民耿京“怨金人征赋之骚扰,不能聊生”(《三朝北盟会编》卷二四九),遂聚众起事,自号“天平军(郓州)节度使,节制山东、河北忠义军马”,部属很快发展到几十万人,声势浩大,威震一时。二十二岁的辛弃疾这时也聚众两千,举起了抗金义旗,随后率部加入耿京军,被任为掌书记。曾与辛弃疾相识的济南僧人义端,在聚众千人起事后,经辛弃疾动员,归属了耿京。不料这个投机分子却于一晚窃印潜逃,耿京盛怒之下要杀辛弃疾,辛弃疾要求限期三天,让他亲自追捕义端,绳以重刑。果然,义端在逃往金营的路上被辛弃疾追杀,从此辛弃疾更受耿京的器重。

完颜亮孤注一掷地发动南侵战争,激化了金朝的内部矛盾。十月,金人后方发生政变,辽阳留守完颜雍自立称帝,前方军心动摇,完颜亮狂暴地强令所部渡江,大败于采石,接着为部下所杀,金军北退。为了使义军取得官军的支持,以便有效地打击敌人,辛弃疾劝耿京“决策南向”(《宋史》本传),同南宋政府取得联系,耿京派贾瑞、辛弃疾等奉表谒见赵构。绍兴三十二年正月,正在建康劳军的赵构,接见了辛弃疾一行,正式对耿京、贾瑞、辛弃疾等委任官职,并派朝臣同贾瑞、辛弃疾等北上传达旨意。不料在金人重申和议和推行诱降政策的影响下,义军中出了叛徒:张安国伙同邵进杀死耿京,投降金人,被任为济州知州。辛弃疾行至海州,毅然约统制王世隆、忠义人马全福,率骑兵五十突袭济州,把张安国缚置马上，连夜押回建康，斩首示众。辛弃疾的英勇行为盛传一时。洪迈在《稼轩记》中赞叹他“齐虏巧负国，赤手领五十骑，缚取于五万众中”，“壮声英概，懦士为之兴起”。后来辛弃疾回忆这次战斗，写了一首传诵人口的《鹧鸪天》：

壮岁旌旗拥万夫，锦襜突骑渡江初。燕兵夜娖银胡𩨆，汉箭朝飞金仆姑。

上片寥寥四句，就把出其不意突袭敌营的迅猛声势和其年轻有为的英勇气概生动地展现在读者眼前。辛弃疾少时曾有人称许他“他日当以词名家”（陈模《怀古录》），足见其词才早有显露，可惜早年的作品没有流传下来。

任职江淮两湖（24岁至42岁） 辛弃疾南归后的前二十年，辗转于江淮两湖一带任地方官，这期间，他利用职守，不停地为恢复中原呼号筹措。

完颜亮南侵失败后，宋高宗乘胜求和，幻想金人归还侵地，然而现实宣告了求和方针的破产。在军民强烈的抗战呼声中，赵构传位给太子赵昚。孝宗赵昚在位二十七年，前期任用张浚、虞允文、叶衡等进行备战；后期虽也曾任用过主战派王淮为相，但龚茂良、曾觌、史浩等主降派先后当权，孝宗早年试图恢复中原的锐气也消失殆尽。因此，南宋这时期基本上处于守势。

辛弃疾南归之初，被任为江阴签判。当时张浚正主持隆兴北伐。隆兴元年（1163）夏，宋将李显忠、邵宏渊合力攻下宿州，取得了十年以来不曾有过的胜利。但随后因将领不和，宋军内部互相掣肘，致使兵溃符离，北伐失利，次年，达成“隆兴和议”。和议达成后，孝宗没有放弃备战，不久任虞允文为相，史正志为建康留守，叶衡也以淮西军马钱粮总领驻建康。乾道四年（1168），辛弃疾被任为建康通判，跟抗战同道叶衡相得甚欢，曾作《水调歌头》（千里渥洼种）、《满江红》（鹏翼垂空）等格调高昂的词章，激励同僚矢志抗金。在这期间，辛弃疾考察符离之败以来的形势，分析敌我长短，写成《美芹十论》，进奏朝廷，期望孝宗坚定抗战信心，“以光复旧物而自期”。也许因为《十论》引起了孝宗的注意，乾道六年，辛弃疾被召进临安，在延和殿受到了孝宗的接见，并留京任司农主簿。辛弃疾乘机向朝廷上了《论阻江为险须借两淮疏》和《议练民兵守淮疏》，陈述了淮南战略地位的重要，提出了依靠民兵巩固防务的建议。这时，孝宗倚重的宰相是曾在采石指挥部队打败完颜亮的虞允文，因此，辛弃疾怀着殷切的希望向他上了有名的北伐计划书——《九议》，提出九项切实可行的措施，建议虞允文积极地运筹恢复大业。

乾道八年（1172）春天，辛弃疾改任滁州知州。江淮是南宋极边，滁州正当江淮要冲，战略地位十分重要。但由于连年兵燹和天灾，滁州境内“民瘠而贫”、“荡然成墟”。辛弃疾到任后，实行“宽征薄赋，招流散，教民兵，议屯田”（《宋史》本传）等一系列开明措施，使滁州形势很快好转。随着经济的恢复，辛弃疾于市内修建旅邸和堂馆，安辑百姓，收容商旅，“看取弓刀陌上，车马如流”（《声声慢》），就是当地繁荣景象的反映。

孝宗淳熙元年（1174）春间，辛弃疾离开滁州，到建康留守叶衡幕府做了几个月的参议官。这时，辛弃疾南归已十二年，恢复宏图迄无进展，他重至建康，登高北望，顿感积愤填膺，于是写了《水龙吟·登建康赏心亭》以寄意。不久叶衡入朝为相，向皇帝荐举辛弃疾，辛弃疾虽再度受到赵昚召见，但事后只被委任了个与恢复大计无关的仓部郎官。淳熙二年，茶商赖文政在湖北起义，转入湖南、江西，朝廷要选派一位有军事才干的人前去镇压，辛弃疾成了他们合适的人选。辛弃疾毕竟是封建官吏，他虽然同情人民的疾苦，却反对人民反抗。当南宋政府任命他为江西提点刑狱，要他“节制诸军，讨捕‘茶寇’”时，他忠实地执行了统治集团的命令，诱杀了赖文政，扑灭了茶民暴动，为此，统治集团给他加上了秘阁修撰的头衔。

淳熙三年(1176)秋冬之交，辛弃疾调任京西转运判官，他到襄阳就任不到半年，又被改派知江陵府兼荆湖北路安抚使。次年冬，江陵驻军统制率逢原纵容部下殴打百姓，辛弃疾上疏弹劾，朝廷反以帅守与驻军不和为由，把辛弃疾调离，叫他去做隆兴知府兼江南西路安抚使。辛弃疾到任不久，淳熙五年春，就被召回临安任大理少卿，当年秋天，又离开临安去做荆湖北路转运副使，不久，改官湖南路。淳熙六年秋，又改知潭州兼荆湖南路安抚使，次年年底又调充隆兴知府兼江南西路安抚使。从淳熙初到淳熙九年，不到十年间，辛弃疾的职务调动了十一次。其中在湖南安抚使任时间最长，也未超过一年半。如此频繁的调动，使辛弃疾不能久于职守，有所建树，这实际是南宋政府控制有所作为的主战人士的一种手段。辛弃疾对此深感不满，所以当他从湖北转运副使调往湖南时，有《水调歌头》词说：

折尽武昌柳，挂席上潇湘。二年鱼鸟江上，笑我往来忙。

与此同时，他写了名作《摸鱼儿》，用委婉曲折的象征手法，抒发了岁月蹉跎、壮志难伸的无限忧愤。尽管如此，辛弃疾还是尽可能地利用职任为缓解民间疾苦和增强国力作出了努力。例如在湖南转运副使任上，他奏进《论盗贼札子》，从维护赵宋王朝长治久安出发，提出"民者国之根本，而贪浊之吏迫使为盗"的问题，要求朝廷按治"贪冒无厌"的官吏，申斥州县"以惠养元元为意"，体现了他开明的政治主张。在湖南安抚使任上，他曾"以官米募工浚筑陂塘"(《宋会要辑稿》食货六一之二六)，收到赈济饥民、兴办水利之效，并经过紧张的筹划，冲破种种阻挠，"起盖寨栅，招步军二千人，马军五百人"，创置了一支"雄镇一方"的飞虎军(《宋史》本传)。在江西安抚使任内，正遇上大旱缺粮，辛弃疾一到任即张出"闭籴者配，强籴者斩"的榜示，稳定了市场，接着又组织人员借支官钱外出籴粮，粮食源源不断地输入境内，不仅使粮价自减，"民赖以安"，而且还解救了邻郡的粮荒。

二十年来，辛弃疾虽为筹措恢复、改革邑政作了不少努力，但由于赵昚由支持抗战逐渐滑向动摇妥协，再加上张浚、虞允文等人相继谢世，上层官员中主战派力量削减，辛弃疾在官场中的处境越来越孤立。不过，他抗战的理想始终没有动摇。在这期间，他写了大量词作，据近人研究，作年可考者就有七八十篇，其中《满江红》(鹏翼垂空)、《满江红》(汉水东流)、《水调歌头》(落日塞尘起)、《水调歌头》(客子久不到)、《木兰花慢》(汉中开汉业)等，都是格调昂奋的抗战词名作。

十年带湖闲居(43岁至52岁) 来江西前,辛弃疾早已意识到自己"不畏强御"、"刚拙自信,年来不为众人所容"(《论盗贼札子》)。果然,他在湖南、江西关怀民瘼、纠弹贪吏、创置新军的种种政绩,引起了某些朝臣的妒忌,谏官王蔺摭拾一些无根流言,对辛弃疾进行弹劾,南宋当局不容其剖辩,便于淳熙八年(1181)末将辛弃疾免职,从此他便回到上饶带湖闲居。

上饶城北有一片空地,背城枕湖,风光幽美。辛弃疾第二次任职江西不久,即着手于此营建住宅,故罢职前写的《沁园春·带湖新居将成》有"三径初成,鹤怨猿惊,稼轩未来"之句。新居落成后,辛弃疾恰好被罢职,于是便退居于此,并以稼名轩,自号稼轩居士。他初离官场,置身悠闲的村居生活,心情颇为舒畅。他喜爱带湖风光,"一松一竹真朋友,山鸟山花好弟兄"(《鹧鸪天》),觉得周围的一切都那么亲切宜人;他同当地父老亲睦相处,"竹树前溪风月,鸡酒东家父老,一笑偶相逢"(《水调歌头》),相互建立了融洽的友谊。这期间,他观察到田园风光的清新,体验到农村社会的淳厚,写下了不少农村词,如《鹧鸪天》(春入平原荠菜花)、《鹧鸪天》(着意寻春懒便回)、《清平乐》(茅檐低小)、《鹊桥仙》(松冈避暑)、《西江月》(明月别枝惊鹊)等篇,以朴素清新的语言绘制了一幅幅农村幽美的风景画和风俗画。

辛弃疾作为一位抗战志士被迫退闲,内心是充满矛盾的。他一面笑傲山水,旷达自适,为自己离开官场而庆幸,有时还劝友人说:

君莫赋《幽愤》,一语试相开:长安车马道上,平地起崔

嵬。我愧渊明久矣，犹借此翁湔洗，素壁写《归来》。（《水调歌头·再用韵答李子永提干》）

然而，另一面，旷达闲适毕竟消解不了他内心的无限愤慨，因而在这阶段所写的反映闲居生涯和田园风光的词作，如《水调歌头》（寄我五云字）、《八声甘州》（故将军饮罢夜归来）等，都不免激荡着峥嵘不平的感情波涛。

“布被秋宵梦觉，眼前万里江山”（《清平乐·独宿博山王氏庵》），寄身田园的辛弃疾，一刻也没有忘怀分裂的故国。他在同友人韩元吉、汤朝美、郑舜举等人的往来赠答中，总是以坚持抗金相互激励和期许。如《水龙吟》（渡江天马南来）、《满江红》（湖海平生）等，都是借祝寿、送别宣传抗战的名篇。同时，为送郑厚卿赴衡州和送信州太守王桂发所写的两首《水调歌头》，体现了对人民的关怀，内容和意境也很值得注意。

大约淳熙十二年（1185），辛弃疾于铅山县东期思渡发现了瓢泉，便靠泉营造了一所新居，距此不远就是鹅湖山，山麓耸立着鹅湖寺。淳熙十五年，陈亮自浙江东阳来访，辛弃疾便在瓢泉新居接待了他。两位词人“憩鹅湖之清阴，酌瓢泉而共饮，长歌相答，极论世事”（《祭陈同父文》），互相得到精神上的支持，文学上的磨砺。陈亮流连十日，离去的第二天，辛弃疾又跟随挽留，因雪深泥滑，不能前进，便投宿村店，写词寄意，两人更迭答和，先后写了五六首悲壮慷慨的《贺新郎》，“鹅湖之会”也成为人们乐于称道的词坛佳话。

闽中起用和退隐瓢泉（53岁至63岁） 光宗绍熙三年（1192）

春，南宋当局起用辛弃疾为福建提点刑狱，这时赵眘已传位于光宗赵惇，赵惇生长深宫，不达时务，四十多岁继位，当政后毫无作为，“兵器朽钝，士马羸瘠”（《续资治通鉴》卷一五二），朝廷一派萎靡气象。因此，辛弃疾对这次擢用，似乎兴趣不大，刚到闽中，就有《添字浣溪沙·三山戏作》词说：

记得瓢泉快活时，长年耽酒更吟诗。蓦地捉将来断送，老头皮。　　绕屋人扶行不得，闲窗学得鹧鸪啼。却有杜鹃能劝道：不如归！

这反映出他勉强应召的矛盾心理。不过辛弃疾还是以知其不可为而为之的精神勤于职守，尽力谋国的。他向朝廷进《论经界钞盐札子》，建议“因民所欲”，均平赋役，改革盐政。这年年底，辛弃疾被召赴临安，次年初，晋见光宗于便殿，又上了《论荆襄上流为东南重地》疏，希望当局“居安虑危，任贤使能，修车马，备器械”，并增强长江上游的军事防御力量，为恢复大业积极准备。奏对后辛弃疾仍回闽中，不过官职改为知福州兼福建路安抚使。在福建，辛弃疾撙节开支，设置“备安库”，积钱五十万贯，准备购粮存储，备充军饷，还打算打造铠甲，招募强勇，建立一支新军。辛弃疾敢作敢为、力求进取的作风同当轴者因循苟安的方策很不协调，所以这套计划还没有来得及全盘实施，他便遭到谏官黄艾的弹劾，蒙受着“残酷贪饕，奸赃狼籍”（《宋会要辑稿》职官七三之五九）的“莫须有”罪名，于绍熙五年（1194）七月，被南宋当局革职了。

这次罢官后，辛弃疾决计定居瓢泉，便着手“新葺茅檐”，扩建瓢泉旧居。宁宗庆元二年(1196)，带湖住宅遭了一场火灾，辛弃疾便正式移居瓢泉。辛弃疾再度退隐，对官场毫无留恋。他在《沁园春·再到期思卜筑》中说：“青山意气峥嵘，似为我，归来妩媚生。”瓢泉的山山水水，使他感到格外幽美亲切。在这段隐居生涯中，辛弃疾寄情山水、恬退自适的情绪变浓了，他深感“穷自乐，懒方闲，人间路窄酒杯宽”(《鹧鸪天·吴子似过秋水》)。他说：“而今何事最相宜？宜醉宜游宜睡。”(《西江月·示儿曹，以家事付之》)他不断地参究佛理和道书，“案上数编书，非《庄》即《老》”(《感皇恩·读〈庄子〉，闻朱晦庵即世》)。他喜欢把老庄和陶潜的著作隐括成词章。然而，辛弃疾没有走向消极忘世，内心也始终无法平静，时而不能自已地感叹说：“莫说弓刀事业，依然诗酒功名。”(《破阵子·硖石道中有怀吴子似县尉》)“恨之极，恨极销磨不得！”(《兰陵王》)可见他内心何等激愤。瓢泉八年闲居，虽然大声疾呼地干预时政、鼓动抗战的文字略有减少，但辛弃疾的爱国情怀变得更加忧愤深广了。这阶段他仍然勤奋地致力于写作，今存年代可考的词即达一百七八十篇，如《沁园春》(叠嶂西驰)、《贺新郎》(甚矣吾衰矣)、《贺新郎》(绿树听鹈鴂)、《鹧鸪天》(壮岁旌旗拥万夫)以及仿效屈原骚赋所写的《千年调》等，都是回荡着慷慨激越的爱国感情的优秀词章。

晚年参与北伐(64岁至68岁)　绍熙五年(1194)，太上皇赵昚病死，在位六年的光宗因拒不执丧，被赶下台，由宗室赵汝愚和外戚韩侂胄拥立光宗子宁宗赵扩登位。接着经过赵、韩两派的激烈斗争，朝权落入韩侂胄之手。韩侂胄引京镗为相，逐步筹措北伐，陆续拔擢主战人士，宁宗嘉泰三年（1203），年已六十四岁的辛弃疾被起用为绍兴知府兼浙东安抚使。

辛弃疾对这次起用抱有很大希望，他登览绍兴会稽蓬莱阁，写了两首《汉宫春》，预示振刷萎靡的新形势的到来，批判了消极退隐思想，情绪显然是昂奋的。特别是写观雨的一首，上片说：

> 秦望山头，看乱云急雨，倒立江湖。不知云者为雨，雨者云乎？长空万里，被西风变灭须臾。回首听，月明天籁，人间万窍号呼！

这里所描写的自然界急风骤雨的奇观，实际上是澎湃呼啸的抗金浪潮和抗战呼声的艺术象征。

辛弃疾起帅浙东时，正巧七十九岁高龄的爱国诗人陆游闲居绍兴故乡，两位早就闻声相慕的作家这次天缘相会，成了互相投契的挚友。这年年底，朝廷召辛弃疾征询恢复大计，陆游写了《送辛幼安殿撰造朝》诗来赠别，热情地鼓励他为北伐作出贡献。辛弃疾迅即赶赴临安，次年正月晋谒皇帝，"言金国必乱必亡，愿付之元老大臣，务为仓猝可以应变之计"（《建炎以来朝野杂记》乙集卷一八），毅然支持韩侂胄的北伐决策。

辛弃疾奏对后，被派到前线军事重镇镇江做知府。一些抗战同道都把辛弃疾比作张子房、诸葛亮，期望他推进恢复大业。辛弃疾到任后，制作了万领红衲，准备招募沿边丁壮，建立一支劲旅。他设想将淮东的山阴和淮西的安丰作为东西两屯，派重兵扼守，并"新其将帅，严其教阅，使势合而气震"（程珌《丙子轮对札子》)。在恢复有望的时期,辛弃疾很向往孙权、刘裕、廉颇、范蠡等有所作为的历史人物,他以急流勇进的姿态紧张地筹划边事。这年秋天他登临北固亭,缅怀京口一带英雄的业绩,怅望中原的破碎山河,不禁思绪滔滔,写下一首英气勃勃的《永遇乐·京口北固亭怀古》,表达了他老当益壮的抗金热忱。可惜辛弃疾到镇江刚满一年,就因言官的弹劾而被罢职,他只好于开禧元年(1205)初秋,又重回铅山故宅闲居。

辛弃疾对这次罢职是愤慨的,"叶公岂是好真龙"(《瑞鹧鸪·乙丑奉祠归,舟次余干赋》),就是他对当局并非真正倚重抗战人才的有力批评。不过,此次辛弃疾赋闲为时甚短,因为当时宋金战争已经开始,开禧二年夏,宋军陆续收复个别州县,五月,宁宗正式下诏伐金,形势很需要辛弃疾这样的人才,所以他回铅山不久,即被宋廷任命为两浙东路安抚使。辛弃疾上疏辞免,朝廷又晋升他为龙图阁待制,召他进京陈奏政见。辛弃疾平时不得"尽其才,一旦有警,拔起于山谷之间",于是"单车就道,风采凛然"(黄榦《勉斋集》卷四《与辛稼轩侍郎书》),这表明他的抗战意志始终一贯,至老不衰。辛弃疾至临安被任为兵部侍郎。无奈他的健康状况日益不佳,上年已有"西山病叟支离甚,欲向君王乞此身"(《丙寅九月二十八日作,明年将告老》)之句,到这时看来已经病体难支,所以开禧三年(1207)初,迭经申请,始获批准回铅山养病。

这时宋金战局迅速逆转,北伐进军失利,金兵侵入淮南,方信孺出使金国,九月,带回金朝极为苛刻的许和条件,韩侂胄听后大怒,决计整军再战,宁宗遂下诏招募新兵。在这严重的形势下,宋廷召辛弃疾为枢密院都承旨，叫他迅速赶赴临安，希望他能力挽颓局。不料辛弃疾早已卧病在床，这年九月十日便溘然逝世了。对开禧北伐寄予厚望的陆游，闻讯吟出了“君看幼安气如虎，一病遽已归荒墟”（《寄赵昌甫》）之句，对这位抗战志士的不幸谢世，表示了深沉的哀悼。

辛弃疾晚期词虽不多，但并无衰飒之气，除了以上提到的几首外，再如《西江月》（堂上谋臣帷幄）、《清平乐》（新来塞北）的歌颂韩侂胄北伐，《南乡子·登京口北固亭有怀》（何处望神州）的指责宋廷软弱无能，《生查子·题京口郡治尘表亭》（悠悠万世功）的缅怀大禹治水的勋业，都反映了他处处关心现实、关心国家命运的激情，在格调上也给人以心高志壮、英伟磊落之感。

二、进步的思想基础

辛弃疾是一位出色的抗战实践家，他矢志整顿山河，长于擘划恢复，早年有一段得意的战斗经历。尽管南归后远离疆场，壮志莫伸，然而他统一中原的信念始终没有动摇。这是有坚实的思想基础的。

辛弃疾承受了传统的儒家教育，也濡染了佛道思想。他崇敬所谓“真儒”，奉儒家经典为圭臬，具有“诗书万卷，致身须到古伊周”〔《水调歌头》（落日古城角）〕那样的政治抱负；在退闲中，也喜欢出入老庄、谈禅说佛。特别是到晚年，其抗战理想不能实现，苦闷矛盾中，不免在拔尘超俗、皈依自然、乐天知命的老庄思想中求得解脱，也时而流露一定的消极颓唐情绪。在这些方面，他同当时一般文人儒生的思想面貌是大体相同的。

值得注意的是，辛弃疾的思想还有自己的特点，他汲取了古代朴素唯物论和自然辩证法的某些因素，这些因素在他的思想和行动上不断起着作用。辛弃疾认为，世界是有，是客观存在，不是无，不是人的幻觉，故说："人言大道本强名，毕竟名从有处生。"(《偶题》)他还说过"一气同生天地人"(《偶作》)，把作为某种物质的"气"看成万物的本原。辛弃疾承认宇宙万象是存在矛盾、不断变化的，"大凡物必有终始，岂有人能脱死生。日月相催飞似箭，阴阳为寇惨于兵"(《偶作》)。他的哲理诗描绘了一幅宇宙万物相生相克、不停运动的生动图景。

基于世界观中这些进步因素，辛弃疾对社会问题的态度是现实的、进取的。他有自己的抱负和理想，面临"神州沉陆"、"胡尘未断"的现实，他决心把"平戎万里"、"整顿乾坤"作为自己努力以赴的首要目标。他从朴素的辩证法观点出发，指出"过盛必衰"、"盛衰相乘，万物必然之理"(《论荆襄上流为东南重地》)。他依据这种"必然之理"，分析宋金形势，得出了金人"以逆居盛"必然向衰亡转化的结论，从而建立了抗战必胜的信念。他还切实地估量了战局，比较了敌我长短，提出"知敌之情而为之处"，"胜兵先胜而后求战"、"避实击虚"、"以专战分"(《九议》)、"彼进吾退，彼退吾进"等唯物主义的军事原则，规划了切实可行的恢复方略。

坚持不渝的爱国精神，是辛弃疾进步思想的一个核心内容。辛弃疾的爱国思想具有深厚的现实基础和悠久的历史渊源，它从风起云涌的反民族压迫斗争中汲取了无穷的力量，也继承了屈原、李白、杜甫等诗人关切祖国命运的优良传统，并且又是建立在对抗金形势清醒估量的认识基础之上，因而，就显得特别昂奋、饱满和坚实。辛弃疾的爱国思想不仅表现为对故国的眷念和扶倾持危的责任感，而且体现着坚强的民族自信心，贯注着为誓清中原、统一南北而当仁不让、勇于献身的热情，表现出一种战斗的、进取的、一往无前的气概。

辛弃疾的爱国思想与他关切民生、民力的进步主张是密切联系着的。他重视“民心”和“民力”，认为“天下离合之势常系乎民心”（《美芹十论·观衅第三》），“外倾其敌，内厚其民”是由来已久的经验，规恢远略，抗战御敌，必须得民心，惜民力。因此，他主张朝廷宜“宽民力”，“可以息民者息之，可以予民者予之”（《九议》其七）。同害怕人民抗金力量的主降派相反，辛弃疾是主张联合忠义民兵的。他看到了中原人民的抗战热情，说只要朝廷号召抗金，人民就会“翕然而起，争为吾之应”（《美芹十论·观衅第三》）。他曾向宋廷提出“号召民兵，教以战守”的意见，建议朝廷依靠民力，战胜敌人。这一切说明了作为上层的抗战派，辛弃疾的抗战御敌的思想可以说已达到当时所能达到的最高水平，这就为他写爱国词章提供了深厚的思想基础。

三、辉煌的爱国词章

“器大者声必闳，志高者意必远”，以稼轩那种宏大的襟怀和抱负，加上他超迈的才气，严肃的创作态度，发为词章，自能动人心魄，蜚声词坛。范开谓稼轩当年“挥毫未竟而客争藏去”，又说其词“近时流布于海内者率多赝本”（《稼轩词序》）。刘克庄称他爱读辛词，“幼皆成诵”（《辛稼轩集序》）。这都说明辛词在当时传布甚广。淳熙十五年（1188）稼轩四十九岁时，门人范开曾“裒集冥搜”，得百余篇，编刊成《稼轩词甲集》。以后续有编刻，南宋词家刘克庄、刘辰翁等均曾为稼轩词写序。《宋史·艺文志》著录《辛弃疾长短句》十二卷。说明宋时刊本不少。今存稼轩词集，最早者为四卷本《稼轩词》，分甲乙丙丁四集，有汲古阁影宋钞本（商务印书馆曾影印）。十二卷本《稼轩长短句》系辛氏身后刊行，收词有所增补，今存元大德广信书院刊本（古典文学出版社曾影印）。今人邓广铭以《稼轩长短句》为主，参校他本，补入法式善、辛启泰辑佚，得词六百二十余首，编成《稼轩词编年笺注》（上海古籍出版社 1993 年版），最称完备。现对稼轩词的思想和艺术成就作一综合考察。

丰富的社会内容　稼轩词悲歌慷慨，“率多抚时感事之作”（毛晋《跋六十名家词本稼轩词》），社会内容空前丰富，而歌咏抗金御敌、统一中原的爱国思想，更是它的中心主题。

稼轩词深切地反映了山河破碎、南北分裂的现实。1125 年，女真贵族驱使大军南侵，迫使赵宋政权播迁江左，自此中原大地惨遭蹂躏、荒凉满目，辛弃疾对此非常痛心。他举目看到的是“吴楚地，东南坼”〔《满江红》（过眼溪山）〕，“落日胡尘未断，西风塞马空肥”〔《木兰花慢》（汉中开汉业）〕；他为“剩水残山无态度”〔《贺新郎》（把酒长亭说）〕、“正目断、关河路绝”〔《贺新郎》（老大那堪说）〕而深深痛惜；他唱出了慨叹中原分裂的深沉诗句：“山河举目虽异，风景非殊”〔《汉宫春》（亭上秋风）〕，“追亡事，今不见，但山川满目泪沾衣”〔《木兰花慢》（汉中开汉业）〕。辛弃疾任江西提刑时所写的《菩萨蛮·书江西造口壁》：“郁孤台下清江水，中间多少行人泪？西北望长安，可怜无数山！”用痛切的诗句反映了金兵侵扰下无数难民所遭受的严重灾厄，体现了中原人民对江北故土的怀念和痛惜。为送别友人杜叔高所写的《贺新郎》，更为深刻地描写了这个灾难深重的时代：

> 去天尺五君家别，看乘空，鱼龙惨淡，风云开合。起望衣冠神州路，白日销残战骨。叹夷甫诸人清绝！夜半狂歌悲风起，听铮铮阵马檐间铁。南共北，正分裂！

爱国志士正为恢复大业惨淡经营，中原大地默默地销蚀着死难者的尸骨，而一些士大夫却不顾国难，一味清谈……“南共北，正分裂”，这简捷的词句，沉痛地道出了当时广大人民最痛心的问题。

稼轩词抒写了昂扬奋发的报国热情。辛弃疾不仅处处关心国运，与时代风云声息相通，特别可贵的是，他投身于时代激流，参加到战斗行列，并把词作为呼吁恢复、激励抗战的有力武器。辛词摄取最富于时代意义的题材，正面描写了抗金战役，如《水调歌头·舟次扬州，和杨济翁、周显先韵》：

> 落日塞尘起，胡骑猎清秋。汉家组练十万，列舰耸层楼。谁道投鞭飞渡，忆昔鸣髇血污，风雨佛狸愁。

这是写绍兴三十一年(1161)的宋金采石之战，当时虞允文指挥水军，一举击败完颜亮，赢得了南渡以来少有的军事胜利。辛弃疾对水上战场和军容描写得如此强劲严整、有声有色，这体现出他对抗金战争的由衷向往和赞颂。当韩侂胄积极筹划开禧北伐时，辛弃疾写了《六州歌头》,“千载传忠献,两定策,纪元勋。孙又子,方谈笑,整乾坤”,鼓励韩侂胄继承先人韩琦顾命定策的勋业,坚定地实现北伐决策。用词直接描写和鼓动抗金战争,除了岳飞等抗金名将外,在南宋作者中还是不多见的。辛弃疾满怀爱国热情,在赠答、唱和、送别、祝寿时,都念念不忘激励朋友关心恢复事业,为抗战尽力献身。如他在史致道幕府即席赋词,期望他:“袖里珍奇光五色,他年要补天西北。”〔《满江红》(鹏翼垂空)〕在为韩元吉祝寿时,提出:“待他年整顿,乾坤事了,为先生寿。”〔《水龙吟》(渡江天马南来)〕在贺范南伯生日时,激励他:“万里功名莫放休。君王三百州。”〔《破阵子》(掷地刘郎玉斗)〕在送郑舜举赴召时,鼓励说:“此老自当兵十万,长安正在天西北。”〔《满江红》(湖海平生)〕淳熙四年(1177)为送别李姓友人而写的《满江红》(汉水东流)更是热情奔放、豪气凌云。这首词由当时的时事说到李氏先辈破敌立功的勋业,进而期望友人发扬前人的战斗精神,为统一祖国勇于献身:

> 腰间剑,聊弹铗。尊中酒,堪为别。况故人新拥,汉坛旌节。马革裹尸当自誓,蛾眉伐性休重说。但从今、记取楚台风,庾楼月。

辛词中也有不少直写个人英雄抱负的篇章,如《破阵子·为陈同甫赋壮词以寄之》(醉里挑灯看剑)的渴望驰骋疆场,《永遇乐·京口北固亭怀古》(千古江山)的自比老将廉颇,《贺新郎·同父见和,再用韵答之》(老大那堪说)的矢志试手补天,等等,这些词作字里行间无不沸腾着辛弃疾的爱国热血和激情。

稼轩词表达了壮志难酬的无限悲愤。青年时代曾经挥戈驰马、叱咤中原的辛弃疾，南归以后竟备受排斥，“平生志愿百无一酬”（谢枋得《祭辛稼轩先生墓记》），这不能不使他激愤满腔，只好向词作中倾泻块磊。稼轩这方面的作品，有的写得深沉委婉，有的激越悲壮。前者如《水龙吟·登建康赏心亭》中的“把吴钩看了，栏杆拍遍，无人会、登临意”；《木兰花慢·滁州送范倅》中的“目断秋霄落雁，醉来时响空弦”，都含蓄地透露了词人恢复壮志却得不到当轴者支持的苦闷孤寂心绪。名作《摸鱼儿》（更能消、几番风雨），以春晚花残的景象烘托作者的美人迟暮之感，以陈皇后遭谗被疏寄托忧谗畏讥、怀才不遇的心情，以暮烟凄迷中的夕阳残照象征南宋政权的暗淡前景，感情表达得更加曲折细腻。后者如别茂嘉十二弟所写的《贺新郎》（绿树听鹈鴂），由啼鸟的悲鸣发端，而后借用历史上四五个悲剧性场面，极力渲染一种悲壮气氛，显然它不是一般地写别情，而是倾吐一种普遍的时代怨愤。过南剑双溪楼作的《水龙吟》（举头西北浮云），写作者幻想取出延平津中的宝剑扫荡金兵，但在主降势力的破坏阻挠下，这理想的双翅不能不“欲飞还敛”，从而使“千古兴亡，百年悲笑”，一时齐涌向诗人心头。格调苍凉悲壮，全篇回荡着爱国志士无地报国的不平之气。辛弃疾在退闲中写了大量貌似恬静而实际饱含怨愤的词章。如带湖答李子永写的《水调歌头》，开端劝对方“君莫赋《幽愤》”，然而下片全以反语写不平之鸣，正是一篇《幽愤赋》。隐居瓢泉时为题园中停云堂写的《贺新郎》（甚矣吾衰矣），上片有“我见青山多妩媚，料青山、见我应如是”之句，把青山引为知己，仿佛怡然自放于山林间，然而下片笔锋一转说："江左沉酣求名者，岂识浊醪妙理？回首叫、云飞风起。"不仅对那班不顾国家偏安，一味钻营个人名利的官僚顺手针砭，且忽而高唱刘邦的《大风歌》，情不自禁地流露出作者企慕建立勋业的雄心。

稼轩词对主降苟安、朝政昏暗给予了尖锐的批判。南宋政权在我国历史上是对外侮实行屈辱妥协的典型，赵昚初期的振作气象仅仅昙花一现，盘根错节的主降势力和昏聩官僚始终左右着朝权，这不能不引起疾恶如仇的爱国词人的憎恨和反对。辛弃疾感叹南渡以来缺少治国经邦的人才，他诘问道："渡江天马南来，几人真是经纶手？"（《水龙吟・甲辰岁寿韩南涧尚书》）他鄙夷那些卑劣可憎的主降派，形容他们"野马尘埃，扶摇下视，苍然如许"〔《水龙吟》（断崖千丈孤松）〕；"世上儿曹都蓄缩，冻芋旁堆秋瓞"〔《念奴娇》（看公风骨）〕。辛弃疾常把西晋清谈误国的王夷甫当作批判的靶子，如"叹夷甫诸人清绝"〔《贺新郎》（细把君诗说）〕，"夷甫诸人，神州沉陆，几曾回首"〔《水龙吟》（渡江天马南来）〕，"长剑倚天谁问，夷甫诸人堪笑，西北有神州"〔《水调歌头》（日月如磨蚁）〕。这就借古喻今地鞭挞了南宋一些士大夫的苟安妥协、麻木不仁。这些庸俗官僚在朝堂上一味随声附和、保禄保命，根本不顾国家安危，《千年调》起首所描写的"卮酒向人时，和气先倾倒。最要然然可可，万事称好"的丑态，正是为他们勾画的一副绝妙肖像。他们有时一唱一和，互相吹捧，辛弃疾把这些行径比成"水底沸鸣蛙"，嘲弄他们说："借问喧天成鼓吹，良自苦，为官哪！"（《江神子・闻蝉蛙戏作》）辛弃疾有时把朝内这些腐朽势力比成翳蔽人间清光的阴影，在《太常引・建康中秋夜为吕叔潜赋》中，他借用神话故事表达了“斫去桂婆娑”，让人间“清光更多”的幻想。在咏中秋的一首《满江红》（美景良辰）中，也表达了同样的愿望：

> 着意登楼瞻玉兔，何人张幕遮银阙？倩蜚廉得得为吹开，凭谁说？

然而这些人间阴影在当时毕竟无力驱除，同时南宋的政局昏暗却有增无已，辛弃疾用词着力进行了针砭。他指责当时奸佞得势、贤者受压的“流水高山弦绝，怒蛙声自咽”〔《谒金门》（遮素月）〕，“倩何人与问，‘雷鸣瓦釜，甚黄钟哑’”〔《水龙吟》（被公惊倒瓢泉）〕。在《卜算子》中，作者借用李广和李蔡的对比，揭露了贤愚不分、黑白颠倒的现实，首言：

> 千古李将军，夺得胡儿马。李蔡为人在下中，却是封侯者。

这些揭露现实的作品，在辛词中是很富于战斗性的。

稼轩词还真切地描写了农村生活和田园风光。辛弃疾长期退闲农村，对农村生活有细致的观察和体验，他继苏轼之后把创作视野扩展到农村，写了一批清新幽美的农村词。稼轩以清丽的笔触和通俗的语言，描绘了江南农村的生活小景，如《浣溪沙·常山道中即事》：

北陇田高踏水频，西溪禾早已尝新，隔墙沽酒煮纤鳞。　忽有微凉何处雨，更无留影霎时云。卖瓜人过竹边村。

农民有的踏水车浇高田，有的收早稻尝新米，有的买酒烹鱼庆丰收，阵雨掠过，凉意袭人，青竹丛生的村头时有卖瓜人走过。词人笔下再现的不是一般的山林野趣，而是独具风韵的江南农村；不是沉寂恬静的环境，而是充满劳作气氛的生动画面。《西江月》（明月别枝惊鹊）写茅店、社林、溪水、小桥，不但突出了江南农村的特点，而且借"惊鹊"、"鸣蝉"、"蛙声"和"说丰年"的亲切对话，显示了丰收在望的喜悦，虽系夜景，写来也动静结合，充满了生机。农村勤劳淳朴的风俗习惯，在稼轩词中得到了生动的反映，如《清平乐·村居》描写了辛勤劳动的一家：

茅檐低小，溪上青青草。醉里吴音相媚好，白发谁家翁媪？　大儿锄豆溪东。中儿正织鸡笼。最喜小儿亡赖，溪头卧剥莲蓬。

这一家男女老少都充满乐趣地劳作，连最顽皮的小儿子也有适当的活计，"卧剥莲蓬"一句写尽了儿童娇憨自恣的情态。再如《鹊桥仙·己酉山行书所见》写乡邻婚嫁喜事："东家娶妇，西家归女，灯火门前笑语。"《鹧鸪天·游鹅湖，醉书酒家壁》写村姑打扮起来看望外婆："青裙缟袂谁家女，去趁蚕生看外家。"寥寥几笔就把农村淳厚质朴、充满乐趣的生活气象烘染出来。稼轩词还反映了农村人与人之间的敦厚关系和农民的忧乐，如：“掀老瓮，拨新醅，客来且进两三杯。日高盘馔供何晚，市远鱼鲑买未回。”（《鹧鸪天·寄叶仲洽》）“父老争言雨水匀，眉头不似去年颦。殷勤谢却甑中尘。”（《浣溪沙》）没有长期的乡居生活体验，是写不出这样富有乡土气息的词作的。城市歌馆和上层社会生活题材，一向充斥于词坛，用词反映农村生活的作品在词史上屈指可数，正由于此，稼轩的农村词虽然没有更多地描写农民疾苦，仍以值得珍视的社会意义和美学价值而引起人们注目。

然而，辛弃疾毕竟是封建时代的作家，他坚持恢复中原，却不能不把推行抗战决策的希望寄托于朝廷；他同情人民的疾苦，又反对人民对封建政权实行反抗；他怀有积极进取的热情，但在重重打击磨难面前又不免彷徨和沮丧。这种种思想矛盾，不能不在他的作品中有所反映，因而消极颓唐情绪和行乐玩世思想在辛词中时有流露，甚至有个别作品公然诋毁农民起义。我们不能脱离历史条件对古代作家提出过苛的要求，但对于他们本身的局限性和思想糟粕，还是应该予以指出的。

独特的艺术成就　辛弃疾在词史上异军特起，于剪红刻翠之外，屹然开创了足以领袖一代、雄视百家的独特词风。其词作被刘克庄誉为“大声鞺鞳，小声铿鍧，横绝六合，扫空万古”（《辛稼轩集序》），“慷慨纵横，有不可一世之概”（《四库全书总目·稼轩词提要》），堪称为矗立于两宋文苑中的一座瑰奇多彩的艺术峰峦。

稼轩词不同于风情婉娈、搔首傅粉之作，而以气魄宏伟、形象飞动见长。它很少有愁兰、衰柳、云屏、燕梁、绣帘、鸾镜之类的环境物象描写，而常常把苍江、危楼、奔雷、骇浪等奇伟非常的形象，呈现在读者眼前。以自然形象来说，辛氏笔下的湖、江、山、峦、云、雨等，都有一种奔腾驰骤、不可羁勒的气象，如：

一水西来，千丈晴虹，十里翠屏。(《沁园春·再到期思卜筑》)

峡束苍江对起，过危楼，欲飞还敛。(《水龙吟·过南剑双溪楼》)

叠嶂西驰，万马回旋，众山欲东。(《沁园春·灵山齐庵赋。时筑偃湖未成》)

谁信天峰飞坠地，傍湖千丈开青壁。(《满江红·题冷泉亭》)

秦望山头，看乱云急雨，倒立江湖。(《汉宫春·会稽蓬莱阁观雨》)

艺术形象无不映现作者性情，这些景物的气韵正是与词人恢宏的襟怀和沸腾的情感紧密契合的。辛词中所写的人物，很少粉白黛绿的莲娃歌女、红颜佳人，而以建功立业的王公将相、怀才不遇的有志之士、性行高洁的文人墨客三类人物为最多。其中如功盖一世的大禹、姜尚，金戈铁马的孙权、刘裕，功成身退的范蠡、谢安，怀忠被谗的屈原、贾谊，气节凛然的陶渊明等人，在辛词中都屡见不鲜。在这些人物身上，显然凝聚着辛弃疾的理想，渗透着作者的忧愤和同情。尤其值得注意的是，辛词还正面刻画了叱咤风云的英雄形象：

汉水东流，都洗尽、髭胡膏血。人尽说、君家飞将，旧时英烈。破敌金城雷过耳，谈兵玉帐冰生颊。（《满江红》）

故将军饮罢夜归来，长亭解雕鞍。恨灞陵醉尉，匆匆未识，桃李无言。射虎山横一骑，裂石响空弦。（《八声甘州·夜读〈李广传〉》）

这里写的是风姿英武的飞将军李广。辛词不仅借古代名将寄托自己的理想，还描绘了词人的自我形象：

季子正年少，匹马黑貂裘。（《水调歌头·舟次扬州，和杨济翁、周显先韵》）

挥羽扇，整纶巾。少年鞍马尘。（《阮郎归·耒阳道中为张处父推官赋》）

倦客新丰，貂裘敝，征尘满目。弹短铗，青蛇三尺，浩歌谁续？（《满江红》）

千丈擎天手，万卷悬河口。黄金腰下印，大如斗。更千骑弓刀，挥霍遮前后。（《一枝花·醉中戏作》）

这里有的是写实，有的是想象，但都表现了辛弃疾豪俊的个性和英武的气概。由于辛词气宇轩昂、形象飞动，就给人一种感情激荡、生龙活虎之感。《艺概》称“稼轩词龙腾虎掷”，《白雨斋词话》说辛词“词中之龙”，“气魄极雄大，意境却极沉郁”，这的确道出了辛词的突出个性。

稼轩词融写景、叙事、抒情为一体，采用多样化的手法，增强了词的表现力。北宋婉约派小词惯以情景二字为词料，多取比兴体，至柳永发展长调，“善于叙事，有过前人”（《艺概》），稼轩承受柳永、苏轼和南渡初期抗战词的影响，把词的容量和表现功能发挥到极致。他也善于比兴手法，如《摸鱼儿》（更能消、几番风雨）、《蝶恋花》（九畹芳菲兰佩好），全篇用比兴，以骚赋借香草美人为喻的手法，寄托忧愤情怀。但稼轩词长调多、赋体多，过乎前人。如夜读《李广传》而感其事赋《八声甘州》，开门见山，直叙李广故事，把人物情节作为描写的中心，借叙事来遣怀。这类敷陈其事的词，有时也写景，但多“即事叙景”，如《满江红·送信守郑舜举赴召》：

> 车马路，儿童泣。风雨暗，旌旗湿。看野梅官柳，东风消息。莫向蔗庵追语笑，只今松竹无颜色。

它不同于“即景抒情”，而是以叙事为主干，环绕人物和事件来写景。辛词有时不侧重叙事，而直接抒怀，如《贺新郎·同父见和，再用韵答之》：

> 事无两样人心别。问渠侬：神州毕竟，几番离合？汗血盐车无人顾，千里空收骏骨。正目断、关河路绝。我最怜君中宵舞，道“男儿到死心如铁”。看试手，补天裂。

全是写自己的想法和认识，这种直泻胸臆的赋体，在辛词中较为常见。辛词还采用文赋铺张排比的手法来言志抒情，如《贺新郎》

（绿树听鹈鴂）排比一系列历史故事，来渲染悲壮的情感，被人比为太白的《拟恨赋》。稼轩喜敷陈其事，倾谈肺腑，写来笔飞墨舞，淋漓尽致，宜于采用长调，长调篇幅恢宏，讲究收纵、开阖、起伏等章法，便于作者综合运用描写、叙事、抒情诸种手段，尽情地驰骋笔力，最为稼轩喜爱，因而辛词中长调较多，如《水调歌头》、《满江红》、《贺新郎》、《念奴娇》、《水龙吟》等调，辛弃疾运用得最为纯熟和出色。

稼轩词的语言也是个性化的，它雄深雅健、博洽浑厚、舒卷自如，与一味镂金错采、争浓斗艳者迥乎不同。辛弃疾融化语言材料的气魄极大，他彻底突破传统词家用语上的旧框框，不限于用词家语言写词，也不仅长于点化前人诗句入词，还广泛地运用骚赋、散文、经典、小说乃至俚语，正如《莲子居词话》所说："辛稼轩别开天地，横绝古今，《论》、《孟》、《诗小序》、《左氏春秋》、《南华》、《离骚》、《史》、《汉》、《世说》、《选》学、李杜诗，拉杂运用，弥见其笔力之峭。"辛词用典的广博而精当是超过前人的。如在史致道席上所赋《满江红》，上片两用典故，一为"鹏翼垂空，笑人世苍然无物"；一为"袖里珍奇光五色，他年要补天西北"。作者用《庄子》大鹏的寓言比喻史致道抱负宏伟、才能超群；用古代女娲补天的神话，激励史氏以非凡的才能整顿残破的江山。这不仅十分自然、得体，而且形象鲜明，能给人以鼓舞力量和美感享受。另一首《满江红》（汉水东流）激励友人："马革裹尸当自誓，蛾眉伐性休重说。"这两句充满豪气的临别赠言，系由《汉书》马援的自誓和枚乘《七发》中语句剪裁锤炼而成，它含义丰富而又十分警策、精当。辛弃疾"胸有万卷，笔无点尘"（《金粟词话》），对历史掌故常能随手拈来，自然超妙，有些词如《贺新郎》赋琵琶，“运典虽多，却一片感慨，故不嫌堆垛”（《白雨斋词话》）。这是其他词家所难以做到的。辛词语言具有散文化的特色，他喜欢融化散文句法入词，但并不违反词的声韵要求。如《贺新郎》直接移用《论语》中的感叹句“甚矣吾衰矣”发端，以下由叹息交游零落写到自己的壮心不已，又化用南朝人语，写狂放情怀：“回首叫、云飞风起。不恨古人吾不见，恨古人、不见吾狂耳！知我者，二三子。”篇中多处融化散文句式，糅进语气助词，但不影响词的韵律美，反给人以气势贯注、自然宏肆之感。辛弃疾还摹拟不同的口吻，将对话穿插到词中，如《沁园春·将止酒，戒酒杯使勿近》呼唤酒杯到跟前，告以饮酒过量易害人的道理，双方互有问答。《西江月·遣兴》写醉意蒙眬中与苍松对话，风趣地表现了词人的倔强性格，手法新颖，富有戏剧性。辛弃疾还常常于词中言议英发、慷慨陈词。如《水龙吟·甲辰岁寿韩南涧尚书》：

渡江天马南来，几人真是经纶手？长安父老，新亭风景，可怜依旧。夷甫诸人，神州沉陆，几曾回首！算平戎万里，功名本是，真儒事，公知否？

整个上片谈形势，谈现状，谈抗战责任，全以议论出之，但决不是押韵的论文，因为这里所用“天马”、“新亭”、“神州”等词，都是深含意蕴的文学语言，且句句贯注着作者炽热的诗情。杨慎《词品》说：“近日作词者……以东坡为词诗，稼轩为词论，此说固当。”稼轩发展了东坡的传统，不仅以写诗的笔力写词，更在词中驰骋议论，有的“以古文长篇法行之”(《复堂词话》)。辛弃疾还光大了东坡的隐括体,广泛地用词隐括南华、骚赋、陶诗等等。词到他手里可说是醉墨酣畅,任情挥洒,词源滔滔,驱遣自如,充分体现了其驾驭语言的高超艺术腕力。

稼轩词以洪钟巨鼓的高亢之音,掩缠绵悱恻的婉约之调,可以说是志士的绝唱、英雄的高歌。毛晋称其“磊落英多,绝不作妮子态”(《跋六十名家词本稼轩词》)。陈廷焯说:“稼轩词仿佛魏武诗,自是有大本领、大作用人语。”(《白雨斋词话》)这都概括了稼轩的基本词风。悲壮激烈、纵横豪宕、沉郁顿挫,是稼轩词的主调,许多名篇都体现了这些特色。但辛词并不囿于一格,集中有《木兰花慢》“用《天问》体”,《念奴娇》“效朱希真体”,《丑奴儿近》“效李易安体”,并且还有《唐河传》、《河渎神》两首“效花间体”,足以证明稼轩是颇重视兼融众体、汲取各家之长的。辛词中不全是豪壮非凡的英雄之歌,也有极妩媚、极清丽或以俚俗、幽默见长的作品。如效易安体的那首《丑奴儿近》全用家常口语,《寻芳草·嘲陈莘叟忆内》充满谐趣,多数农村词写得清丽隽秀。至于爱情词,辛氏也写得绵密动人,如《祝英台近·晚春》:

宝钗分,桃叶渡,烟柳暗南浦。怕上层楼,十日九风雨。断肠片片飞红,都无人管;更谁劝、啼莺声住。

写情人离别,真可谓“昵狎温柔,魂销意尽”(《填词杂说》)。《青玉案·元夕》小词写元宵佳节词人穿越火树银花、人山人海的闹市,偏向灯火阑珊的冷清角落,寻觅不同流俗的理想意中人,借以寄托作者自甘幽独的超迈理想。用婉媚的笔调、绚丽的词藻，烘染出一个无比美妙的意境，在辛词中也是别具一格的。邹祗谟云：稼轩词“中调、短令，亦间作妩媚语”（《远志斋词衷》）。刘克庄说辛词“其秾纤绵密者亦不在小晏、秦郎之下”（《辛稼轩集序》）。这些评语正确地指出了辛词风格的多样性，说明豪放词人并不是与婉约风韵绝缘的。

四、诗文成就及辛词的影响

辛弃疾是有多方面文学才能的，词作而外，其诗文奏议也曾脍炙宋末士林之口。后村所序《辛稼轩集》包括诗文，《宋史》单独著录《稼轩奏议》，大约明朝以后辛集散亡。邓广铭辑校辛稼轩诗文，存文十余篇，诗一百二十余首，虽未为全豹，亦可借窥一斑。稼轩政论见解透辟，切中时弊，笔锋驰骤，气势凌厉，尤其《美芹十论》、《九议》等，更是结构严整的宏文巨制，刘克庄赞其“笔势浩荡，智略辐凑，有《权书》、《衡论》之风”（《辛稼轩集序》），是合乎实际的。稼轩诗也从不同的角度反映了时代面貌及其爱国襟怀，有的篇章可以同他的词相互印证。稼轩有“剩喜风情筋力在，尚能诗似鲍参军”（《和任师见寄之韵》）之句，确乎他的不少诗篇都写得清俊可喜，颇有鲍照之风。有的诗以爽利的笔势抒发了他怀忠遭谗的悲愤之情，如《送别湖南部曲》：

青衫匹马万人呼，幕府当年急急符。
愧我明珠成薏苡，负君赤手缚於菟。
观书到老眼如镜，论事惊人胆满躯。
万里云霄送君去，不妨风雨破吾庐。

这首诗是淳熙七年(1180)稼轩任湖南安抚使时为送别部属而作。首联追忆青年时代的战斗经历,颔联写自己在南宋横遭谗忌,连累了部下,颈联说过人的胆略至老未变,尾联说只要对方有远大的前程,自己即便遭受摧折也在所不计。从诗中我们可以深切地体会到诗人胆略兼俱的英武性格和忘我助人的火热心肠。《后村诗话》称誉此诗"悲壮雄迈,惜为长短句所掩",是有见地的。

辛弃疾虽有多方面的创作才能,但以词的成就为最高。苏轼扩大词境,突破婉约樊篱,另辟蹊径,使北宋后期词风一变。及至北宋末造,大晟词人玉艳珠鲜,更迭酬唱,又将词风引向软媚一途。辛弃疾崛起于南宋中叶,承南渡初年抗战词余绪,发扬苏轼变革词风的传统,把豪放词的创作推向了艺术高峰,从而完成了词体和词风的大解放、大变革。辛弃疾始终置身于反民族压迫的现实斗争中,能以抗金志士的襟怀、广博的学问识见和出色的文学天才,表现当时最撼动人心的社会主题,成功地体现了时代的脉搏,唱出了广大爱国人士的心声,这是十分可贵的。辛弃疾致力于爱国词的写作,获得了志同道合的词友陈亮、韩元吉、刘过等人的呼应唱和,他们铜喉铁板,引吭高歌,影响所及,使南宋词坛形成了一个创作倾向大体相同的爱国词派。他们立足现实,关怀国事,贡献了大批言之有物、激动人心的优秀词章,这在文学史上也是引人注目的。辛弃疾不仅以辉煌的词作,丰富了我国的文学宝库,而且他的爱国热忱、创作传统、艺术经验,也在文学史上产生着深远的影响,宋末的遗民词人、金末的元好问、清代的陈维崧以及近代的梁启超等人,都是推尊稼轩、深受辛词沾溉的作家。

辛弃疾不愧是我国历史上杰出的爱国词人。

凤凰出版社放眼环宇文明、立足学术前沿，规划编纂梓行这套“名家精注精评本”。这对于弘扬中华文化优秀传统、流传普及古代名家杰作佳篇意义深远、业绩卓著。本人不揣浅陋，应命编选此《辛弃疾集》，力求诠解精确，评析适宜，满足阅读要求。不当之处，恭祈编审和读者学界方家惠予郢政。

刘乃昌　于山东大学

词　选

念奴娇

登建康赏心亭，呈史留守致道。①

我来吊古，上危楼赢得、闲愁千斛。②虎踞龙蟠何处是？只有兴亡满目。③柳外斜阳，水边归鸟，陇上吹乔木。④片帆西去，一声谁喷霜竹？⑤　　却忆安石风流，东山岁晚，泪落哀筝曲。⑥儿辈功名都付与，长日惟消棋局。⑦宝镜难寻，碧云将暮，谁劝杯中绿？⑧江头风怒，朝来波浪翻屋。⑨

【注释】

①乾道五年（1169），时稼轩任建康通判，一次登赏心亭，作此词呈赠史致道。赏心亭：北宋丁谓建造，位于建康下水门上，下临秦淮河，为当时著名游览景点。致道：史正志，字致道，扬州人，曾任枢密院编修、建康知府，当时为行宫留守。　②“我来”二句：言登临高楼凭吊古迹，赢来了千愁万绪。斛（hú）：古代量器，十斗为一斛。　③“虎踞”二句：意谓望不见险要的故都，满目六朝兴亡的遗迹。虎踞龙蟠：形容地形险要。《金陵图经》载：诸葛亮对孙权说：“秣陵（指金陵）地形，钟山龙蟠，石城虎踞，真帝王之都也。”兴亡：指六朝兴亡古迹。三国时吴国孙权，东晋司马睿，南朝

的宋、齐、梁、陈，曾先后于金陵建都。 ④陇上：田埂。乔木：高大的树木。 ⑤喷霜竹：指吹笛。 ⑥“却忆”三句：言谢安一代风流，晚年仍不免忧谗畏讥，有泪落哀筝之悲。安石：谢安，字安石，东晋著名政治家，富有才华。东山岁晚：谓谢安晚年。谢安出任前曾隐居东山(今浙江上虞西南。金陵也有东山，亦为谢安游憩之地)，故以“东山”代指谢安。泪落哀筝曲：写谢安位高遭忌的情景。据《晋书·桓伊传》载，孝武帝末年，有一次召善乐者桓伊饮宴，适谢安侍坐，桓伊受命吹笛，接着抚筝而歌，歌曰：“为君既不易，为臣良独难，忠信事不显，乃有见疑患。”谢安闻歌，触动心事，“泣下沾衿”。 ⑦“儿辈”二句：谓谢安将建功立业机会都交付儿辈，自己惟以下棋消磨岁月。据《晋书·谢安传》载，太元八年(383)，前秦苻坚大军南下，谢安遣其弟谢石、其侄谢玄迎战于淝水。由于谢安指挥得当，晋军大败秦军。捷报传来，谢安方对客围棋，阅后并无喜色，客问之，他从容答曰：“小儿辈遂已破贼。” ⑧“宝镜”三句：谓知己难寻，时不我待，惟借酒浇愁。宝镜：指照人肺腑的珍品，喻了解自己的好友。碧云将暮：言天色将晚，岁月易逝。杯中绿：指酒。 ⑨“江头”二句：借风急浪高的江景，隐喻自己内心不平，南宋国势危急。

【品评】

此词写登临建康赏心亭的感受，借古喻今，蕴含深沉的伤时忧国之情。开篇点扣题旨，引发愁思，接写山川形胜和六朝兴亡陈迹。以下描述眼前自然景象，一派清冷寂落，见出朝廷无意兴兵北伐。下片由金陵历史人物着笔，先以谢安的遭遇比拟当代爱国志士的不幸处境。再以知音难觅，岁月蹉跎，感叹壮志难酬。末以江头风景收煞，暗喻个人心境和当前国势。全词笔势飞舞，景观动荡，典实贴切，寓意深沉。

满江红

题冷泉亭①

直节堂堂，看夹道冠缨拱立。②渐翠谷、群仙东下，珮环声急。③谁信天峰飞堕地，傍湖千丈开青壁。④是当年、玉斧削方壶，无人识。⑤　　山木润，琅玕湿。⑥秋露下，琼珠滴。⑦向危亭横跨，玉渊澄碧。⑧醉舞且摇鸾凤影，浩歌莫遣鱼龙泣。⑨恨此中、风物本吾家，今为客。⑩

【注释】

①冷泉亭：在西湖灵隐寺西南飞来峰下深水潭中。据《咸淳临安志》载，此亭为唐刺史元萸所建，白居易任刺史时，曾作《冷泉亭记》，并刻石于亭上。乾道六年(1170)，稼轩由建康通判调入京师临安，任司农寺主簿。期间游冷泉亭作此。　②“直节”二句：写道路两边竹松似官员衣冠整齐，昂然挺立。直节：劲直挺拔貌。缨：帽带。　③“渐翠谷”二句：写青翠山谷中泉声优美，如仙女珮环琮琤有声。珮环：玉制的饰物。　④“谁信”二句：言千丈青壁傍湖竖立，谁信此峰由天外飞来。据《咸淳临安志》引《舆地志》载，传说东

晋时，有天竺（今印度）僧慧理登此山，叹曰："此是中天竺国灵鹫山之小岭，不知何年飞来。"因称其峰为"飞来峰"。 ⑤"是当年"二句：谓飞来峰系神刀玉斧削就，今人难以识其来历。方壶：神话传说中的仙山。《列子·汤问》篇说渤海之东有五座仙山，方壶是其中之一。 ⑥琅玕：指绿竹。杜甫《郑驸马宅宴洞中》："主家阴洞细烟雾，留客夏簟青琅玕。" ⑦"秋露下"二句：形容泉水冷如秋露，美如玉珠。 ⑧"向危亭"二句：言横跨冷泉亭，走近清澈碧绿的水潭。 ⑨"醉舞"二句：写词人面对冷泉高歌起舞，身影宛如禽鸟，歌声惊动鱼龙。 ⑩"恨此中"二句：谓冷泉一带的风物与自己家乡极为相似，遗憾的是如今漂泊异地，暂难回归。

【品评】

此词是咏唱冷泉亭美景，引发怀思故园乡情的佳篇。词由竹松林立、泉声琮琤、峰峦峭拔、绿竹湿润，写到自身跨潭遨游，并因眼前美景与作者家乡济南风光相似，从而引发思乡怀归之情。词中巧用比拟手法，融化历史掌故，描写山川景物，很是精彩雅致。

声声慢

滁州旅次登奠枕楼作，和李清宇韵。[①]

征埃成阵，行客相逢，都道幻出层楼。[②]指点檐牙高处，浪涌云浮。[③]今年太平万里，罢长淮、千骑临秋。[④]凭栏望：

有东南佳气，西北神州。[5]　　千古怀嵩人去，还笑我、身在楚尾吴头。[6]看取弓刀陌上，车马如流。[7]从今赏心乐事，剩安排、酒令诗筹。[8]华胥梦，愿年年、人似旧游。[9]

【注释】

①乾道八年(1172)，稼轩出知滁州(今属安徽)。在滁州登览奠枕楼作此词。奠枕楼是辛弃疾守滁州时所建。崔敦礼《宫教集·奠枕楼记》云："郡之酤肆，旧颓废不治，市区寂然，人无以为乐，侯乃易而新之……既又揭楼于邸之上，名曰奠枕，使其民登临而歌舞之。"说明了稼轩建奠枕楼的经过。李清宇是稼轩在滁州结识的朋友，生平不详。　②"征埃"三句：言行人纷纷议论，惊讶奠枕楼突然耸起。征埃成阵：路上车来人往，扬起阵阵尘土。③"指点"二句：形容楼层高耸。檐牙：屋檐。浪涌云浮：层云似浪，飘浮于楼顶。　④"今年"二句：言今年长淮一带敌兵罢战，万里太平。罢长淮：淮河是南宋与金朝的交界线，"罢长淮"指金人暂停南侵。　⑤"凭栏望"三句：写登楼凭栏远眺四方的感受。东南佳气：东南方向的美好气象，指南宋都城临安的光景。西北神州：指北方中原故地。　⑥"千古"二句：意谓古人回归故乡，当笑我滞留滁州。怀嵩人去：化用唐李德裕的故事。李德裕贬滁州，建怀嵩楼，后终得归隐家乡嵩山(今河南登封)。《舆地纪胜·滁州景物》载："怀嵩楼即今北楼，唐李德裕贬滁州，作此楼，取怀归嵩洛之意。"楚尾吴头：滁州地处古代吴、楚两国交界处，故以此称滁州。　⑦"看取"二句：谓道旁巡卒不断，车马畅通。说明当地安定繁荣。弓刀：代指巡警。黄庭坚《寄上叔父夷仲》诗："弓刀陌

上望行色，儿女灯前语夜深。” ⑧“从今”二句：言从今开心安乐，尽可以诗酒消遣了。赏心乐事：谢灵运《拟魏太子邺中集诗序》：“天下良辰、美景、赏心、乐事，四者难并。” ⑨“华胥梦”二句：祝愿人们年年安定欢乐。华胥梦：华胥，传说中的国名。《列子·黄帝》篇：“（黄帝）昼寝而梦游于华胥氏之国。”其国平静自由。这里用以隐喻滁州。

【品评】

词写登奠枕楼所感。上阕先借行客之目光口舌，赞叹层楼高耸，再就登楼远望，描述社会环境，其间有近景，有远景，有可喜的现象，有可忧的氛围。下阕写自我感受。先写滞留南方的忧念，次写当地环境安宁，转忧为喜，末以祝愿大家安乐收结。反映了作者在滁州尽心职务，勤政爱民，念念不忘忧国。

木兰花慢

滁州送范倅[1]

老来情味减，对别酒，怯流年。[2]况屈指中秋，[3]十分好月，不照人圆。无情水都不管，共西风只管送归船。[4]秋晚莼鲈江上，夜深儿女灯前。[5]　　征衫便好去朝天。玉殿正思贤。[6]想夜半承明，留教视草；却遣筹边。[7]长安故人问我，道愁肠殢酒只依然。[8]目断秋霄落雁，醉来时响空弦。[9]

【注释】

①乾道八年(1172)秋,滁州通判范昂任满,奉诏返京,稼轩作此送行。范倅:指范昂。倅:副职,时范昂任滁州通判,故称。②“老来”三句:谓人老志气减弱,惧怕年华流逝。时稼轩三十三岁,已过而立之年,而复国大业未就,故自叹“老”。苏轼《江城子·东武雪中送客》有“对尊前,惜流年”之句。③屈指中秋:中秋节很快就到。④“无情水”二句:怨江水西风无情,送友人之船迅速远去。⑤“秋晚”二句:设想友人水行生涯和抵家后的天伦之乐。莼鲈(chún lú):莼羹和鲈鱼脍,均为江南特产。《世说新语·识鉴》篇谓西晋张翰在洛阳为官,见秋风起,因思吴中菰菜、莼羹、鲈鱼脍,遂弃官南归,云:“人生贵得适意尔,何能羁宦数千里以要名爵。”作者借言范昂返乡。夜深儿女灯前:化用黄庭坚《寄上叔父夷仲》诗:“弓刀陌上望行色,儿女灯前语夜深。”⑥“征衫”二句:谓友人面君,朝廷急需人才。好去:好生前去,居者安慰行者之辞,此含勖勉之意。玉殿:代指朝廷。⑦“想夜半”三句:悬想友人来日为朝廷重用的情景。承明:汉代宫中设承明庐,以供文学侍臣值班和起草文稿。此以汉喻宋。视草:起草诏书。筹边:筹划边境事务。⑧“长安”二句:谓故人问讯,但言我以酒浇愁,依然如故。长安:借指南宋京都临安。殢(tì)酒:沉溺于酒。秦观《梦扬州》词:“殢酒困花,十载因谁淹留。”⑨“目断”二句:遥望秋空雁坠,醉里犹闻空弦回响。《战国策·楚策》载,更羸与魏王在京台下仰见飞鸟,更羸言能“引弓虚发而下鸟”。时有雁自东来,遂引弓虚发而下之。魏王询其故,答曰:此箭伤未愈之孤雁,闻弓声而欲高飞,致使伤口迸裂,应声而下。稼轩借以自喻忧

谗畏讥的心理。或谓稼轩醉里引弓，念念不忘杀敌复国之志。

【品评】

既依依惜别，又勖勉对方奋进，并借机抒发自身的抑郁情怀。上片重在惜别，从对酒感时写入，接着怨水怨风，浓化惜别友情，末以友人抵家团聚收结。下片前半设想友人进京朝天的际遇，“视草”、“筹边”祈望其前程有为。后半由故人问讯，落笔到自身，“愁肠殢酒”显见抑郁不平，“时响空弦”隐现壮怀难抑。全篇情挚意浓，文思跳宕。

一剪梅

游蒋山，呈叶丞相。①

独立苍茫醉不归，日暮天寒，归去来兮。②探梅踏雪几何时。今我来思，杨柳依依。③　　白石冈头曲岸西，一片闲愁，芳草萋萋。④多情山鸟不须啼。桃李无言，下自成蹊。⑤

【注释】

①此词为淳熙元年(1174)春在建康(今江苏南京)作。时稼轩在建康任江东安抚使参议官。叶丞相：指叶衡，字梦锡，婺州金

华人，著名抗金人物，与稼轩交往密切，当时为建康知府兼江东安抚使。当年二月召赴行在，辛作此惜别。蒋山：即钟山。 ②“独立”三句：状送别场景。独立苍茫：独自站立于旷远之地。杜甫《乐游园歌》：“此身饮罢无归处，独立苍茫自咏诗。”这里化用杜诗，自抒情怀。归去来兮：引用陶渊明《归去来辞》首句。 ③“探梅”三句：言当年初春，踏雪游山，曾几何时，而今依依惜别。探梅踏雪：指在建康与叶衡同游的情景。《诗经・小雅・采薇》：“昔我往矣，杨柳依依。今我来思，雨雪霏霏。” ④“白石”三句：悬想别后思念对方的闲愁。白石冈：在建康朱雀门外，当为二人常游之处。芳草萋萋：崔颢《黄鹤楼》诗：“晴川历历汉阳树，芳草萋萋鹦鹉洲。”萋萋：茂盛貌。 ⑤“桃李”二句：《史记・李将军列传》引谚语赞曰：“桃李不言，下自成蹊。”《索隐》云：“按姚氏云：桃李本不能言，但以华实感物，故人不期而往，其下自成蹊径也。”这是喻实至而名归。这里借这则掌故，称颂叶衡政绩实在，有惠于民。

【品评】

这首送别词，由送别写到惜别，由眼前依依难舍的感受，伸延到默默相思的情景，末以称颂对方业绩声誉收结。字面看似浅易，其间融化前人辞语颇多，写来含蓄蕴藉，委婉多致。

水龙吟

登建康赏心亭①

楚天千里清秋，水随天去秋无际。[2]遥岑远目，献愁供恨，玉簪螺髻。[3]落日楼头，断鸿声里，江南游子。[4]把吴钩看了，栏杆拍遍，无人会、登临意。[5]　休说鲈鱼堪脍，尽西风，季鹰归未？[6]求田问舍，怕应羞见，刘郎才气。[7]可惜流年，忧愁风雨，树犹如此！[8]倩何人，唤取红巾翠袖，揾英雄泪。[9]

【注释】

①词作于淳熙元年(1174)秋，时稼轩在建康任江东安抚使参议官。　②“楚天”二句：言水天相接，一派秋色。楚天：战国时楚国占有南方大片土地，此泛指南方天空。　③“遥岑”三句：群山风流多姿，但引人愁苦而已。遥岑远目：放眼远山。玉簪螺髻：群山秀丽如美人头上碧色玉簪和螺形发髻。　④江南游子：作者自谓。词人家在北方济南，今宦游江南，故以此自称。　⑤“把吴钩”四句：写壮志难酬而又无人理解的感受。吴钩：古代吴国所制弯形宝刀，此泛指刀剑。杜甫《后出塞》诗：“少年别有赠，含笑看吴钩。”　⑥“休说”三句：尽管秋风吹起，不要说家乡鲈鱼味美，张季鹰是否归来？参前《木兰花慢·滁州送范倅》注释⑤。脍(kuài)：细切成片，指烹调。　⑦“求田”三句：谓国事未了，即经营个人安乐窝，恐见讥于有识之士。《三国志·魏书·陈登传》载：许汜拜见陈登，陈登久不与语，后许汜将此事告诉刘备，刘备说：“君有国士之名，今天下大乱，帝王失所，望君忧国忘家，有救世之意，而君求田问舍，言无可采，是元龙所讳也。”求田问舍：买田置房。刘郎才气：指刘备的襟怀气魄。　⑧“可惜”三句：叹事

业未成，年华虚度。《世说新语·言语》篇载：晋朝桓温北伐，途经金城（今江苏镇江附近），见当年亲手种的树已有十围之粗，感叹曰："木犹如此，人何以堪！"辛词仅用上句，而下句语意自在其中。⑨"倩何人"二句：意谓有谁安排淑女给予安慰。倩（qiàn）：请。红巾翠袖：指歌舞女子。揾（wèn）：擦拭。

【品评】

上片即地写景，由秋空旷远的天宇，到放眼江北的山峦；由无我之景，到有我之景；由开阔的远景到身边近景；由景到"江南游子"，笔锋落到词人自身。看吴钩，拍栏干，以人物动态显示内心激情。"登临意"，约略一点，而忧国襟怀之焦灼，可以想见。"无人会"，志士孤危，知音难觅，令人慨叹。下片承"登临意"具体抒发。反用张翰事，说不为思乡念家；再用许汜事，说无心营谋田园；融化桓温事，表明忧在北伐无期，时不我待。结尾收到英雄襟抱，无人抚慰。与上片煞拍呼应。词中以佳人发饰寓山河之恨，以历史掌故写抱负，委宛跌宕，慷慨鸣咽，极沉郁悲慨之致。

太常引

建康中秋夜为吕叔潜赋①

一轮秋影转金波，飞镜又重磨。②把酒问姮娥：被白发欺人奈何！③　　乘风好去，长空万里，直下看山河。斫去桂婆娑，人道是、清光更多。④

【注释】

①淳熙元年(1174)中秋在建康作。吕叔潜：名大虬，是当时的一位文人。余不详。　②“一轮”二句：明月皎洁，似飞镜重磨。秋影：指秋月。金波：金色的月光。《汉书·礼乐志·郊祀歌·天门》：“月穆穆以金波。”谓月光清明柔和，如金色流波。飞镜：喻月。　③姮(héng)娥：月中嫦娥，代指明月。白发欺人：薛能《春日使府寓怀》：“青春背我堂堂去，白发欺人故故(屡屡)生。”④“斫去”二句：化用杜甫《一百五日夜对月》诗中“斫却月中桂，清光应更多”两句诗意。斫(zhuó)：砍。桂婆娑：桂枝飘舞。神话传说谓月宫中有桂树。

【品评】

全词紧扣中秋月着笔，充满奇思异想。先写月轮运转，金波照射。继之把酒问月，发出“白发欺人”之叹，隐寓壮志未酬鬓先斑之慨。下片霍然振起，乘风凌空，俯瞰山河，寄托鹏飞万里之志，借以勉友勉己。结拍奔月斫桂，意在铲除奸邪，重振乾坤。其中的象征意义值得体味。周济《宋四家词选》谓桂婆娑“所指甚多，不止秦桧一人”。

菩萨蛮

金陵赏心亭为叶丞相赋①

青山欲共高人语，联翩万马来无数。[2]烟雨却低回，望来终不来。[3]　　人言头上发，总向愁中白。拍手笑沙鸥，一身都是愁。[4]

【注释】

①此词为淳熙二年(1175)春在建康安抚使参议官任上作。叶丞相：指叶衡。参前《一剪梅》(独立苍茫醉不归)注释①。②"青山"二句：言青山联翩而来，似欲与高人相语。高人：指叶衡。联翩：轻快飞动，接连不断。　③"烟雨"二句：谓烟雨遮山，青山若隐若现，似徘徊迟疑，欲来又止。　④"人言"四句：谓白发与愁无关，否则沙鸥通体皆白，岂非浑身是愁。白居易《白鹭》诗："人生四十未全衰，我为愁多白发垂。何故水边双白鹭，无愁头上也垂丝。"杨万里《有叹》诗："若道愁多头易白，鹭鸶从小鬓成丝。"

【品评】

词借青山托意，沙鸥传情，以幽默的手法称颂友人，开阔襟怀。上片以拟人手法写山，青山含情，欲访高人，一似万马奔腾，联翩而前，却又低首徘徊，欲行又止。形容山势神采飞动，形象逼真。下片借水上沙鸥起兴，驳议白发与愁无关，人应开朗奋进。其间仿佛以议论入词，颇为诙谐有趣。

菩萨蛮

书江西造口壁[1]

郁孤台下清江水，中间多少行人泪？② 西北望长安，可怜无数山！③　青山遮不住，毕竟东流去。④ 江晚正愁余，山深闻鹧鸪。⑤

【注释】

①此词作于淳熙二、三年（1175—1176）间，时稼轩在江西提点刑狱使任上。造口：即皂口，在今江西省万安县西南，其地有皂口溪，溪水流入赣江。稼轩驻节赣州，常经皂口。据宋人罗大经《鹤林玉露》卷四《辛幼安词》云："南渡之初（即建炎三年），虏人追隆祐太后御舟至造口，不及而还，幼安自此起兴。"此说与史载隆祐的逃亡路线不尽相符，而金兵在追击隆祐的过程中，大肆骚扰赣西一带，却是事实。文学创作自然有一定灵活性。　②"郁孤台"二句：言滚滚奔流的清江水，饱含当年流亡者的血泪。郁孤台：在今赣州西北。《赣州府志》载，唐李勉为赣州刺史时，曾登台北望长安，表示忠于朝廷，因改其名为"望阙台"。清江：江西袁水与赣江合流处，旧称清江，此指赣江。赣江由南而北经赣州市，过郁孤台下，至皂口，流入鄱阳湖。行人：指当年在金人骚扰下奔走流亡者。　③"西北"二句：遥望西北故都，无奈群山遮目。此即用李勉望阙之意。长安：借指北宋故都汴京。可怜：可惜。④"青山"二句：羡慕江流奔涌，不受群山遮拦，感叹人不如山，难以北去。或谓以江水奔逝喻国势陵夷，难以收拾。　⑤"江晚"二句：正愁江晚，又闻深山鸟鸣，愁上添愁。闻鹧鸪：传说鹧鸪飞必南向，而不北往，且鸣声凄切，易触动羁旅之愁。

【品评】

词起二句写水，由水而泪，翻出一段国耻民辱的伤心史实。次二句写山，暗用李勉“望阙”情意，拳拳之心，深深自见。下片山水合写。前两句羡江流奔涌，叹水去人不去，似扬还抑。后两句江晚深山闻鸟鸣，寓国愁于乡思，意境凄宛勃郁。此词“忠愤之气，拂拂指端”（卓人月《词统》），有含蓄蕴藉之美。

摸鱼儿

观潮上叶丞相[①]

望飞来、半空鸥鹭，须臾动地鼙鼓。[②]截江组练驱山去，鏖战未收貔虎。[③]朝又暮。悄惯得、吴儿不怕蛟龙怒，风波平步。[④]看红旆惊飞，跳鱼直上，蹙踏浪花舞。[⑤]　凭谁问，万里长鲸吞吐，人间儿戏千弩。[⑥]滔天力倦知何事，白马素车东去。[⑦]堪恨处，人道是、属镂怨愤终千古，功名自误。[⑧]谩教得陶朱，五湖西子，一舸弄烟雨。[⑨]

【注释】

①淳熙三年（1176）秋，稼轩由江西提点刑狱改官京西路转运判官，赴任途中过临安（治所在今杭州）述职，适值钱塘观潮，应时往观，作此呈叶丞相。钱塘潮是有名的景观，苏轼《催试官考较戏

作》："八月十八潮，壮观天下无。"叶丞相：指叶衡。参前《一剪梅》（独立苍茫醉不归）注①。叶衡淳熙元年入相，次年已罢职，这里沿用旧称，以示敬重。　②"望飞来"二句：写江潮远来疾驰的声势，上句形容江潮如鸥鹭盖天铺地而来，下句形容江潮疾驰如战鼓齐鸣，声撼大地。鼙（pí）鼓：军队进击时所用的战鼓。　③"截江"二句：写江潮大至的奇景壮观。截江：横截江面。组练：组甲披练的简称，分别指军士所服的两种衣甲。《左传·襄公三年》："使邓廖帅组甲三百、被练三千以侵吴。"苏轼曾用以形容钱塘怒潮："鹍鹏水击三千里，组练长驱十万夫。"（《催试官考较戏作》）此以队队白色衣甲军士，喻层层巨浪相逐而至。驱山：驱赶白色的浪山波峰。鏖（áo）战：激战、酣战。貔（pí）虎：喻勇猛之士。貔：似熊的一种猛兽。谓江潮汹涌翻滚，如勇士激战未休。　④"朝又暮"三句：写吴儿弄潮如平地闲步。朝又暮：由早到晚。悄：也作"诮"，直也，浑也。吴儿：此指江浙一带弄潮的青少年。⑤"看红旆"三句：言吴儿挥旗踏浪，如鱼跃水面。据周密《武林旧事》（卷三《观潮》）载："吴儿善泅者数百，皆披发文身，手持十幅大彩旗，争先鼓勇，溯迎而上，出没于鲸波万仞中，腾身百变，而旗尾略不沾湿，以此夸能。"潘阆《酒泉子》词咏钱塘谓："弄潮儿向涛头立，手把红旗旗不湿。"红旆（pèi）：红旗。蹙（cù）：蹋，踩。⑥"凭谁问"三句：谓怒潮汹涌岂人力所能遏制。长鲸吞吐：喻潮水浩大，如长鲸口中喷出，威力无比。儿戏千弩：千弩射潮，如同儿戏。据《宋史·河渠志》载，吴越王钱镠筑江堤，为阻潮水冲击，命数百士卒用强弓射潮。弩（nǔ）：弩弓，一种利用机械力量射箭的弓。　⑦"滔天"二句：言连天怒潮力倦难支，缓缓东归。白马素车:白色马车,喻指江潮。枚乘《七发》形容曲江波涛:“其少进也,浩浩溰溰(一片洁白貌),如素车白马帷盖之张。”又传说伍子胥死后,人们“时有见子胥乘素车白马在潮头之中,因立庙以祠焉”(《太平广记》卷二九一)。 ⑧“堪恨处”三句:谓伍子胥忠而见谗,遗恨千古。属镂怨愤:《史记·吴太伯世家》载,春秋吴越交战时,吴王夫差不纳相国元老伍子胥的忠告,接受越王勾践的假降,更赐属镂剑命伍子胥自刎,子胥死后又被弃尸江中。未几,越果灭吴。又传说伍子胥冤魂不散,年年驱水作潮。后人因称其为“潮神”,设庙祭之。按词人显然为伍子胥鸣不平,否定“功名自误”之说。 ⑨“谩教得”三句:谓范蠡汲取伍子胥的教训,助越灭吴后,即隐身自退。谩教得:空教得。陶朱:即陶朱公。范蠡为越国大夫,曾施美人计献西施于吴王夫差。助越灭吴后,自思“大名之下,难以久居,且勾践为人,可与同患,难与处安”。遂装其珠宝,浮海而去。后定居于陶(今山东定陶),经商致富,自称陶朱公(《史记·越王勾践世家》)。西子:即西施。范蠡曾以其献吴。功成:传说范蠡携西施泛舟五湖。五湖:古代吴越地区的湖泊。舸(gě):大船。弄烟雨:玩赏湖上云水迷蒙的景色。

【品评】

词上片写观潮,描绘生动,比喻新巧。先写江潮由远而近,形如飞鸟,声振大地。接写江潮翻滚,就像猛兽般的勇士激战不休。再赋吴儿弄潮,于惊涛骇浪中龙腾鱼跃,踏浪挥旗。下片写潮退有感,乘机议论,借景抒怀。先写潮升潮落,非人力能左右,隐寓宦海浮沉,顺逆难定。继写连天怒潮,力倦东归,再借伍子胥忠而被谗，为忠义之士鸣不平。末以范蠡功成身退，逍遥泉林，宽慰叶相。

满江红[①]

汉水东流，都洗尽、髭胡膏血。[②]人尽说、君家飞将，旧时英烈。[③]破敌金城雷过耳，谈兵玉帐冰生颊。[④]想王郎、结发赋从戎，传遗业。[⑤]　腰间剑，聊弹铗。尊中酒，堪为别。[⑥]况故人新拥，汉坛旌节。[⑦]马革裹尸当自誓，蛾眉伐性休重说。[⑧]但从今、记取楚台风，庾楼月。[⑨]

【注释】

①此词作于淳熙四年(1177)。是年春，稼轩由京西路转运判官改官江陵(今湖北荆州)知府兼湖北安抚使。据词意，当为送李姓友人去汉中而作。其人生平不详。　②“汉水”二句：谓东流的汉水可以淹没胡人。汉水：长江支流。髭(zī)胡：代指入侵的金兵。髭：唇上的胡子。膏血：血迹。　③“人尽说”二句：谓友人先祖为名将英杰。飞将：指西汉名将李广。他善于用兵，作战英勇，屡败匈奴，匈奴称之为“汉之飞将军，避之数岁”(《史记·李将军列传》)。王昌龄《出塞》诗：“但使龙城飞将在，不教胡马度阴山。”　④“破敌”二句：赞美李广用兵神速，通晓兵机。金城：谓城坚固。玉帐：谓主帅军帐美好。颜之推《观我生赋》：“守金城之汤池，转绛宫之玉帐。”冰生颊：言谈兵爽利。苏轼《浣溪沙》词：“论

兵齿频带风霜。” ⑤“想王郎”二句:借王粲激励友人承传先祖业绩。王郎:王粲,三国时建安七子之一。曾随曹操西征汉中,作《从军诗》五首。 ⑥“腰间剑”四句:言弹剑作歌,叹报国无门,惟以杯酒为友人饯行。弹铗:敲击剑柄。《战国策·齐策》载,齐人冯谖为孟尝君门下客,不受重用,曾三次弹铗作歌,以示不满欲去。 ⑦“况故人”二句:谓友人新任重要军职。汉坛旌节:国家政坛上的旌旗。 ⑧“马革”二句:激励友人驰骋沙场,休恋儿女情事。马革裹尸:东汉名将马援自请出击匈奴时说:“男儿要当死于边野,以马革裹尸还葬耳,何能卧床上在儿女子手中邪!”(见《后汉书·马援传》)蛾眉伐性:指贪恋女色,损害刚强性格。枚乘《七发》云:“皓齿蛾眉,命曰伐性之斧。” ⑨“但从今”二句:望友人今后牢记旧游,眷恋友情。楚台:即兰台,在今湖北荆州。庾楼:一称南楼,在今湖北武汉武昌区。王安石《千秋岁引·秋景》:“楚台风,庾楼月,宛如昨。”

【品评】

这首赠别勉友之作,上片着重称颂友人先祖英勇抗敌,长于指挥,业绩辉煌。接着借古代名流王粲喻指友人,激励其承传先人遗业。下片侧重写当前赠别场景和心情,先叹报国无门,持酒饯别。接写友人新任军职,当会驰骋战场,志在有为。末以铭记旧游、勿忘知己收结。全篇格调昂扬雄放,读之令人鼓舞。

鹧鸪天

离豫章,别司马汉章大监。①

聚散匆匆不偶然，二年历遍楚山川。[2]但将痛饮酬风月，莫放离歌入管弦。[3]　　萦绿带，点青钱，东湖春水碧连天。[4]明朝放我东归去，后夜相思月满船。[5]

【注释】

①淳熙五年(1178)春离豫章作。豫章：今江西南昌。司马汉章：司马倬，字汉章，任江南东路提点刑狱(带监察性质)，故称大监。　②"聚散"二句：言聚散无常，两年内宦踪不定，聚散匆匆。欧阳修《浪淘沙》词："聚散苦匆匆，此恨无穷。"二年历遍楚山川：稼轩自淳熙三年秋至五年春，不足二年，调动频繁，而宦迹所至江西、湖北一带，古时均属楚地，故有此语。　③"但将"二句：但求对月痛饮，休奏离别悲歌。　④"萦绿带"三句：描绘豫章的秀丽景色。萦绿带：绿水环绕似带。点青钱：湖中荷叶如青钱点缀水面。东湖：在今江西南昌东南。春水碧连天：碧水蓝天一色。韦庄《菩萨蛮》词："春水碧于天，画船听雨眠。"　⑤"明朝"二句：言明日东归临安，当于舟中对月思友。

【品评】

起二句概括两年行踪匆促，叙事简洁爽畅。"不偶然"，隐含难言之隐。三、四句但醉风月，莫放离歌，看似旷达，实则沉郁。下片前三句紧承风月，勾画东湖美景，清丽如画，体现依依难舍之情。结处想象别后殷切思友，情景交融，韵味深长，言简意赅。

念奴娇

书东流村壁[①]

野棠花落，[②]又匆匆过了，清明时节。刬地东风欺客梦，一夜云屏寒怯。[③]曲岸持觞，垂杨系马，此地曾轻别。[④]楼空人去，旧游飞燕能说。[⑤]　闻道绮陌东头，行人曾见，帘底纤纤月。[⑥]旧恨春江流不断，新恨云山千叠。[⑦]料得明朝，尊前重见，镜里花难折。[⑧]也应惊问：近来多少华发？[⑨]

【注释】

①淳熙五年(1178)，稼轩在隆兴(今江西南昌)任上奉诏入京，途经东流，作此词。东流：旧县名，在今安徽省南部，后与至德县合为东至县。东流县靠近长江，稼轩由江西发舟，顺流而下，至此泊驻，抚今追昔，咏此抒怀。词中情事可能发生在乾道元年至三年(1165—1167)，时稼轩江阴签判任满，曾漫游吴楚一带。②野棠：野生海棠，色白，二月开花。　③"刬地"二句：言东风惊醒客梦，云屏送来春寒。刬(chǎn)地：平白无故地，宋元词习用语。欺客梦：犹言惊客梦。云屏：画有云山等景致的屏风。寒怯：怯寒，怕冷。　④"曲岸"三句：回忆当年和伊人在此分别的情景。持觞(shāng)：举起酒杯。　⑤"楼空"二句：人去楼空，惟楼头飞燕能说旧日情事。此化用苏轼《永遇乐·彭城夜宿燕子楼》词意：

“燕子楼空，佳人何在？空锁楼中燕。” ⑥“闻道”三句：听说有人曾见伊人行踪。此化用苏轼《江城子》词意：“门外行人，立马看弓弯。”绮陌：繁华的街道。帘底：帘儿底下。李清照《永遇乐》：“不如向帘儿底下，听人笑语。”纤纤月：纤细之月，喻美人之足，即指美人。刘过《沁园春》咏美人足：“似一钩新月，浅碧笼云。”按：或谓此喻美人之眉，或谓此喻美人姿容，然就上文“帘底”一语看，当以喻美人足为宜。又，或谓此江楼帘底见月，乃水边实景。⑦“旧恨”二句：谓旧恨未断，新恨相继。语从苏、秦诗词脱化而来。苏轼《书王定国所藏烟江叠嶂图》诗：“江上愁心千叠山，浮空积翠如云烟。”秦观《江城子》词：“便做春江都是泪，流不尽，许多愁。” ⑧“料得”三句：言即便明日樽前重逢，怕也欢梦难继。镜里花难折：如镜中之花，可望不可折，乃虚幻之象。 ⑨“也应”二句：言如再相逢，伊人也当有惊于词人白发频生。

【品评】

这是一首念旧怀人词。发端五句写流光飞速，客梦春寒，为词旨做出铺垫，接着由客梦带出回忆。“曲岸”以下回忆当年与伊人分别情景，进而感叹人去楼空的凄凉氛围。下片“闻道”、“料得”，纯属想象虚写，旨在为旧恨不断、新恨展衍尽力发挥。“多少华发”也是愁苦衷情的展现。词在缠绵悱恻的儿女情中，隐隐带出一股勃郁悲壮之气。

水调歌头

舟次扬州，和杨济翁、周显先韵。①

落日塞尘起，胡骑猎清秋。[2]汉家组练十万，列舰耸层楼。[3]谁道投鞭飞渡，忆昔鸣髇血污，风雨佛狸愁。[4]季子正年少，匹马黑貂裘。[5]　　今老矣，搔白首，过扬州。[6]倦游欲去江上，手种橘千头。[7]二客东南名胜，万卷诗书事业，尝试与君谋。[8]莫射南山虎，直觅富民侯。[9]

【注释】

①淳熙五年(1178)春，稼轩应召入京为大理少卿，不足半年，又调任湖北转运副使，这年秋他赴湖北任所，途中舟次扬州，作此词。按：扬州为当时长江北岸军事重镇。绍兴三十一年(1161)，金主完颜亮大举南侵，一度占领扬州，后被南宋虞允文率部在采石矶一战击溃，完颜亮也为部属所杀。稼轩过此，抚今追昔，深有感慨，作此抒怀。杨济翁：即杨炎正，诗人杨万里的族弟，年五十二始登进士第。在扬州与稼轩会晤时，曾同舟过镇江，登多景楼，作《水调歌头》一阕，抒请缨无门之慨。稼轩作此词相和。周显先：其人不详。　②“落日”二句：言金人大举来犯，即指绍兴三十一年金兵南侵事。猎：行猎，实指发动战争。古代北方游牧部族常趁秋天粮足马肥之际，借行猎为名向南骚扰。　③“汉家”二句：谓南宋军队列舰江面，严阵以待，此即指虞允文采石矶抗金事。组练：指军队。耸层楼：形容战舰高大雄壮。　④“谁道”三句：写当年金主完颜亮南侵惨败及其死于非命。投鞭飞渡：前秦苻坚以九十万军南侵东晋，曰：“以吾之众旅，投鞭于江，足断其流。”(《晋书·苻坚载记下》)但淝水一战，大败而归。此喻完颜亮南侵气焰嚣张，并暗示其最终败绩。鸣髇(xiāo)血污：被响箭射

死。鸣髇:响箭。风雨佛狸愁:佛狸是后魏太武帝拓跋焘的小名。他南侵刘宋王朝受挫北撤后,死于宦官之手。此喻完颜亮死于非命。 ⑤“季子”二句:以苏秦自喻,言其年少南归时的英武气概。季子:苏秦,字季子,战国时代著名纵横家。当其未得志时,曾得赵国李兑资助黑貂裘,西去游说秦王(事见《战国策·赵策》)。⑥“今老矣”三句:谓今过扬州,人已中年,不堪回首当年之事。搔白首:暗用杜甫《梦李白》诗意:“出门搔白首,若负平生志。”⑦“倦游”二句:谓欲退隐江上,种橘消愁。橘千头:用三国时丹阳太守李衡事。《襄阳耆旧传》载:太守李衡命人到武陵龙阳汜洲种橘千株。临终对其子说我家有“千头木奴”,足够你岁岁使用。⑧“二客”三句:称颂友人学富志高,愿为之谋划。二客:指杨济翁、周显先。名胜:名流。万卷诗书事业:化用杜甫《奉赠韦左丞丈》诗意:“读书破万卷,下笔如有神……致君尧舜上,再使风俗淳。” ⑨“莫射”二句:劝友人宁当太平侯相,不做战时李广。此牢骚语,讽嘲朝廷轻视战备,不思北伐。射南山虎:指汉将李广。李广闲居蓝田南山时,曾射猎猛虎(见《史记·李将军列传》)。富民侯:《汉书·食货志》:“武帝末年,悔征伐之事,乃封丞相为富民侯。”

【品评】

词以今昔对比抒发愤懑之情。上片展开十七年前的一幅历史图卷:金兵南侵,气焰嚣张;宋军北拒,战舰刚强;末以敌酋兵败身亡告终。歇拍自我画像,英姿飒爽。下片转向现实寄慨抒怀。自隆兴和议以来,爱国志士年华虚度,请缨无路。故词中有白首之叹，归隐之思。接着称颂友人致力学业，结拍劝慰友人，隐寓对朝廷无意北伐的嘲讽。

南乡子

舟行记梦[1]

欹枕橹声边，贪听咿哑聒醉眠。[2]梦里笙歌花底去；依然，翠袖盈盈在眼前。[3]　　别后两眉尖，欲说还休梦已阑。[4]只记埋冤前夜月，相看，不管人愁独自圆。[5]

【注释】

①淳熙五年(1178)秋，稼轩由临安赴湖北任职，时舟行江上，感梦作此。　②"欹枕"二句：写倚枕醉眠，橹声扰人。欹(qī)枕：倚枕。咿哑：象声词，摇船声。聒(guō)：嘈杂之声。　③"梦里"三句：写梦境。笙歌在花丛，玉人历历在目。翠袖：穿绿色衣衫的伊人。　④"别后"二句：言玉人欲诉别后相思情，不曾想梦断人去。两眉尖：双眉紧皱，愁苦貌。梦已阑：梦尽。　⑤"只记"三句：记述玉人梦中语：抱怨夜月无情，偏于人离时月圆。意同苏轼《水调歌头·丙辰中秋》词："何事长向别时圆。"

【品评】

词题曰"舟行记梦"，所梦何人，本事无考。先写舟中孤寂，摇橹声中，由醉入梦。梦中花丛笙歌动听，伊人宛然在目。换头写伊人倾诉别后相思，然后以对方埋怨人离月圆收结，体现双方依依难舍，情挚意浓。小词写得清丽爽畅，精湛宜人。

破阵子

为范南伯寿。时南伯为张南轩辟宰卢溪，南伯迟迟未行，因作此词勉之。①

掷地刘郎玉斗，挂帆西子扁舟。②千古风流今在此，万里功名莫放休。君王三百州。③　　燕雀岂知鸿鹄，貂蝉元出兜鍪。④却笑卢溪如斗大，肯把牛刀试手不。⑤寿君双玉瓯。⑥

【注释】

①此词为淳熙五年(1178)稼轩在湖北转运副使任上作。范南伯：范如山，字南伯，是稼轩的内弟。张南轩：张栻，字南轩，抗金名将张浚之子，时任荆湖北路转运副使。范南伯被张南轩征聘为卢溪(今湖南泸溪)县令。辟：征召。宰：县令。　②"掷地"二句：用范姓故事规勉范南伯。掷地刘郎玉斗：据《史记·项羽本纪》载：鸿门宴上，项羽不听范增劝谏，放走刘邦。范增怒将刘邦赠送的一双玉斗(玉制酒杯)掷于地，用剑击破，愤愤而去。刘郎：指刘邦。挂帆西子扁舟：用范蠡破吴后，载西施放舟五湖事。《史

记·越王勾践世家》载：越国大夫范蠡施美人计，助越灭吴，功成名就后，携西施泛舟五湖。西子：即西施。 ③“千古”三句：谓英雄应立功万里，报效君国。三百州：泛指宋室国土。 ④“燕雀”二句：谓人当有鸿鹄之志，公侯将相原出于普通士卒。《史记·陈涉世家》载：秦末起义领袖陈涉少时与人佣耕，休息时与同伴闲聊，陈涉说：“苟富贵，无相忘。”同伴笑而应曰：“若为佣耕，何富贵也？”陈涉太息曰：“嗟乎，燕雀安知鸿鹄之志哉！”鸿鹄(hú)：两种远举高飞的大鸟。貂蝉：即貂蝉冠，代指大官。兜鍪(dōu móu)：士兵的头盔，代指士卒。 ⑤“却笑”二句：劝南伯勿嫌地小职微，正可大才初试。如斗大：形容卢溪地小。《南史·宗悫传》记宗悫语：“我年六十，得一州如斗大。”牛刀：喻大才。《论语·阳货》篇载孔子语：“割鸡焉用牛刀。”喻大才小用。 ⑥“寿君”句：赠南伯玉杯为寿。玉瓯：玉制酒杯。

【品评】

作者借为南伯祝寿，激励其戮力国事，施展才华。起笔以两位前代范姓故事相勉，接着正面劝告对方，要抓住时机，为国效力。换头阐述万里功业须从小处做起，应就地施展才力，勿计地域大小。结句点明祝寿题面，“玉瓯”与篇首“玉斗”遥相呼应。全篇寓意丰盈，口吻亲切。

摸鱼儿

淳熙己亥，自湖北漕移湖南，同官王正之置

酒小山亭，为赋。①

更能消、几番风雨，匆匆春又归去。②惜春长怕花开早，何况落红无数。③春且住，见说道、天涯芳草无归路。④怨春不语。算只有殷勤，画檐蛛网，尽日惹飞絮。⑤　长门事，准拟佳期又误。蛾眉曾有人妒。千金纵买相如赋，脉脉此情谁诉？⑥君莫舞，君不见、玉环飞燕皆尘土！⑦闲愁最苦。休去倚危栏，斜阳正在，烟柳断肠处。

【注释】

①淳熙六年(1179)，辛弃疾由荆湖北路转运副使调任荆湖南路转运副使，同僚王正之(王正己的字)在转运副使官衙内的小山亭置酒饯别。当时辛弃疾南归已十七年，由于受朝内主降派官僚压抑，他调来调去，只被任用为闲散官和地方官，恢复中原的壮志宏图无法实现。因而赋此词抒发郁闷之怀。漕：转运使的省称。②“更能消”二句：叹残春难禁风雨，隐喻国势风雨飘摇。更能消：经不住。　③“惜春”二句：写“落红无数”的伤春之感，以“怕花开早”的惜春心理衬托。　④“春且住”二句：劝春暂留。　⑤“算只有”三句：谓只有画檐蛛网微留春色。此喻关心国势者人少势孤。飞絮：柳絮，象征春色。　⑥“长门事”五句：谓遭人嫉妒，难再邀宠。此喻小人弄权，复国大业难成。据《昭明文选·长门赋序》，陈皇后失宠于汉武帝，幽居长门宫，闻司马相如善文，以千金请作《长门赋》。武帝读后感悟，陈皇后由是再度承宠。　⑦“君莫舞”二句：呵斥善妒者莫得意忘形，终有恶报。唐玄宗妃杨贵妃，小字

玉环;汉成帝皇后赵后,号飞燕,两人均得宠善妒,终获恶报。伶玄有妾樊通德,能讲述当年赵飞燕的故事,伶玄听过飞燕故事后,对樊通德说:“斯人俱灰灭矣!当时疲精力驰骛嗜欲蛊惑之事,宁知终归荒田野草乎!”(《赵飞燕外传》附《伶玄自叙》)

【品评】

前阕叹春光难留。由风雨送春发端,继而惜春、留春、怨春,收到仅有多情蛛网沾惹一丝半片柳絮,可谓春之残迹。婉转说来,感情层层深化。后阕伤美人迟暮,糅合历史故事,予以宛曲体现。一层佳人被冷落遭疑忌,一层委曲幽怨难得倾诉,一层斥恃宠妒人之辈必归湮灭。“闲愁最苦”一句收拢。煞拍烟柳斜阳,一派凄迷,既拍合春归,又暗示前景暗淡。以佳人感春自伤,拟英雄生不逢时,自古骚人惯用此法。此词表面伤春,实为忧时,明写佳人被妒,隐喻忠臣遭谗,所谓“闲愁”,实乃家国时代之忧思。以宛曲隐约手法摅布一腔忠愤;绮丽其表,沉郁其里;笔势千回百转,风调抑郁顿挫。回肠荡气,独擅千秋。

阮郎归

耒阳道中为张处父推官赋[1]

山前灯火欲黄昏,山头来去云。鹧鸪声里数家村,潇湘逢故人。[2] 挥羽扇,整纶巾。少年鞍马尘。[3] 如今憔悴赋《招魂》，儒冠多误身。④

【注释】

①淳熙六、七年(1179—1180)间，稼轩在湖南任上，此词当是巡视州郡适逢故人有感而作。耒(lěi)阳：今湖南耒阳，宋代隶属荆湖南路。张处父推官：其人不详。推官：州郡所属的助理官员。②潇湘逢故人：袭用梁柳恽《江南曲》中语："洞庭有归客，潇湘逢故人。"潇湘：潇水、湘水，在湖南零陵合流后，统称潇湘。故人：即指张处父。 ③"挥羽扇"三句：忆及张氏少年戎马生涯。张处父可能少年时期有过一段军事生活。挥羽扇，整纶(guān)巾：手执羽毛扇，头戴青丝带做成的帽子，这是魏晋时代儒将的服饰。苏轼《念奴娇·赤壁怀古》词："羽扇纶巾，谈笑间、樯橹灰飞烟灭。"鞍马尘：指驰骋的战马。 ④"如今"二句：言友人而今仕途失意，惟赋《招魂》类诗赋来缅怀往昔而已。《招魂》：楚辞篇名，一般认为是屈原作。儒冠多误身：谓书生不谙世故，误了自己。此袭用杜甫《赠韦左丞丈》诗中语句："纨袴不饿死，儒冠多误身。"儒冠：书生的帽子，代指书生。

【品评】

上片描绘巧遇故人的自然背景，山村灯火暗淡，居民稀少，氛围清冷，隐见张处父平淡艰辛的退居生涯。下片回顾友人少年的戎马生涯，羽扇纶巾，神态潇洒，鞍马驰骋，英姿勃勃。收尾转入当前，显见仕途沦落，心地抑郁。体现出对方早年志在有为，老来壮怀莫酬。这既是为友人鸣不平，也是自抒感慨。

减字木兰花

长沙道中，壁上有妇人题字，若有恨者，用其意为赋。①

盈盈泪眼，往日青楼天样远。②秋月春花，输与寻常姊妹家。③　水村山驿，日暮行云无气力。④锦字偷裁，立尽西风雁不来。⑤

【注释】

①淳熙六、七年（1179—1180）间，稼轩在湖南任上，行经长沙，目睹一位遭遇生活不幸的妇人壁间的题词，遂赋此词，以表同情。　②“盈盈”二句：写妇人失去美好的生活，含泪悲啼。青楼：华贵的闺房。曹植《美女篇》：“借问女何居，乃在城南端。青楼临大路，高门结重关。”　③“秋月”二句：言年迈色衰，难与他人比美。　④“水村”二句：谓居处清贫，身如行云，漂泊无定。⑤“锦字”二句：谓寄书无人，难以通讯。锦字：指书信。《晋书·列女传·窦滔妻苏氏》：“滔，苻坚时为秦州刺史，被徙流沙。苏氏思之，织锦为回文旋图诗以赠滔。宛转循环以读之，词甚凄惋。”雁：古时谓雁能传书。

【品评】

上片写妇人失去了往日的幸福生活，当前处境与过去反差很大，难以与普通姐妹相比。下片写她如今生活清苦，孤身漂泊不定，撰写书信，也无法投递。其人处境难耐，情景悲凉凄惶。小词写得浅近通俗，体现了作者对其不幸际遇的深深同情。

木兰花慢

席上送张仲固帅兴元[①]

汉中开汉业，问此地、是耶非？[②]想剑指三秦，君王得意，一战东归。[③]追亡事，今不见，但山川满目泪沾衣。[④]落日胡尘未断，西风塞马空肥。[⑤] 一编书是帝王师。小试去征西。[⑥]更草草离筵，匆匆去路，愁满旌旗。[⑦]君思我、回首处，正江涵秋影雁初飞。[⑧]安得车轮四角，不堪带减腰围。[⑨]

【注释】

①此词作于淳熙八年(1181)秋。上年冬稼轩由湖南调任知隆兴(今江西南昌)兼江西安抚使，其时张仲固任江西运判，次年秋，张氏调为兴元(今陕西汉中)知府，稼轩作此词饯行。张仲固：张坚，字仲固。帅兴元：即兴元长官。 ②“汉中”二句：谓汉中当

为汉家开业的基地，是否？汉中：此指兴元。《读史方舆纪要》："兴元，《禹贡》为梁州地，秦汉以来皆曰汉中，宋平孟蜀，升为兴元府。"兴元：是南宋西部的边防重镇。 ③"想剑指"三句：言刘邦统领三秦，春风得意，乘胜东归，与项羽争霸天下。三秦：项羽为阻遏刘邦东向争霸，曾三分关中，立秦降将章邯、司马欣、董翳为三王，称"三秦"。后刘邦灭三秦，一统关中（事见《史记·高祖本纪》、《史记·项羽本纪》）。 ④"追亡事"三句：谓追回将才之事，今已不见，中原沦落令人悲伤。追亡：指追回韩信。韩信有将帅之才，初归刘邦未得重用，怒而离去，萧何追回韩信，竭力推荐，刘邦乃拜信为将，成就了灭楚兴汉的大业。"山川满目"句：唐李峤《汾阴行》："山川满目泪沾衣，富贵荣华能几时。" ⑤"落日"二句：言落日下金兵飞马扬尘，西风中我军战马空肥。下句与陆游《关山月》"厩马肥死弓断弦"用意相同。 ⑥"一编书"二句：以张良相勉，愿友人西去大展奇才，为国立功。《史记·留侯世家》载，张良少时过下邳圯桥，遇一老人。老人赠良一编书，曰："读此，则为王者师矣。"所赠乃《太公兵法》。后张良辅汉成为开国元勋。 ⑦愁满旌旗：隐寓任务艰巨，离愁深重。 ⑧"君思我"二句：设想友人于征途中思念自己的情景。江涵秋影雁初飞：系采用杜牧《九日齐山登高》诗中原句。 ⑨"安得"二句：写自己对友人的惜别和思念之情。车轮四角：幻想留住友人。唐陆龟蒙《古意》诗："君心莫淡薄，妾意正栖托。愿得双车轮，一夜生四角。"带减腰围：谓因思友而渐消瘦。杜甫《伤秋》诗："懒慢头时栉，艰难带减围。"

【品评】

这是一首送别词，因友人西帅汉中，故以汉中故实发端，明写刘邦据汉中创业，暗责宋室苟安江南，无心复国。“追亡事，今不见”，讽喻朝廷不重人才，以致爱国志士面对破碎山河，泪湿征衣。“胡尘未断”、“塞马空肥”，显示出当今局面的严重危急。下片在动荡的时代背景下抒发别情。先称赏友人多才，勉励其逞才卫国，继写惜别、眷恋、相思之友情，“君思”、“安得”，从彼此两方面着笔，见出双方情谊浓挚。词既流露了伤时忧国之慨，又体现了依恋惜别之情。

沁园春

带湖新居将成[1]

三径初成，鹤怨猿惊，稼轩未来。[2]甚云山自许，平生意气；衣冠人笑，抵死尘埃。[3]意倦须还，身闲贵早，岂为莼羹鲈脍哉。[4]秋江上，看惊弦雁避，骇浪船回。[5]　　东冈更葺茅斋。好都把、轩窗临水开。要小舟行钓，先应种柳；疏篱护竹，莫碍观梅。[6]秋菊堪餐，春兰可佩，留待先生手自栽。[7]沉吟久，怕君恩未许，此意徘徊。[8]

【注释】

①此词作于淳熙八年(1181)秋。带湖在江西上饶。上饶城北有片空地,背城枕湖,风光幽美,辛弃疾选定此地盖了一所住宅。辛弃疾南归后力主抗金,在南宋朝官中遭受疑忌,任职屡屡调动。他预感到仕途险恶,必遭斥逐。因此早在淳熙六年任湖南转运副使时,即开始在上饶经营带湖新居。到淳熙七年冬,他再知隆兴府兼江西安抚使。次年秋新居将成,作此词。 ②"三径"三句:意谓新居初成,鹤猿惊怪主人不到。三径:代指隐居宅舍。陶渊明《归去来兮辞》:"三径就荒,松菊犹存。"鹤怨猿惊:化用孔稚珪《北山移文》中"蕙帐空兮夜鹤怨,山人去兮晓猿惊"语。 ③"甚云山"四句:为何自许喜爱云山,讲究意气,而今还死赖在尘垢之中,招惹名士讥笑呢? 尘埃:指污浊的官场。 ④"意倦"三句:谓及早身退,岂是纯为家乡美味。莼羹鲈脍:反用西晋张翰(字季鹰)故事。《世说新语·识鉴》篇载:张季鹰在洛阳做官,"见秋风起,因思吴中菰菜羹、鲈鱼脍,曰:'人生贵得适意尔,何能羁宦数千里以要名爵。'遂命驾便归"。 ⑤"秋江上"三句:喻遭人排挤,不若急流勇退,全身远害。 ⑥"东冈"六句:描绘筹划中的庭园建筑。茅斋:茅草盖顶的书房。轩窗临水开:轩窗,门窗。陆游《老学庵笔记》卷六引吕文靖诗,有"贺家湖上天花寺,一一轩窗向水开"之句。 ⑦"秋菊"三句:拟自栽秋菊春兰。餐菊佩兰:兼喻志行高洁。屈原《离骚》有"夕餐秋菊之落英"和"纫秋兰以为佩"句。 ⑧"沉吟久"三句:欲思退隐,犹恐君主不许。

【品评】

词写出处进退的踌躇心态。起拍点题后借猿鹤责怪主人未归,暗示欲归之意,以下分三层述归心已决,一合乎素志初衷,一早退并非由于思乡,一急流勇退正可全身远祸。“骇浪船回”,借景寓意,语极警策。下片紧贴新居设想归隐种种。茅斋、轩窗、小舟、疏篱、行钓、观梅、餐菊、佩兰,环境清幽,生活高雅,与“身闲贵早”处处契合。篇末作一顿挫,担心朝廷挽留,实际仍冀望有机缘一展报国壮志。

菩萨蛮[①]

稼轩日向儿曹说:带湖买得新风月。[②]头白早归来,种花花已开。[③]　　功名浑是错,更莫思量着。见说小楼东,[④]好山千万重。

【注释】

①此词作期与上篇相同,时带湖宅第将成而人尚未归来。②儿曹:儿辈。带湖:指带湖宅第。　③“头白”二句:谓及早退职,备好幽雅环境。苏轼《送表弟程六知楚州》诗:“功成头白早归来,共借梨花作寒食。”　④小楼:指带湖宅第的集山楼,见洪迈《稼轩记》。因登楼可望灵山群峰,故名集山楼。

【品评】

词写迁入带湖新居前的心境，用家常语言说明宅第环境幽雅宁静，傍水靠山。功名是错，隐寓壮志难展的忧愤，体现置身山水、自我开脱的情悰。

水调歌头

盟　鸥[1]

带湖吾甚爱，千丈翠奁开。[2]先生杖屦无事，[3]一日走千回。凡我同盟鸥鹭，今日既盟之后，来往莫相猜。[4]白鹤在何处，尝试与偕来。[5]　破青萍，排翠藻，立苍苔。[6]窥鱼笑汝痴计，不解举吾杯。[7]废沼荒丘畴昔，明月清风此夜，人世几欢哀。[8]东岸绿阴少，杨柳更须栽。

【注释】

①此词作于淳熙九年(1182)春。上年冬稼轩改任浙西提点刑狱，不久朝臣弹劾其奸凶，于是落职罢任，归带湖家居。盟鸥：与鸥鸟结盟，表示摆脱官场，隐居水云之乡。　②翠奁(lián)：绿色的镜匣，喻带湖。　③杖屦(jù)：手拄竹杖，脚穿麻鞋。④“凡我”三句：谓与鸥鹭会盟，愿永结同心。作者戏拟古代会盟用辞。《左传·僖公九年》：“齐侯盟诸侯于葵丘曰：‘凡我同盟之

人，既盟之后，言归于好。'"莫相猜：张耒《观鱼亭呈陈公度》："近人鸥鹭不相猜。" ⑤"白鹤"二句：请鸥鹭邀白鹤同来与欢。偕来：同来。 ⑥"破青萍"三句：描摹鹭鹚窥鱼待啄的神态。⑦"窥鱼"二句：笑鹭鹚但知窥鱼求食，不解举杯遣怀。 ⑧"废沼"三句：以带湖的今昔不同，感叹人世的悲欢变化。带湖新居原系荒芜之地，经稼轩规划营建，变化不小。此流露今昔对比之慨。

【品评】

此辛弃疾罢官家居初期之作，词中抒发对园林生活的珍爱欣喜。开篇点题，接写无休止的游赏。与鸥鸟结盟，表示摆脱官场，隐居水云之乡，邀白鹤偕来，取其志趣高洁，与自然生物和谐相处。下片情与景会，寄意言外。"笑汝痴计"，既闲适自乐，更隐刺世人醉心功名。以下就新居之昔荒今秀，引出人世悲欢变迁之感。结韵宕开一笔，遥应篇首，讴歌隐退之乐。

踏莎行

赋稼轩，集经句。①

进退存亡，②行藏用舍，③小人请学樊须稼。④衡门之下可栖迟，日之夕矣牛羊下。⑤ 去卫灵公，遭桓司马，东西南北之人也。⑥长沮桀溺耦而耕，丘何为是栖栖者。⑦

【注释】

①此词是罢居带湖初期之作。稼轩：作者为其房舍所起的名字。《宋史·辛弃疾传》说他“尝谓人生在勤，当以力田为先……故以稼名轩”。时人洪迈有《稼轩记》略记其事。后来辛弃疾即以稼轩为己号。集经句：集儒家经典语句为词。 ②进退存亡：《易经·乾·文言》：“知进退存亡而不失其正者，其唯圣人乎！”意谓只有圣人方能正确处理仕进和退隐、留下和离去的关系而不违背准则。 ③行藏用舍：《论语·述而》记孔子对颜渊语：“用之则行，舍之则藏，唯我与尔有是夫。”意谓用我则行，舍我则隐，只有我与你方能如此。 ④“小人”句：《论语·子路》：“樊迟请学稼，子曰：‘吾不如老农。’……樊迟出。子曰：‘小人哉，樊须也。’”谓学种庄稼志向不大。 ⑤“衡门”二句：谓安贫寡欲，便可怡然自乐。衡门栖迟：《诗经·陈风·衡门》：“衡门之下，可以栖迟。泌之洋洋，可以乐(治疗)饥。”日夕牛羊下：《诗经·王风·君子于役》：“日之夕矣，羊牛下来。” ⑥“去卫灵公”三句：谓不学孔子到处奔波，四面碰壁。去卫灵公：指离开卫国。《论语·卫灵公》：“卫灵公问陈(同“阵”)于孔子。对曰：‘……军旅之事，未之学也。’明日遂行。”因卫灵公讲征伐，孔子讲仁义，两人不同道。遭桓司马：《孟子·万章上》：“孔子不悦于鲁、卫，遭宋桓司马，将要而杀之，微服而过宋，是时孔子当厄。”此言孔子既失意于鲁、卫，又碰上宋国司马桓要杀他，只有改装逃亡，当时身处逆境。东西南北之人：《礼记·檀弓上》记孔子语：“今丘也，东西南北之人也。”意谓四方飘零之人。 ⑦“长沮”二句：谓愿学隐士长沮(jǔ)、桀溺躬耕田园，不师孔子奔走劳心。长沮桀溺：《论语·微子》：“长沮、桀溺耦

而耕，孔子过之，使子路问津焉。”遭两人讥笑，说孔子徒劳心计，迷不知返。丘何为是栖栖者：《论语·宪问》：“微生亩谓孔子曰：‘丘何为是栖栖者与？无乃为佞乎？’”谓孔子忙碌如此，无非欲逞口辩之才。栖栖：忙碌不安貌。

【品评】

词赋稼轩，旨在抒发归田学稼之意。上片由进退留离，说到归田学稼，随处可居。下片借孔子的遭遇履历，寄寓自身厌倦奔走，宁愿归耕。宋人喜集句诗，宋词更有隐括体，稼轩通篇集经句而成此词，格式虽新，风致难免生涩。

水调歌头

再用韵答李子永提干[①]

君莫赋《幽愤》，一语试相开：[②]长安车马道上，平地起崔嵬。[③]我愧渊明久矣，犹借此翁湔洗，素壁写《归来》。[④]斜日透虚隙，一线万飞埃。[⑤]　　断吾生，左持蟹，右持杯。[⑥]买山自种云树，山下劚烟莱。[⑦]百炼都成绕指，万事直须称好，人世几舆台。[⑧]刘郎更堪笑，刚赋看花回。[⑨]

【注释】

①淳熙九年(1182)作,时稼轩罢居上饶带湖。李子永:李泳,字子永,扬州人,有诗名。曾官溧水县令,淳熙六年至九年为坑冶司干官(故称"提干"),与稼轩有交游。 ②"君莫赋"二句:开导友人解脱心中愤懑。 ③"长安"二句:谓仕途中常有意外风波。崔嵬(wéi):土山。 ④"我愧"三句:意谓愧对渊明,靠他的精神感召,弃官归隐。渊明:东晋著名的田园诗人陶潜,因耻"为五斗米折腰",辞官归隐。湔(jiān)洗:洗涤。素壁写《归来》:将陶潜的《归去来兮辞》写在白壁上,表示安心归隐。 ⑤"斜日"二句:透过缝隙,一缕阳光照出千万尘埃飞舞。喻指官场污浊不堪。 ⑥"断吾生"三句:写饮酒持蟹,悠闲一生。《世说新语·任诞》篇称毕茂世为人旷达,曾说:"一手持蟹螯,一手持酒杯……便足了一生。" ⑦"买山"二句:谓买山归隐植树开荒。斸(zhú):砍去。烟莱:野草。 ⑧"百炼"三句:意谓历经宦海沧桑,使人化刚为柔,万事称好。晋刘琨《重赠卢谌》诗:"何意百炼刚,化为绕指柔。"意谓刚强不屈变成柔弱顺随。舆台:泛指地位低下的人。此处指身遭贬谪者。 ⑨"刘郎"二句:笑刘禹锡不该赋看花诗,以致再次遭贬。刘郎:指刘禹锡。据《本事诗》载,唐刘禹锡因参与永贞革新被贬郎州,十年后还京,重游玄都观欣赏桃花,作《赠看花诸君子》诗,云:"玄都观里桃千树,尽是刘郎去后栽。"执政者以为讥讽朝政,又将其贬出京。十四年后重被召还,又写了《再游玄都观》诗。

【品评】

此词看似疏导友人，其实也是自抒襟怀，自我排遣。上片用京道不平，喻仕途险恶；用虚隙飞埃，喻官场污浊；且以仰慕渊明，体现归休田园的决心。下片承归隐意愿，先描述对酒持蟹、开荒植树的悠闲生活；再迭用故实，表达对阴暗现实的不满；末以刘郎赋诗遭贬的际遇，隐寓内心的愤懑不平。

满江红

送汤朝美司谏自便归金坛[1]

瘴雨蛮烟，十年梦、尊前休说。[2]春正好、故园桃李，待君花发。[3]儿女灯前和泪拜，鸡豚社里归时节。[4]看依然、舌在齿牙牢，心如铁。[5]　　活国手，封侯骨。[6]腾汗漫，排阊阖。[7]待十分做了，诗书勋业。[8]当日念君归去好，而今却恨中年别。[9]笑江头、明月更多情，今宵缺。[10]

【注释】

①淳熙十年(1183)春，稼轩罢官家居带湖时作。汤朝美：汤邦彦，字朝美，镇江人。据《京口耆旧传》卷八，谓其任左司谏时，“论事风生，权幸侧目”。后因使金不力，编管新州，又移信州(治所在上饶)，故得与稼轩交游。自便：撤销编管，自行居住。

②“瘴雨”二句：劝友人别再说流放远方的事。瘴雨蛮烟：汤朝美曾被流放新州（今广东新兴）。新州系僻远蛮荒之地，且多瘴气。十年：举成数而言，汤流放新州不足十年。尊前：酒筵前。③“春正好”二句：谓友人返乡，正值春光明媚、桃李花发的时节。此暗用韩愈《镇州初归》诗意：“还有小园桃李在，留花不发待郎归。”喻家人期盼友人归去。　④“儿女”二句：想象友人返乡后与家中儿女、村里父老欢聚情景。社里：社日里，春天祭祀社神（土地神）的节日叫春社。鸡豚（tún）：祭社用的鸡和猪。　⑤“看依然”二句：谓友人虽归故里，依然志气刚强，救国有才。舌在齿牙牢：用张仪事。战国时纵横家张仪，游说入秦，后任秦相。当其未仕秦时，曾遭楚相门人痛打。张仪回家问其妻：“视吾舌尚在不？”妻笑曰：“舌在也。”张仪曰：“足矣。”（见《史记·张仪传》）意谓仍可游说天下。　⑥“活国手”二句：赞颂友人才华出众。活国手：治国能手。《南史·王广之传》载：王广之之子珍国为南谯太守时，曾以私人米财赈济穷民，高帝手敕云：“卿爱人活国，甚副吾意。”据《京口耆旧传》载，汤朝美也有以私积赈穷乏之事。封侯骨：有封侯的骨相。《汉书·翟方进传》说：方进为小吏，请蔡父为其相面，蔡父大奇其形貌，说他“有封侯骨，当以经术进”。⑦“腾汗漫”二句：言腾身太空，推开天门。汗漫：茫无边际，此指太空。阊阖：天门。　⑧“待十分”二句：谓友人必将圆满地完成一番大事业。诗书：研讨儒家经典。勋业：为国建立功业。⑨“当日”二句：言当时你被编管，愿君早赦得归，如今一旦赦归，却又眷恋不舍。　⑩“笑江头”二句：谓今宵明月多情，不圆而缺。

【品评】

这首送别词，开篇劝导友人不念往日的坎坷经历，回乡安享与家人同乡欢聚的安乐，接着称扬友人虽回乡闲居，依然意志刚强，口才出众。下片激励友人作为治国能手，当能驰骋政坛，腾身太空，完满地做出一番事业。收结处反映送别时的矛盾心理，更借明月体现浓郁的惜别之情。词写得开朗乐观，情深意长，娓娓动听。

水龙吟

甲辰岁寿韩南涧尚书①

渡江天马南来，几人真是经纶手？②长安父老，新亭风景，可怜依旧。③夷甫诸人，神州沉陆，几曾回首！④算平戎万里，功名本是，真儒事，公知否。⑤　况有文章山斗，对桐阴、满庭清昼。⑥当年堕地，而今试看：风云奔走。⑦绿野风烟，平泉草木，东山歌酒。⑧待他年整顿，乾坤事了，为先生寿。⑨

【注释】

①此词作于淳熙十一年(1184)，时稼轩罢居带湖。甲辰：即淳熙十一年。韩南涧：即韩元吉，字无咎，号南涧，河南许昌人。

孝宗初年,曾任吏部尚书,主抗金,政事、文学俱有名。晚年退居信州,常与稼轩交游,互相唱和。 ②“渡江”二句:谓宋室南渡后治国之才甚少。渡江天马:西晋沦亡,晋元帝司马睿与四王南渡,建立东晋王朝。当时有“五马浮渡江,一马化为龙”(《晋书·元帝纪》)的童谣。因晋帝姓司马,故有“五马”、“一马”之称。这里“天马”代指宋室。经纶:喻指治国。 ③“长安”三句:谓沦陷区人民盼望恢复,而宋室偏安依旧。长安父老:《晋书·桓温传》载,桓温北征进军长安,百姓持牛酒迎接,“耆老感泣曰:‘不图今日复见官军。’”此借指中原人民。新亭风景:《世说新语·语言》篇载,东晋初期南渡士大夫常在新亭聚会,触景生情,周顗感叹说:“风景不殊,正自有山河之异!”皆相视流泪。王导愀然变色曰:“当共勠力王室,克复神州,何至作楚囚相对。”这里化用其事。新亭:在今南京。 ④“夷甫”三句:借责问夷甫来指斥南宋主降派官僚不关心国事。夷甫:西晋宰相王衍的字,他好清谈,不理国政。《晋书·桓温传》载,桓温与其僚属北伐时眺望中原,慨然曰:“遂使神州陆沉,百年丘墟,王夷甫诸人,不得不任其责。” ⑤“算平戎”四句:谓抗金复国是爱国志士的责任。真儒:指真正的爱国志士。 ⑥“况有”二句:称颂韩元吉文望高、家世旺。《新唐书·韩愈传赞》谓:“自愈没,其言大行,学者仰之如泰山北斗云。”王明清《挥麈后录》卷二载,韩亿家为京师望族,“居京师,庭有桐木”。韩元吉为韩亿五世孙,著有《桐阴旧话》,记其家旧事。黄昇《花庵词选》称韩元吉“政事文章为一代冠冕”。 ⑦“当年”三句:称韩元吉当年落地诞生,而今驰骋风云,才华出众。风云奔走:为国事操劳。 ⑧“绿野”三句:以前代明相裴度、李德裕、谢安比拟韩元吉的威望与潇洒气度。绿野风烟：唐朝宰相裴度隐退洛阳，建绿野堂(《旧唐书·裴度传》)。平泉草木：唐朝宰相李德裕在东都洛阳建平泉庄别墅，广搜奇花异草，“清流翠筱，树石幽奇”(《旧唐书·李德裕传》)。东山歌酒：东晋名相谢安隐居东山(今浙江上虞)，“放情丘壑”(《晋书·谢安传》)。 ⑨“待他年”三句：谓待光复中原后，再为韩氏祝寿。整顿乾坤：指完成抗金复国大业。杜甫《洗兵马》：“二三豪俊为时出，整顿乾坤济时了。”

【品评】

辛弃疾与韩元吉为抗战同道，都志在恢复中原。两人唱和，均以功业进取互勉。此虽寿词，但非一般祝颂，而将恢复中原的渴望、期许贯注其中。前阕由形势说到使命。起句破空而来，谓宋室南渡、朝内无人，继感叹偏安局面依旧，进而斥责当权者麻木误国，之后收结到平戎大业责任在真儒。后阕由称扬对方进而瞻望抗战前景。“况有”承“真儒”而推进一层，转入对韩氏文章、家世、才力、气度的称扬，含无限期许激励之意。收拍呼应“平戎万里”，挽结到祝寿。全篇雄文壮采，豪迈奔放，充分展现了爱国志士身居林泉、心怀天下的襟怀。

千年调

蔗庵小阁名曰卮言，作此词以嘲之。①

卮酒向人时，和气先倾倒。[2] 最要然然可可，万事称好。[3] 滑稽坐上，更对鸱夷笑。[4] 寒与热，总随人，甘国老。[5]

少年使酒，出口人嫌拗。[6] 此个和合道理，近日方晓：学人言语，未会十分巧。[7] 看他们，得人怜，秦吉了。[8]

【注释】

①此词约作于淳熙十二年(1185)前后，时稼轩罢居带湖。蔗庵：郑汝谐，字舜举，号东谷居士，浙江青田人。主抗金，其时任江西转运使，兼知信州。后为大理寺少卿，历官吏部侍郎。(见《青田县志·人物志》)他在信州建宅第取名“蔗庵”，并以自号；又为其小阁取名“卮言”。卮(zhī)言：没有独立见解，人云亦云的话。语出《庄子·寓言》：“卮言日出。”后人亦借作自己言论或著作的谦词。稼轩借题发挥，作词以嘲，类讽刺小品。 ②“卮酒”二句：言做人如卮，满脸和气，一见权贵就倾倒。卮：古时的一种酒器，酒满时向人倾倒，酒空时则仰起平坐。 ③“最要”二句：谓何事都要唯唯诺诺，连连称好。 ④“滑稽”二句：滑稽、鸱夷相对而笑。滑(gǔ)稽：古代一种斟酒器。鸱(chī)夷：古代一种皮制的酒袋。按这里以两种酒具不停地倒酒，喻滔滔不绝、花言巧语以取媚权贵的小人。 ⑤“寒与热”三句：谓处世如甘草，无论寒病热病，均要调和迎合。甘国老：中药中甘草味甘，能调和众药，有“国老”之称。 ⑥“少年”二句：言少年说话任性，惹人生厌。使酒：饮酒任性。拗：别扭，不顺世俗。 ⑦“此个”四句：谓此种调和圆滑的处世之道刚刚了解，应酬客套的言语学不到家。 ⑧“看他们”三句：谓世俗小人犹如秦吉了受人喜欢。秦吉了：鸟名，一名

鹩哥，黑身黄眉，善学人语，胜过鹦鹉。白居易《新乐府·秦吉了》："耳聪心慧舌端巧，鸟语人言无不通。"

【品评】

这是一首讽刺世俗小人的词章。上片连用酒卮、滑稽、鸱夷、甘草四项比喻，将世俗小人那种俯仰随人、巧言令色、八面玲珑、四方讨好的丑态，讽嘲得淋漓尽致，入木三分。下片转笔自写，由出口拗逆、略晓其理，到无能仿效这种乖巧，末以嘲讽这种卑下的品格收结。通篇用白话口语，辞锋犀利，堪称精妙的讽刺小品。

清平乐

独宿博山王氏庵[1]

绕床饥鼠，蝙蝠翻灯舞。[2]屋上松风吹急雨，破纸窗间自语。[3]　　平生塞北江南，归来华发苍颜。[4]布被秋宵梦觉，眼前万里江山。[5]

【注释】

①此词作于闲居带湖时期。博山：在江西广丰西南三十余里处。"南临溪流，远望如庐山之香炉峰。"（《大清一统志·江西广信府》）有博山寺、雨岩等游览胜地。稼轩词中以游博山为题者有十四首。王氏庵：王姓人家的茅屋。　②蝙蝠：一种像老鼠似的

哺乳动物。翻灯舞：绕灯飞舞。 ③"破纸"句：形容风吹窗间破纸的响声。 ④"平生"二句：感叹生平经历。塞北：泛指中原地区。据稼轩《美芹十论》，他南归前曾两次去燕京观察形势。归来：指罢官归隐。华发苍颜：头发花白，面容苍老。 ⑤"布被"二句：谓秋夜梦觉，眼前还闪现着万里江山。

【品评】

词上片写深夜独宿王氏庵的见闻，用笔精细，环境凄冷，氛围孤寂。一铁血男儿身处其间，其抑郁悲慨之气灼然可见。下片写梦抒情，前两句将平生阅历、非凡踪迹一笔概括，所含纳的沉厚情悰，耐人寻味，可谓尺幅千里，时空宏博。收拍秋宵梦觉，境界大变，奇峰突起，闪现在眼前的是万里江山，这表明词人身居茅屋，心怀天下，念念不忘恢复故国的大业。

江神子

博山道中书王氏壁①

一川松竹任横斜，有人家，被云遮。雪后疏梅，时见两三花。比着桃源溪上路，风景好，不争些。② 旗亭有酒径须赊，晚寒些，怎禁他。③醉里匆匆，归骑自随车。白发苍颜吾老矣，只此地，是生涯。

【注释】

①此词为稼轩闲居带湖时作。 ②“比着”三句：谓博山风景之美不亚于桃源溪路。陶渊明《桃花源记》：“晋太元中，武陵人捕鱼为业，缘溪行，忘路之远近，忽逢桃花林。夹岸数百步，中无杂树，芳草鲜美，落英缤纷。”不争些：不差，差不多。 ③“旗亭”三句：谓耐不住晚寒，赊酒以御。旗亭：此指酒楼。

【品评】

词咏博山道中漫游的情景。上片写博山风景，松竹横斜，云绕住户，疏梅开花，景象幽雅。下片写旗亭赊酒，饮酒御寒，匆匆驱骑回归，末感叹衰老，不甘心只以悠游山水为生涯。于闲适潇洒中，透露出一缕英雄末路之慨。

鹧鸪天

博山寺作[①]

不向长安路上行，却教山寺厌逢迎。[②]味无味处求吾乐，材不材间过此生。[③] 宁作我，岂其卿，人间走遍却归耕。[④]一松一竹真朋友，山鸟山花好弟兄。[⑤]

【注释】

①此词为闲居带湖时作。博山寺：据《广丰县志》，寺在广丰西南，“本名能仁寺，五代时天台韶国师开山，有绣佛罗汉留传寺中。宋绍兴间悟本禅师奉诏开堂，辛稼轩为记”。　②“不向”二句：意谓不求功名，只游山寺。长安路：京城之路，代指求取功名之路。厌逢迎：山寺倦于接待，极言自己去寺次数多。　③“味无味”二句：在味与无味之处寻求乐趣，在材与不材之间度过一生。味无味：语出《老子》：“为无为，事无事，味无味。”材不材：语出《庄子·山木》篇：庄子过山，见有些树木因不成材而免于被砍伐；过友人家，却见友人杀不鸣之雁以待客。明日有弟子问：“昨日山中之木以不材得终其天年，今主人之雁以不材死，先生将何处？”庄子笑曰：“周将处乎材与不材之间。”　④“宁作我”三句：宁作独立不移的我，也不依附他人以求名，走遍人间还是归耕为好。宁作我：语出《世说新语·品藻》篇：“桓公少与殷侯齐名，常有竞心。桓问殷：‘卿何如我？’殷云：‘我与我周旋久，宁作我。’”岂其卿：意谓岂可依附公卿。语出扬雄《法言·问神》：有人认为君子与其默默无闻地死去，何不依附公卿以求名声。扬雄说：君子应以德而名。有人很富贵，但无名声。有人躬耕岩石，却名震京师。⑤“一松”二句：谓亲近松竹花鸟。元结《丐论》：“古人乡无君子，则与云山为友；里无君子，则与松竹为友。”杜甫《岳麓山道林二寺行》：“一重一掩吾肺腑，山鸟山花吾友于。”

【品评】

这是一首宣泄厌弃官场、决意归隐的词章。开篇总述词旨，以下层层递进，表明归隐之由、归隐之乐。先从养生处世的哲理之道醒明缘由；再由宁可保持独立品操、岂可依附权贵，说明走向归耕的必然；末以欣喜松竹花鸟，体现归耕林泉的激情雅趣。

丑奴儿

书博山道中壁[1]

少年不识愁滋味，爱上层楼。爱上层楼，为赋新词强说愁。[2]　而今识尽愁滋味，欲说还休。欲说还休，却道"天凉好个秋"。

【注释】

①此词为闲居带湖时作。　②强说愁：无愁而勉强说愁。

【品评】

这首写愁的小词，今昔对比，以昔衬今。上片无愁寻愁，愁是风花雪月、无病呻吟之愁。下片起句，一字之易，道尽了二十多年痛楚辛酸的宦海生涯。有愁不诉，愁是国耻未削、壮志难酬之愁。结拍宕开，用"吞咽式"抒情，看似淡漠，实则字字寓愤含愁，发人深思。通篇以闲适的风貌寄寓深沉的忧思。

丑奴儿近

博山道中效李易安体①

千峰云起，骤雨一霎儿价。②更远树斜阳风景，怎生图画？③青旗卖酒，④山那畔别有人家。只消山水光中，无事过这一夏。　　午醉醒时，松窗竹户，万千潇洒。⑤野鸟飞来，又是一般闲暇。却怪白鸥，觑着人欲下未下。⑥旧盟都在，新来莫是，别有说话？⑦

【注释】

①此词作于闲居带湖时期。李易安：李清照，号易安居士，山东济南人。两宋之交的著名女词人，有《漱玉词》传世。其词婉约清丽，好以“寻常语度入音律”（张端义《贵耳集》），“用浅俗之语，发清新之思”（彭孙遹《金粟词话》），人称“易安体”。稼轩此词，即效其体。　②“骤雨”句：忽然下了一阵暴雨。一霎儿价：一会儿。价：语尾助词。李清照《行香子》（草际鸣蛩）词：“甚霎儿晴，霎儿雨，霎儿风。”　③怎生图画：无法绘画，极言景色之美。怎生：宋时口语，犹“怎么”。李清照《声声慢》（寻寻觅觅）词：“独自怎生得黑？”　④青旗：古时酒店多用青色布招为标记，亦称青帘。⑤“松窗”二句：谓门前窗下，松竹掩映，潇洒气象万千。　⑥觑（qù）：窥探、偷看。　⑦“旧盟”三句：责问白鸥弃盟背约，不来亲

近。旧盟：稼轩《水调歌头·盟鸥》（带湖吾甚爱）词有“凡我同盟鸥鹭，今日既盟之后，来往莫相猜”句。

【品评】

上片写景，骤雨过后，远树斜阳，酒店飘青旗，山畔有住户，风光清秀淡远，愿在此悠闲地度过盛夏。下片抒情，写休闲之乐。午醉醒来，周围松竹野鸟，一派放逸恬淡。“却怪”五句，端详白鸥的动作，猜想其心境，何其幽默有趣！通篇明白如话，浅俗清新，既有易安体的韵致，又充盈稼轩词冲淡高远、旷放幽默的风情。

水龙吟

题雨岩。岩类今所画观音补陀。岩中有泉飞出，如风雨声。[1]

补陀大士虚空，翠岩谁记飞来处？[2]蜂房万点，似穿如碍，玲珑窗户。[3]石髓千年，已垂未落，嶙峋冰柱。[4]有怒涛声远，[5]落花香在，人疑是、桃源路。[6]　又说春雷鼻息，是卧龙、弯环如许。[7]不然应是：洞庭张乐，湘灵来去。[8]我意长松，倒生阴壑，细吟风雨。[9]竟茫茫未晓，只应白发，是开山祖。[10]

【注释】

①此词作于闲居带湖时期。雨岩:位于博山附近。观音:即佛家所谓观世音菩萨。补陀:梵文音译,即补陀落伽山,佛经谓观音菩萨说法之处。又作普陀,今浙江普陀东有普陀山,以供奉观音佛像为主。 ②“补陀”二句:言雨岩状如观音凌空,无人知其从何处飞来。虚空:凌空。翠岩:即指雨岩。 ③“蜂房”三句:雨岩又如万点蜂窝,其间似相通又相隔,宛如扇扇玲珑小窗。玲珑:明亮貌。黄庭坚《题落星寺》诗:“蜂房各自开户牖。” ④“石髓”三句:千年石乳如冰柱倒悬。石髓:即石钟乳,如乳之下垂,故名。嶙峋(lín xún):山石林立高耸貌。 ⑤怒涛声远:飞泉声似怒涛,声音远传。 ⑥“人疑是”句:人们疑是进入了桃源仙境。桃源路:指陶渊明《桃花源记》所写的与世隔绝而风景佳胜之地。⑦“又说”二句:谓春雷般的泉涛声源于泉底的卧龙鼻息。弯环:盘旋貌。 ⑧“不然”三句:谓泉声如洞庭仙乐,湘神鼓瑟。洞庭张乐:《庄子·天运》篇:“帝张《咸池》之乐于洞庭之野。”湘灵:神话中的湘水女神。《楚辞·远游》:“使湘灵鼓瑟兮。” ⑨“我意”三句:我谓泉声如风雨中的山涧松涛细吟微啸。阴壑:背阴的山沟。 ⑩“竟茫茫”三句:大自然的美妙奥秘茫茫难晓,而我是深入探秘的第一人。白发:白发之人,作者自称。开山祖:佛教称建寺创业的僧人为开山祖师,后亦泛指各行各业的创始人。

【品评】

雨岩是博山附近的一个奇妙景点,此词刻意描绘探索雨岩之美。起韵总写雨岩形状,以下用蜂房、石髓比喻其洞穴峰峦,再以桃花源喻其环境佳胜。下片用春雷鼻息、洞庭仙乐、湘神鼓瑟形容岩间飞泉音响之美，再以我意想象泉声犹如细吟微啸。末以探索雨岩妙景的开山祖自居，体现了他对自然景观探测不已、先睹为快的心理。

山鬼谣

雨岩有石，状怪甚，取《离骚·九歌》，名曰山鬼，因赋《摸鱼儿》，改今名。[①]

问何年、此山来此？西风落日无语。[②]看君似是羲皇上，直作太初名汝。[③]溪上路，算只有、红尘不到今犹古。[④]一杯谁举？笑我醉呼君，崔嵬未起，山鸟覆杯去。[⑤] 须记取：昨夜龙湫风雨。[⑥]门前石浪掀舞。四更山鬼吹灯啸，惊倒世间儿女。[⑦]依约处，还问我：清游杖屦公良苦。[⑧]神交心许，待万里携君，鞭笞鸾凤，诵我《远游》赋。[⑨]（石浪，庵外巨石也，长三十余丈。）

【注释】

①此词作于闲居带湖时期。山鬼谣：即《摸鱼儿》词调。据词序，雨岩有一巨大怪石，词人取《离骚·九歌》之意，称名“山鬼”，并将《摸鱼儿》调名改称《山鬼谣》。屈原所作《离骚·九歌》共十

一篇，其中第九篇名《山鬼》，描写一位山中女神。《山鬼谣》乃一曲人神恋歌，词人借以咏雨岩怪石。 ②"问何年"二句：问怪石何年飞来，怪石默然不语。 ③"看君"二句：谓怪石似羲皇上人，就以太初称之。羲皇上：即羲皇上人，伏羲氏以前的太古之人。此言怪石来历久远。 ④"溪上路"二句：怪石地处僻远，红尘不到，拙朴风貌，至今不变。 ⑤"一杯"四句：举杯邀怪石，怪石不动，山鸟却打翻酒杯而去。谁举：向谁举杯。崔嵬：高大耸立貌，代指怪石。覆杯：打翻酒杯。 ⑥"须记取"三句：人们记得昨晚龙潭边风雨大作，而怪石乘势翻飞起舞。龙湫(qiū)：龙潭。稼轩《水龙吟》词赋雨岩飞泉，也有类似的描写(见前)。石浪：指巨大的怪石。 ⑦"四更"二句：山鬼深夜呼啸而至，吹灭灯火，使人胆颤心惊。山鬼吹灯：化用杜甫《移居公安山馆》诗中"山鬼吹灯灭，厨人语夜阑"句意。 ⑧"依约处"三句：写怪石问词人清游辛苦。依约处：依稀恍惚间。杖屦(jù)：登山所用竹杖、麻鞋。 ⑨"神交"四句：以怪石为契友，拟携带它乘鸾驾凤作万里游。神交心许：精神交流，心意斯许。鞭笞(chī)鸾凤：鞭策鸾凤，指乘鸾驾凤，遨游太空。《远游》：《楚辞》篇名，或谓屈原所作。此代借稼轩词作。

【品评】

通篇用拟人手法，视怪石为知友。先赋其身世品第：来自上古，超然红尘，纯朴自然，古风不泯。次赋其超凡潜力：风雨腾飞，呼啸惊人。再写双方交流：怪石询问清游良苦，词人则拟携石为伴，遨游苍穹。人与石"神交心许"，频频相语，石与人交游的情景活龙活现。此词呈现了浓厚的浪漫主义风姿，也体现出词人退闲时喜爱山水、悠游自然的情怀。

生查子

独游雨岩[①]

溪边照影行，天在清溪底。天上有行云，人在行云里。[②]　　高歌谁和余？空谷清音起。[③]非鬼亦非仙，一曲桃花水。[④]

【注释】

①此词为闲居带湖时作。　②“天上”二句：写云影在清溪水中游动，人影映在水中，似在白云里行走。　③“高歌”二句：写空谷中的流水声宛如同我唱和。晋左思《招隐》诗有“山水有清音”之句。　④非鬼亦非仙：苏轼《夜泛西湖五绝》：“湖光非鬼亦非仙，风恬浪静光满川。”桃花水：水边盛开桃花，故名桃花水。

【品评】

词赋雨岩清溪小景，上片写溪水清朗，以蓝天、白云、人影烘托渲染。天在清溪，行云入水，人浮云间，景象很为奇妙。下片咏溪水声响动听，空谷清音与词人歌声相互响应，仿佛是一首和谐的歌曲。高歌谁和？只有空谷清音，隐约地流露出词人政治失意后的落寞感。

蝶恋花

月下醉书雨岩石浪[①]

九畹芳菲兰佩好。空谷无人，自怨蛾眉巧。[②]宝瑟泠泠千古调，朱丝弦断知音少。[③]　　冉冉年华吾自老。水满汀洲，何处寻芳草？[④]唤起湘累歌未了。石龙舞罢松风晓。[⑤]

【注释】

①此词作于闲居带湖时。石浪：巨大的怪石。参见前《山鬼谣》词序及词尾作者自注。　②"九畹"三句：佳人佩兰，深居幽谷，自怨美貌为人所妒。九畹（wǎn）：古时以十二亩为一畹，九畹泛指地亩之广。语出屈原《离骚》："余既滋兰之九畹兮，又树蕙之百亩。"兰佩：佩兰以为饰。《离骚》："纫秋兰以为佩。"空谷：杜甫《佳人》诗："绝代有佳人，幽居在空谷。"蛾眉巧：谓女子长得美丽娇娆。《离骚》："众女嫉余之娥眉兮。"　③"宝瑟"二句：佳人奏瑟，惜无知音。意与岳飞《小重山》词的结句相同："欲将心事付瑶琴，知音少，弦断有谁听？"泠泠（líng）：清爽的流水声，喻瑟音。④"冉冉"三句：叹年华衰老，理想难觅。冉冉：渐渐。《离骚》："老冉冉其将至兮，恐修名之不立。"芳草：喻理想。　⑤"唤起"二句：欲唤屈原同歌，转瞬梦觉。湘累：指屈原，无罪而死曰"累"，屈原

舍屈自投湘江，故称“湘累”。扬雄《反离骚》：“钦吊楚之湘累。”石龙：即词序中所称之“石浪”。

【品评】

此词袭用《离骚》美人、芳草的比兴手法，抒写平生身世遭遇和忧郁心绪。起首以植芳佩兰，喻志行高法；继以幽居空谷、自怨蛾眉，喻遭群小排挤；再以宝瑟清越、曲高和寡，喻抗金政见难为政界理解和采纳。下片自叹年华衰老，理想难酬，知音怎觅，惟有唤起屈原同歌，一吐胸中抑郁之气。通篇婉曲沉郁，悲慨难已，颇有《离骚》之遗风。

鹧鸪天

游鹅湖，醉书酒家壁。①

春入平原荠菜花，②新耕雨后落群鸦。多情白发春无奈，晚日青帘酒易赊。③　闲意态，细生涯，④牛栏西畔有桑麻。青裙缟袂谁家女，去趁蚕生看外家。⑤

【注释】

①此词亦闲居带湖时作。鹅湖：据《铅山县志》、《鄱阳记》载，铅山东北有鹅湖山，山上有湖，原名荷湖，因东晋龚氏居山蓄鹅，更名鹅湖。山麓又有鹅湖寺。鹅湖风景优美，是作者闲居带湖时

的常游之地。 ②荠(jì)菜:一种野菜,开小白花,嫩茎叶可食。③“多情”二句:白发扰人,春光无奈,只有向酒店消愁。多情白发:多情善感,催生白发。青帘:旧时酒店的青布招子。酒易赊(shē):容易赊酒。陆游《纵游归泊湖桥有作》诗:“村酒可赊常痛饮。” ④“闲意态”二句:闲静的意态,平凡的生活。写农家生活安定。 ⑤“青裙”二句:谁家少妇趁闲回娘家探亲?缟袂(gǎo mèi):白衫。趁蚕生:趁新蚕出生之前的空隙。

【品评】

词写村居小景。先写原野荠菜开花,田陇群鸦飞翔,春色浓郁,村景宜人。继而感叹春意虽浓,无奈事业不就,白发欺人,只可借酒浇愁。然后写所见农家风情:近牛栏,靠桑麻,生活平静,闲适自在。还见到青裙白衫的少妇趁闲走娘家。小词言简意精,描绘出农村的物象和风习,流露出对田野风光的爱悦。

鹧鸪天

鹅湖归,病起作。[1]

枕簟溪堂冷欲秋,[2]断云依水晚来收。红莲相倚浑如醉,白鸟无言定自愁。[3] 书咄咄,且休休,一丘一壑也风流。[4]不知筋力衰多少,但觉新来懒上楼。[5]

【注释】

①此词作于闲居带湖时期。时作者游鹅湖归来病体稍愈。②"枕簟"句:人卧溪堂,微觉秋意。簟(diàn):竹席。 ③"红莲"二句:描述红莲白鸟似醉如愁的情态。浑:全。 ④"书咄咄"三句:劝自己莫怪休怨,但寄情山水。书咄咄(duō):用殷浩事。《晋书·殷浩传》载,殷浩放废后,口无怨言,但终日用手指在空中书写"咄咄怪事"四字。咄咄:感叹声。休休:用司空图事。《新唐书·司空图传》载,唐末司空图隐居中条山,筑亭题名曰"休休",并作文说明"休休"之意:"量才,一宜休;揣分,二宜休;耄而聩,三宜休。"一丘一壑:犹言一山一水。 ⑤"不知"二句:言近来体力衰退,懒于登楼观赏景色。

【品评】

此词上片写景,红莲、白鸟,生物景象,具有人情意味。下片抒情,貌似自甘终老山水田园,实则借使典用事隐寓不平之意。可谓寓感慨于闲适,以淡笔写浓愁。陈廷焯评这类词说:"信笔写去,格调自苍劲,意味自深厚。不必剑拔弩张,洞穿已过七札,斯为绝技。"

鹧鸪天

鹅湖归,病起作。①

着意寻春懒便回，何如信步两三杯？[②] 山才好处行还倦，诗未成时雨早催。[③]　　携竹杖，更芒鞋，朱朱粉粉野蒿开。[④] 谁家寒食归宁女，笑语柔桑陌上来。[⑤]

【注释】

①此词作于闲居带湖时期。　②"着意"二句：意谓刻意寻春，不如把杯散步。懒：指了无情趣。信步：无目的地随意行走，意同漫步。　③"山才"二句：意谓刚到好境而人倦难行，急雨早来催诗。杜甫《丈八沟纳凉遇雨》诗："片云头上黑，应是雨催诗。"④竹杖、芒鞋：苏轼《定风波》词："竹杖芒鞋轻胜马。"芒鞋：草鞋。朱朱粉粉：红红白白。野蒿：谓野草野花。　⑤寒食：寒食节，清明节的前一天。归宁：出嫁的闺女回娘家探望父母叫归宁。《诗经·周南·葛覃》："归宁父母。"

【品评】

词写郊野游春的风光和感受，抒发了随遇而安、怡然自适的心境。上片写郊外寻春，把酒漫游，雨来启迪诗情。下片言手持竹杖，换双草鞋，徘徊于花草缤纷的原野中，蓦然从桑间小路传来柔媚的笑语声，但见几位趁清明回娘家探亲的少妇缓缓走来。作者以清爽的语言，勾画了一幅农村生活小景。

清平乐

检校山园，书所见。[①]

连云松竹，[2]万事从今足。拄杖东家分社肉，白酒床头初熟。[3]　　西风梨枣山园，儿童偷把长竿。[4]莫遣旁人惊去，老夫静处闲看。[5]

【注释】

①此词作于闲居带湖时期。检校：原意为查核，此有巡视游赏之意。山园：即家园，稼轩带湖宅第建于灵山之麓，故称山园。　②连云松竹：满眼松竹，与天空云彩连成一片。　③“拄杖”二句：写秋社分肉，糟床酒熟。分社肉：古时乡俗，春秋两次祭土地神，称社日。据《荆楚岁时记》载，每至社日，四邻集会，备牲祭神，祭毕，各家分食其肉，以求降福。故社肉也称福肉。床头：指糟床，酿酒器具。　④“西风”二句：秋天山园梨枣熟了，邻儿持竿偷打。⑤“莫遣”二句：谓切莫惊动偷枣顽童，且让我暗中闲看。

【品评】

词写田园生活的逸趣。山园松竹环绕，居处环境幽美，邻里社日祭神分肉，乡俗人情古朴。故自谓“万事从今足”。下片情景最为可人：在梨枣丰收的山园内，一边是顽童手握长竿，偷打枣梨，一边是闲静的“老夫”藏身隐形，“静处闲看”。一老一少，一动一静，这种场景，何其幽默有趣！

满江红

送信守郑舜举被召[1]

湖海平生，算不负苍髯如戟。[2]闻道是、君王着意，太平长策。[3]此老自当兵十万，长安正在天西北。[4]便凤凰、飞诏下天来，催归急。[5] 车马路，儿童泣。风雨暗，旌旗湿。[6]看野梅官柳，东风消息。[7]莫向蔗庵追语笑，只今松竹无颜色。[8]问人间、谁管别离愁，杯中物。[9]

【注释】

①稼轩友人郑汝谐，字舜举，淳熙十二年（1185）知信州，次年冬被召入京，稼轩作此词送行〔《千年调》（卮酒向人时），也是为郑舜举而作，见前〕。 ②“湖海”二句：称赏友人一生志在四海，不愧充盈英雄气概。湖海：古称不恋家园、志在四方之人为湖海之士。苍髯如戟：花白须髯，其硬如戟（一种兵器），形容相貌威武，有大丈夫气概。《南史·褚彦回传》：“公主谓曰：‘君须髯如戟，何无丈夫意？’” ③着意：介意，注重。长策：良策。 ④“此老”二句：言友人熟谙兵韬武略，自当筹划收复西北故都。此老：对郑舜举的尊称。自当兵十万：北宋初年，范仲淹帅边，西夏不敢来犯，并传说他“胸中自有数万兵甲”（见《五朝名臣言行录》卷七引《名臣传》）。长安：借指北宋故都汴京。 ⑤“便凤凰”二句：谓君王飞诏，催郑入京。凤凰飞诏：凤凰衔诏，自天飞来。喻传诏使者。⑥“车马路”四句：言信州人不忍郑舜举离去。 ⑦“看野梅”二句：谓野梅飘香，新柳抽芽，预示春天即将来临。 ⑧“莫向”二句：言故居人去，笑语声歇，连松竹也失去了昔日美好的光彩。蔗庵：郑舜举在信州建宅第取名“蔗庵”，并以此自号。 ⑨“问人间”二句：言人间能缓解离愁者，惟酒而已。杯中物：指酒。

【品评】

这首送行词，前阕赞赏友人胸怀天下，气概英武，才略不凡，收拍从凤凰飞诏，归结到友人被召晋京。含有激励友人乘机奋进、实现卫国壮志之意。后阕赋依依惜别之情，前四句描绘送别场景，“看野梅”二句宕开一笔，预祝友人此去春风得意，喜讯频传。“莫向”以下，折回送别，想象人去园空，不惟笑语难追，松竹且为之失色，末以借酒排愁收结。通篇体现出友情执著浓重。

鹧鸪天

送　人①

唱彻《阳关》泪未干，功名余事且加餐。②浮天水送无穷树，带雨云埋一半山。③　　今古恨，几千般；只应离合是悲欢？④江头未是风波恶，别有人间行路难。⑤

【注释】

①此词为闲居带湖时作。　②“唱彻”二句：写送别情深，叮嘱友人保重身体。彻：完。阳关：指王维的《渭城曲》，亦称《阳关三叠》，后谱入乐府，成为流行的送别歌曲。功名余事：以功名为次要的事。加餐：多进食。《古诗》：“弃捐勿复道，努力加餐饭。”③“浮天”二句：写送友远去之景：岸边树随着浮动天光的江水伸向远方，远山被带雨的浓云遮去一半。　④“今古恨”三句：谓自

古恨有多种，岂能只是离别。 ⑤“江头”二句：江头风浪虽然险恶，哪有人间行路艰难。白居易《太行路》诗：“行路难，不在水，不在山，只在人情反覆间。”行路难：古乐府杂曲歌辞有以《行路难》名篇，备述世路艰难。南朝宋鲍照有《拟行路难》十九首。

【品评】

这是稼轩送别友人之作，重在劝慰开导、勖勉激励。开篇“唱彻《阳关》”，显见惜别情浓；“功名余事”，着意劝慰叮咛。“浮天”一联，细写远送景象，隐寓念远怀思之情。下阕可说是临别赠言，由别恨伸展到人生多种悲欢，由江头风波联想到世路艰难，思路开阔，托意深刻。这段言论，既开导彼此摆脱离愁，又提醒双方注意应对人生磨难。

清平乐

村　居①

茅檐低小，溪上青青草。醉里吴音相媚好，白发谁家翁媪？② 大儿锄豆溪东。中儿正织鸡笼。最喜小儿亡赖，③溪头卧剥莲蓬。

【注释】

①此词作于闲居带湖时期。 ②“醉里”二句：写一对老年夫

妇亲密交谈。醉里：指作者，一说是翁媪醉中对话。吴音：吴地口音，信州旧属吴地。相媚好：相互取悦逗乐。媚好：兼指吴语柔美悦耳。翁媪(ǎo)：老翁、老妇。 ③亡(音义同“无”)赖：原意无聊，此引申为顽皮。《汉书·高帝纪》注云：“江淮之间，谓小儿多诈狡狯为亡赖。”

【品评】

辛弃疾隐居带湖时期，写了不少描写江南农村生活的词作，这是最有代表性的一篇。小词纯用白描手法，写农家老少五口和睦勤劳的村居生活。两句写居处环境，虽简而幽。两句勾画老两口亲昵交谈，吴音宛转，似有醉意，煞是甜蜜。四句写儿辈，老大、老二各有活计，小儿也学干活，“卧剥莲蓬”，顽皮娇憨，情态可掬。以常语写常景，秀丽清新，生活气息极浓。

贺新郎[①]

陈同父自东阳来过余，[②]留十日，与之同游鹅湖，且会朱晦庵于紫溪，[③]不至，飘然东归。[④]既别之明日，余意中殊恋恋，复欲追路，至鹭鹚林，则雪深泥滑，不得前矣。独饮方村，怅然久之，颇恨挽留之不遂也。夜半投宿吴氏泉湖四望楼，闻邻笛悲甚，为赋《乳燕飞》以见意。[⑤]又五日，同父书来索词，心所同然者如此，可发千里一笑。

把酒长亭说。看渊明、风流酷似，卧龙诸葛。[6]何处飞来林间鹊，蹙踏松梢残雪。要破帽、多添华发。[7]剩水残山无态度，被疏梅、料理成风月。[8]两三雁，也萧瑟。[9]　佳人重约还轻别。[10]怅清江、天寒不渡，水深冰合。[11]路断车轮生四角，此地行人销骨。[12]问谁使、君来愁绝？铸就而今相思错，料当初、费尽人间铁。[13]长夜笛，莫吹裂。[14]

【注释】

①此词作于淳熙十五年(1188)冬，时稼轩罢居上饶带湖。②陈同父：陈亮(1143—1194)，字同父(同甫)，婺州永康(今属浙江)人，人称龙川先生，南宋文学家。为人才气豪迈，喜谈兵，主抗战，屡遭挫折。与稼轩志同道合，交往甚密，时有唱和。东阳：即婺州。　③会：约会。朱晦庵：朱熹，字元晦，晚年自称晦庵，南宋理学家。紫溪：在江西铅山县南，位于江西和福建交界处。④"不至"二句：朱熹爽约未至，陈亮飘然东归。　⑤乳燕飞：《贺新郎》词调的别名。　⑥"看渊明"二句：这里用渊明、诸葛代指陈亮。渊明：晋代著名田园诗人陶潜，字渊明。卧龙诸葛：三国时代杰出的政治家诸葛亮，字孔明，人称卧龙先生。　⑦"何处"三句：怪林鹊蹴雪，雪落在破帽上，犹如添几许白发。蹙(cù)：踢。⑧"剩水"二句：谓冬天山水凋残，惟有几树红梅点缀风光。无态度：没有模样。料理：装点。　⑨"两三雁"二句：天边掠过几只鸿雁，也显得冷落凄凉。　⑩"佳人"句：谓陈亮重诺践约，却又轻看离别，匆匆而去。佳人：指陈亮。　⑪"怅清江"二句：感叹天寒江冻，难以渡过。　⑫"路断"二句：雪深泥滑，车轮难行，令行人伤

神。车轮生四角：喻无法行进。销骨：形容极度犯愁。⑬“铸就”二句：极写情谊之深，鹅湖之会犹如费尽人间铁，铸就而今的“相思错”。据《资治通鉴》卷二六五载：唐末魏州节度使罗绍威联合朱温击败田承嗣后，为供应朱温需索，把积蓄用光。他后悔地对人说：“合六州四十三县铁，不能为此错也。”⑭“长夜笛”二句：用《太平广记》卷二〇四引《逸史》所记独孤生的故事。唐代独孤生善吹笛，“声发入云，四座震栗……及入破，笛遂败裂”。词句明承词序“闻邻笛悲甚”，暗用故实，言闻笛悲慨，更激发思友之情。

【品评】

稼轩《祭陈同父文》云：“憩鹅湖之清阴，酌瓢泉而共饮，长歌相答，极论世事。”足见鹅湖佳会，对他刻骨铭心。本篇词序，叙两人相会、同游、分别及别后相思，文笔简洁，感情挚厚。此词写得更为亲切动人。发端写两人长亭聚会，以陶渊明、诸葛亮赞扬对方的品第气宇。接写生态环境，林间鹊踏残雪，剩水残山鸿雁飞掠，隐喻山河破碎，社会氛围凄凉冷落。上片侧重寓情于景，下片极写友好眷恋难舍之情。先描绘天寒江冻、行程艰难，继而感叹离愁浓重、友情深挚，末以不堪聆听长夜笛声收结。通篇凄惋眷念，情深意永。

贺新郎

同父见和，再用韵答之。①

老大那堪说。似而今、元龙臭味，孟公瓜葛。[②]我病君来高歌饮，惊散楼头飞雪。[③]笑富贵、千钧如发。[④]硬语盘空谁来听？[⑤]记当时、只有西窗月。重进酒，换鸣瑟。[⑥]　事无两样人心别。[⑦]问渠侬：神州毕竟，几番离合？[⑧]汗血盐车无人顾，千里空收骏骨。[⑨]正目断、关河路绝。[⑩]我最怜君中宵舞，道“男儿到死心如铁”。[⑪]看试手，补天裂。[⑫]

【注释】

①此词为淳熙十六年(1189)春闲居带湖时作。淳熙十五年冬，同父(陈亮)造访稼轩，同游鹅湖。别后，同父索词，稼轩作《贺新郎》(把酒长亭说)以寄。同父有和韵词奉还，激昂慷慨，声震云天。稼轩深受感染，再用原韵作此词以答(参阅前篇《贺新郎》)。②“老大”三句：谓年老无可称说，惟我们友谊深浓值得珍视。这里以历史同姓人氏喻陈亮。元龙：三国时陈登，字元龙，是位以天下为己任的名士，《三国志》有传。孟公：西汉名士陈遵，字孟公，性情豪爽，嗜酒好客。《汉书·游侠传》谓其每宴宾客，必闭门并取宾客车辖投井中，以示挽留。臭味：气味、志趣。瓜葛：关系，牵连。此言二人臭味相投，关系密切。　③“我病”二句：写两人欢会，兴高采烈。　④“笑富贵”句：常人视富贵重如千钧，我辈视之轻如毛发。千钧：古时以三十斤为一钧，这里极言其重。　⑤硬语盘空：激烈言辞回旋天空。韩愈《荐士》诗：“横空盘硬语，妥帖力排奡。”　⑥“重进酒”二句：换乐进酒，彻夜长谈。　⑦“事无两样”句：谓国运沦夷、江山破碎，面对同样的时事，爱国志士与主降官僚迥然不同。　⑧“问渠侬”三句：试问当轴官僚：中华大地几

经分裂和统一,尔等可曾考虑统一大业? ⑨“汗血”二句:比喻人才处境困顿,备受压抑。汗血:千里骏马。《汉书·武帝纪》有“汗血马”之称。盐车:《战国策·楚策》载,有名马“服盐车而上太行,蹄申膝折”的故事。收骏骨:《战国策·燕策》载,燕昭王即位求贤,郭隗对昭王讲了一则故事,谓古有人君以千金高价求千里马者,三年不得,有人以五百金买来千里马骨,君王大怒。那人说:肯花五百金买死马,何患买不到活马。果然一年之内,就得到三匹千里马。“空”字语意双关,既指五百金买马骨事,更讽刺南宋执政者摧折人才。 ⑩“正目断”句:谓放眼远望,南北分裂,关河不通。 ⑪“我最怜君”二句:赞赏陈亮心怀恢复大志始终不渝。中宵舞:《晋书·祖逖传》载,东晋抗战名将祖逖与刘琨立志北伐,两人共被同寝,半夜闻鸡鸣,互相叫醒,舞剑练武。心如铁:《三国志·魏书·武帝纪》引《魏武故事》:“忠能勤事,心如铁石,国之良吏也。” ⑫“看试手”二句:期待陈亮大显身手,完成统一大业。补天裂:用神话女娲炼石补天事,喻统一中原。

【品评】

此和韵词以追叙鹅湖聚会倾谈恢复壮志为中心,进而酬答知己,共浇块垒。起笔直抒胸臆,由抑到扬,以二陈相拟,自见不凡。继而述鹅湖之会,高歌豪饮,蔑视富贵,壮志凌云,气度正与元龙、孟公仿佛。檐雪惊散,窗月旁听,意气豪迈超凡,抱负曲高和寡,均以侧笔出之。以下紧承“硬语”,内心激愤喷涌而出。一斥主和派毫无心肝,一叹抗战人才空遭困顿,归结勉人自勉。试手补天,豪语惊人。全词荡漾着报国信念、使命意识,激昂排宕,不可一世。融三则名马故实，一如己出，运笔任意驰骋，非大手笔莫属。

破阵子

为陈同甫赋壮词以寄之[①]

醉里挑灯看剑，梦回吹角连营。[②]八百里分麾下炙，五十弦翻塞外声。[③]沙场秋点兵。　马作的卢飞快，弓如霹雳弦惊。[④]了却君王天下事，赢得生前身后名。可怜白发生！[⑤]

【注释】

①此词作于辛、陈唱和《贺新郎》之后，具体日期不详。或谓作于绍熙四年(1193)秋，时陈亮考中进士第一，稼轩作此壮词相勉。　②“醉里”二句：夜醉入梦，梦醒似闻连营吹角之声。③“八百里”二句：承“吹角连营”，写奏乐啖肉、豪迈热烈的军营生活。八百里：牛名。《世说新语·汰侈》篇载，王恺有牛，名八百里驳，王济同他打赌比射，以此牛与千万钱作双方赌注，王济一箭破的。王恺豪不犹豫地杀牛做炙。苏轼《约公择饮是日大风》诗：“要当啖公八百里，豪气一洗儒生酸。”分：分享。麾下：部下。炙：烤肉。五十弦：古瑟用五十弦，此泛指军中乐器。塞外声：指雄浑悲壮的边塞之乐。　④“马作”二句：写阵前鏖战情景。作：像。的卢：一种烈性快马。《三国志·蜀书·先主传》注引《世说新语》

称，相传刘备在荆州遇危潜逃，乘的卢马渡水，“一踊三丈”，遂得脱险。弓如霹雳：形容弓弦如打雷。《南史·曹景宗传》载，曹在乡里“与年少辈数十骑，拓弓弦作霹雳声，箭如饿鸱叫”。 ⑤“可怜”句：叹壮志未酬，白发先生。

【品评】

词以写梦寄托理想。起句是梦前，末句是梦后，中间为梦境。梦前以连续性动作情态，映现爱国将领一心赴敌。渴望成梦，梦醒连营角声犹萦绕耳际。接着转入梦境描写。分发烤肉，军乐齐鸣，战前阅兵场景，写得威武雄壮。飞马开弓，风驰电掣，仅两句即绘出激战迅雷不及掩耳。“了却”云云，形容一战告捷，故物光复，功业赫赫，令人鼓舞。可惜这得酬壮志的快慰，只是梦幻。尾句陡然跌落现实，与起句拍合。理想与现实的落差，更激起人们无限悲慨。

鹊桥仙

己酉山行书所见①

松冈避暑，茅檐避雨，闲去闲来几度。醉扶怪石看飞泉，②又却是、前回醒处。　　东家娶妇，西家归女，③灯火门前笑语。酿成千顷稻花香，夜夜费、一天风露。④

【注释】

①此词作于淳熙十六年(1189)夏,时稼轩闲居带湖。己酉:即淳熙十六年。 ②怪石、飞泉:博山脚下的雨岩景色。稼轩《水龙吟》(补陀大士虚空)题序:"岩中有泉飞出,如风雨声。"《山鬼谣》(问何年、此山来此)题序:"雨岩有石,状怪甚。" ③归女:嫁女。古时女子出嫁称"于归"。 ④"酿成"二句:清风白露酿就一片稻米花香。意谓风调雨顺,丰收在望。

【品评】

词写闲居山行所见。上片赋闲情逸趣,因爱雨岩美景,多次行经山村,"闲去闲来",见出心境悠闲,"醉扶怪石",显示出寄情山水,下语简洁,涉笔成趣。下片起处赋山村男婚女嫁,灯火通明,笑语喧哗,热闹非凡。结处放眼田野,千顷稻花飘香。上片用淡笔,清幽自娱;下片用浓墨,欢腾鼎沸。前后映衬,生动地绘出小小山村一派安闲欢欣的景象。

水调歌头

送杨民瞻[①]

日月如磨蚁,万事且浮休。[②]君看檐外江水,滚滚自东流。[③]风雨瓢泉夜半,花草雪楼春到,老子已菟裘。[④]岁晚问无恙,归计橘千头。[⑤] 梦连环,歌弹铗,赋登楼。[⑥]黄鸡

白酒，君去村社一番秋。[7]长剑倚天谁问，夷甫诸人堪笑，西北有神州。[8]此事君自了，千古一扁舟。[9]

【注释】

①此词约作于淳熙末或绍熙初(1189 或 1190)年，时稼轩闲居带湖。杨民瞻：生平事迹不详。 ②"日月"二句：言日月旋转，时光流逝，世间事物有生有灭，是自然常规。日月如磨蚁：《晋书·天文志》载，有人以磨盘喻宇宙，以磨盘上的蚂蚁喻日月，谓"磨左旋而蚁右去，磨急而蚁迟，故不得不随磨以左旋焉"。浮休：喻生、灭。《庄子·刻意》篇："其生若浮，其死若休。" ③"君看"二句：以江水滚滚东流，喻时光消逝。 ④"风雨"三句：写隐居带湖瓢泉的环境风光。瓢泉：在江西铅山境内。《铅山县志》云："瓢泉在县东二十五里，辛弃疾得而名之。"雪楼：稼轩带湖居所的楼名。菟裘：春秋时鲁地名，在今山东泰安东南。《左传·隐公十一年》："使营菟裘，吾将老焉。"后世因称年老退隐处所为菟裘。⑤"岁晚"二句：谓晚年有人问候是否安好，我已有归老的充分准备。橘千头：三国时丹阳太守李衡曾命人到武陵龙阳洲种橘千株，临终时对其子说：吾家有"千头木奴"，足够你岁岁使用(见《襄阳耆旧传》)。 ⑥"梦连环"三句：谓杨民瞻犹如冯谖、王粲，怀才不遇，日夜思归。梦连环：连续作梦。歌弹铗：《战国策·齐策》载，齐人冯谖为孟尝君门下客，初不受重用，曾三次弹铗作歌，以示不满欲去。赋登楼：东汉末年天下大乱，王粲依附刘表，在荆州登江陵城楼，作《登楼赋》，抒发壮志难伸、怀乡思归的心情(见《文选·王粲〈登楼赋〉》五臣注)。 ⑦"黄鸡"二句：想象杨民瞻返乡

后与乡亲秋社相会的情景。村社：农村社日，祭祀土地神的日子，有春秋两祀，此指秋社。⑧“长剑”三句：言执政者清谈误国，爱国志士请缨无门。长剑倚天：宋玉《大言赋》：“长剑耿耿倚天外。”夷甫：借指南宋误国官僚。西晋王衍，字夷甫，崇尚清谈，不理国政。《晋书·桓温传》载，桓温北伐，曾感慨地说：“遂使神州陆沉，百年丘墟，王夷甫诸人，不得不任其责。” ⑨“此事”二句：希望友人有缘完成复国大业后，再去归隐。千古一扁舟：用范蠡助越灭吴后泛舟五湖事。《史记·越王勾践世家》载，范蠡辅助勾践灭吴后，担心大名之下，难以久居，“乃装其轻宝珠玉，自与其私徒属乘舟浮海以行”。

【品评】

此为送友返乡之作。上片侧重写自身。开篇从大处着笔，写日月旋转，万物消长，大江东去，显示宇宙无穷，流光飞逝，人生有限，时不我待，隐寓壮志难酬之慨。接着陈述自身的隐居生涯，风雨瓢泉，花草雪楼，居处消闲安定。结处设问自答，寄忧愤于闲适。下片主要写友人。先用冯谖弹铗、王粲登楼，比拟友人壮志难伸、怀乡思归襟绪，再以“黄鸡白酒”预测回归乡里的欣慰之情。“长剑”以下，情意陡转，指斥群小误国，以致志士投闲。结拍勉励友人有缘当尽力国事，犹如范蠡功成身退、逍遥林泉。通篇视野开阔，言简意丰。

踏莎行

庚戌中秋后二夕，带湖篆冈小酌。①

夜月楼台，秋香院宇，笑吟吟地人来去。是谁秋到便凄凉？当年宋玉悲如许。[2]　　随分杯盘，等闲歌舞，问他有甚堪悲处？[3]思量却也有悲时，重阳节近多风雨。[4]

【注释】

①此词作于绍熙元年(1190)中秋节后的第二个晚上，时稼轩闲居带湖。庚戌：即绍熙元年。篆冈：地名，当在带湖之侧。小酌：小饮，便宴。　②“是谁”二句：临秋而悲者，乃当年宋玉。宋玉：战国时楚国著名诗人，屈原的弟子。其《九辩》以悲秋著称，其中有云：“悲哉秋之为气也，萧瑟兮草木摇落而变衰。”　③“随分”三句：随意饮酒，任便歌舞，何悲之有。随分：随意。等闲：轻易平常。　④“重阳”句：宋人潘邠老(大临)诗：“满城风雨近重阳。”(见《诗话总龟》)重阳：农历九月九日为重阳节。

【品评】

词写悲秋，行文却从反面写起，用反跌手法，以强化悲秋的力量。上片先写月照楼台，香飘庭院，人们欣喜欢洽。继而以询问语气，提出宋玉当年如此悲秋，貌似难以理解。过片继写秋夜休闲生活之乐，而以反诘将此种人间欢娱推向高峰。结拍峰回路转，转欢为悲，这是经深沉思量而映现的感受。金兵多于秋高马肥时发动南侵，稼轩《水调歌头》(落日塞尘起)词中即有“胡骑猎清秋”的警句。这里“风雨”一语双关，有隐含国家政治患难之意。

清平乐

忆吴江赏木樨[①]

少年痛饮，忆向吴江醒。[②]明月团团高树影，十里水沉烟冷。[③]　大都一点宫黄，人间直恁芬芳。[④]怕是秋天风露，染教世界都香。[⑤]

【注释】

①此词作于闲居带湖时期。吴江：今江苏苏州吴江区。稼轩自隆兴二年(1164)冬或乾道元年(1165)春，江阴签判任满后，曾有一段流寓吴江的生活。木樨(xī)：桂花。按此词一本题作"谢叔良惠木樨"。　②"少年"二句：回忆当年秋夜畅饮，酒醒吴江。稼轩二十六岁至二十八岁流寓吴中，故云少年。吴江：亦名松江，是太湖最大的支流。自湖北流经苏州吴江区、上海，合黄浦江入海。　③"明月"二句：写江边月下赏桂情景。高树影：兼指月中桂影(传说月中有仙桂)和秋月映照下的人间桂影。水沉烟冷：江水沉寂，烟雾清冷。　④"大都"二句：桂花少许宫黄，却给人间带来如此芬芳。大都：不过。宫黄：宫中妇女化妆用的黄粉，此借指黄色的桂花，俗称金桂。直恁：竟然如此。　⑤"怕是"二句：桂花凭借秋风秋露，要将整个世界染香。

【品评】

词由“忆”字领起全篇，追怀二十多年前吴江赏桂之往事。上片写景，以景衬情，酒醒后惟见明月树影、水沉烟冷，映现出流寓吴楚、壮怀难伸的孤寂心境。下片承“高树影”集中咏桂。词人遗貌取神，由花小香浓着笔，“一点宫黄”，其浓烈芳香，借助风露可将世界熏香。这里称颂“芬芳”的桂花，借花品喻人品，体现作者襟怀的宏阔高雅。

清平乐

题上卢桥[①]

清泉奔快，不管青山碍。[②]十里盘盘平世界，更着溪山襟带。[③]　　古今陵谷茫茫，市朝往往耕桑。[④]此地居然形胜，似曾小小兴亡。[⑤]

【注释】

①此词作于闲居带湖时期。上卢桥：在江西上饶境内。②碍：拦阻。稼轩《菩萨蛮》(郁孤台下清江水)有“青山遮不住，毕竟东流去”之句。　③“十里”二句：形容此地山水萦绕，若衣服之襟带。盘盘：曲折回旋貌。溪山襟带：以山为襟，以溪为带。④“古今”二句：言沧海桑田，变化莫测。陵谷：指山陵变深谷，深谷化山陵。《诗经·小雅·十月之交》：“高岸为谷，深谷为陵。”市

朝耕桑：指繁华的都市和耕作的田野亦常互相转化。 ⑤“此地”二句：眼前形胜之地，想必也经历过小小的兴衰变化。

【品评】

词上片即地咏景，上卢桥周边一片平坦，山环水绕，清泉水滚滚奔流。奇壮秀美，动静交错，充满生气。下片即景遐想，由惊叹眼前山川，转向对自然、人世变幻的思索：古往今来，高陵深谷，都市田野，无不发展变迁，相互转化。眼前形胜有兴衰，朝代的兴废存亡，自在不言之中。小词由咏景到说理，言简意赅，哲思深邃。

生查子

独游西岩①

青山招不来，偃蹇谁怜汝。② 岁晚太寒生，唤我溪边住。③　　山头明月来，本在天高处，夜夜入清溪，听读《离骚》去。④

【注释】

①此词作于闲居带湖时期。西岩：在今江西上饶南。《上饶县志·山川门》：“西岩在县南六十里，岩石拔起，中空如洞，内有悬石如螺，滴水垂下，味甘冷。”是游览胜地。 ②“青山”二句：写青山高耸难游。偃蹇（yǎn jiǎn）：原意是高耸，引申为傲慢。苏轼

《越州张中舍寿乐堂》诗:“青山偃蹇如高人,常时不肯入官府。”怜:爱怜,喜欢。 ③“岁晚”二句:岁晚天寒,青山唤我溪边作伴。岁晚:指寒冬腊月。生:语尾助词。 ④“夜夜”二句:明月映入清溪,似夜夜陪侍听读。《离骚》:战国时代楚国著名诗人屈原的代表作。

【品评】

词题“独游西岩”,实为西岩夜读,夜读《离骚》,宣泄词人勃郁忧愤之情,是词中的主体形象。招青山为伴,依溪水憩息,引明月为友,居处何等幽雅高洁。在天明月映入清溪,聆听我夜读《离骚》,俨然体察人类的衷情。全篇构思奇妙,以拟人化的手法,描写出物我合一、情景交融之佳境。

西江月

夜行黄沙道中①

明月别枝惊鹊,清风半夜鸣蝉。②稻花香里说丰年,听取蛙声一片。③　　七八个星天外,两三点雨山前。④旧时茅店社林边,路转溪桥忽见。⑤

【注释】

①此词作于闲居带湖时期。黄沙:即黄沙岭。《上饶县志》:

"黄沙岭在县西四十里乾元乡,高约十五丈。" ②"明月"二句:谓明月惊飞枝上乌鹊,清风送来半夜蝉声。曹操《短歌行》:"月明星稀,乌鹊南飞,绕树三匝,何枝可依。"苏轼《次韵蒋颖叔》:"月明惊鹊未安枝。"周邦彦《蝶恋花》:"月皎惊乌栖不定。"别枝:远枝。③"稻花"二句:言稻花飘香,蛙声一片,似在歌唱丰年。或谓"说丰年",指守夜农人。似太实,且少韵味。 ④"七八个星"二句:言天外星稀,山前欲雨。卢延让《松寺》:"两三条电欲为雨,七八个星犹在天。" ⑤"旧时"二句:为倒装句。言转过溪桥,忽见记忆中的茅店就在眼前。

【品评】

词写夜行所见夏夜小景,深具艺术魅力。上片夜景,静中有动,以动写静。明月皎洁,清风徐徐,稻花飘香。宁静中忽有鹊啼、蝉鸣、蛙喧,愈闹而愈静,以动见静,洋溢着丰收在望的喜悦之情。下片时转景移,山雨欲来,心绪由悠闲而焦躁,急欲避雨,溪桥忽见,熟悉的茅店闪见于眼前。恍惚惊喜之态,跃然纸上。

浣溪沙

壬子春,赴闽宪,别瓢泉。[①]

细听春山杜宇啼,一声声是送行诗。[②]朝来白鸟背人飞。[③]　　对郑子真岩石卧,赴陶元亮菊花期,[④]而今堪诵

《北山移》。⑤

【注释】

①此词作于绍熙三年(1192)春。稼轩自孝宗淳熙八年(1181)冬至光宗绍熙二年(1191)冬,被劾罢居上饶带湖整整十年。绍熙二年冬接诏命,起福建提点刑狱,次年赴任,此离家赴任时作。壬子:光宗绍熙三年。闽宪:福建提点刑狱。宪:宪司的简称,宋代即指提点刑狱,后世改称按察司。 ②"细听"二句:言杜鹃有情,声声鸣叫送行。杜宇:即杜鹃鸟,传说为蜀郡望帝所化,鸣声凄厉,能动人归思,人称思归鸟。 ③"朝来"句:白鸟怨恨,背人飞去。白鸟:指鸥鹭。稼轩初隐带湖,曾作《水调歌头》(带湖吾甚爱),题曰"盟鸥",与鸥鹭结盟,表示永久相伴。今骤然离去,故言其似有责怪之意。 ④"对郑子真"二句:言初意师效郑、陶,田园隐居终生。郑子真:西汉成帝时人,屡聘不就,隐居云阳谷口,世称谷口子真。《扬子法言·问神》篇:"谷口郑子真,不屈其志而耕乎岩石之下,名震于京师。"陶元亮:即陶渊明。他耻为五斗米折腰,毅然解印归隐,终身不仕。他最爱秋菊,每至重阳,必把酒赏菊。 ⑤"而今"句:谓而今出任闽宪,该为人所笑。北山移:南齐孔稚珪的《北山移文》。南齐周颙和孔稚珪等初隐于钟山,后周颙应诏出仕,期满进京,再过钟山时,孔稚珪作此文,假托山灵,讽刺周颙违约出仕,拒周入山。北山:即指钟山。移文:犹檄文,带晓谕性的官方文体。

【品评】

稼轩赴任，思绪纷纭，感慨万千。上片绘景，借鸟寄情。杜宇啼春，有情送行，嘱人早归；白鸟背飞，有意责怪。下片连用三事，假事写意。子真卧岩，渊明赏菊，高人逸趣，隐现作者退隐初衷，而今句意陡转，讽谕违约出仕。全词体现了作者既祈盼出山建业，又眷恋居留山林的矛盾心态。

添字浣溪沙

三山戏作①

记得瓢泉快活时，长年耽酒更吟诗。②蓦地捉将来断送，老头皮。③　　绕屋人扶行不得，闲窗学得鹧鸪啼。④却有杜鹃能劝道：不如归！⑤

【注释】

①此词为绍熙三年(1192)作于福建任所。三山：福建福州市的别称。因旧福州城内东有九仙山，西有闽山，北有越王山而得名。　②"记得"二句：言闲居带湖时情况。瓢泉：在江西铅山境内。可参阅前《水调歌头》(日月如磨蚁)注④。耽酒：沉溺于酒。③"蓦地"二句：谓突然奉诏赴任，前境难料。老头皮：《苕溪渔隐丛话》前集卷四二载：北宋真宗东封后，访天下隐士，曾召对杨朴，并问他"临行有人作诗送卿否？"杨朴回答说臣妻有诗云："更休落

魄耽杯酒，且莫猖狂爱咏诗。今日捉将官里去，这回断送老头皮。”真宗大笑，遂放其归山。 ④“绕屋”二句：言人老力衰，行走时需人搀扶；闲中无事，漫学鹧鸪啼声。鹧鸪啼声如云：“行不得也，哥哥！”（见《本草纲目》） ⑤“却有”二句：杜鹃劝说，不如归去。杜鹃：亦名杜宇。《本草纲目》谓杜宇鸣声若曰：“不如归去。”

【品评】

词先忆在瓢泉时耽酒吟诗的逍遥生活，接写突然奉诏赴任，自感官场险峻，前程难测。再感叹年迈力衰，借鹧鸪托意，隐寓壮志难酬。末以杜鹃鸣声，显示滞留理想“行不得”的逆境，“不如归”隐山林。全词以爽畅口语，禽鸟鸣声，调侃的语气，抒发了彷徨忧郁之感。

水调歌头

壬子三山被召，陈端仁给事饮饯席上作。[①]

长恨复长恨，裁作短歌行。[②]何人为我楚舞，听我楚狂声？[③]余既滋兰九畹，又树蕙之百亩，秋菊更餐英。[④]门外沧浪水，可以濯吾缨。[⑤] 一杯酒，问何似，身后名。[⑥]人间万事，毫发常重泰山轻。[⑦]悲莫悲生离别，乐莫乐新相识，儿女古今情。[⑧]富贵非吾事，归与白鸥盟。[⑨]

【注释】

①此词为绍熙三年(1192)冬在福建提点刑狱任上作。时稼轩奉召赴京师临安,友人为其饯行,稼轩即席赋此。壬子:即绍熙三年。陈端仁:名岘,闽县人,时已退闲家居。给事:官名,即给事中。　②“长恨”二句:无穷的忧恨,写入这首歌行。裁:剪裁、制作。短歌行:汉乐府曲调名。此借指这首《水调歌头》词。③“何人”二句:言无人为我舞,无人听我歌,感叹世无知音。为我楚舞:《史记·留侯世家》载:戚夫人泣,高祖刘邦安慰她说:“为我楚舞,吾为若楚歌。”楚狂:春秋时楚国人陆通,因昭王政令无常,乃披发佯狂不仕,时人称为楚狂。《论语·微子》载:“楚狂接舆歌而过孔子,曰:‘……已而已而,今之从政者殆而。’”　④“余既”三句:化用屈原《离骚》诗句,借以隐喻自身培育吸纳美好的修养。《离骚》:“余既滋兰之九畹兮,又树蕙之百亩。”“朝饮木兰之坠露兮,夕餐秋菊之落英。”滋:栽培。兰、蕙:皆香草。畹(wǎn):古时以十二亩为一畹。　⑤“门外”二句:语出《孟子·离娄上》所载歌谣:“沧浪之水清兮,可以濯我缨;沧浪之水浊兮,可以濯我足。”意谓为人处世,必须清浊分明。此处用以表示不同流合污。沧浪水:汉水,此泛指。濯(zhuó):洗涤。缨:帽带。　⑥“一杯酒”三句:西晋张翰放纵不拘,有人问他:你只图一时放纵之乐,难道不考虑身后名?张翰答曰:“使我有身后名,不如即时一杯酒。”(见《世说新语·任诞》篇)辛词借张翰的典故发泄忧愤和牢骚。何似:有两者相比之意。　⑦“人间”二句:批评当今社会轻重倒置,是非混淆。　⑧“悲莫悲”三句:化用楚辞《九歌·少司命》诗句:“悲莫悲兮生别离,乐莫乐兮新相知。”　⑨“富贵”二句:不愿涉足

官场，但求归隐山水。富贵非吾事：陶潜《归去来兮辞》："富贵非吾愿，帝乡不可期。"白鸥盟：与鸥鸟结盟，归隐田园。稼轩有题为"盟鸥"的《水调歌头》(带湖吾甚爱)词。

【品评】

此词为感时抚事饯别抒怀之作。上片发端直倾怀长恨、作短歌，接写无人理解、难得知己的忧愤，后两韵转写自身的志节和操守，化用《离骚》诗句，表明严于自律，决不随俗浮沉。下片换头抒发壮志难酬的感慨，接着批判朝廷苟安妥协、是非颠倒的现实，再折转到当前的离别情，末以不求个人富贵，宁可寄身园林收结。全词文意繁富，层次曲折，融前人诗句和故实，丰富多彩，表达自我忧愤和衷情，深沉勃郁。

定风波

三山送卢国华提刑，约上元重来。[①]

少日犹堪话别离，老来怕作送行诗。[②]极目南云无过雁，君看：梅花也解寄相思。[③]　无限江山行未了，父老，不须和泪看旌旗。[④]后会丁宁何日是？须记：春风十里放灯时。[⑤]

【注释】

①此词作于绍熙四年(1193)冬。稼轩上年冬奉诏入京,次年迁太府少卿,后出知福州兼福建安抚使,旋即返回福州。本篇即写于福建安抚使任上。卢国华:卢彦德,字国华,浙江丽水人,继稼轩之后,为福建提点刑狱使,随即又调往福建建宁府负责漕运事务。故稼轩作此送行。上元:农历正月十五称上元节。②“少日”二句:谓自己年事已高,怕离别送行。③“极目”三句:希望别后通过梅花互通友情。此暗用陆凯《赠范晔》诗意:“折花逢驿使,寄与陇头人。江南无所有,聊赠一枝春。”④“无限”三句:谓友人万里江山尚未行遍,大丈夫志在四方,乡亲父老不须和泪相送。旌旗:指送行的仪仗队列。⑤“后会”三句:即题序所说约友人上元重来相会。建宁府亦属闽地,与福州相去不远,故有此约。丁宁:即叮咛。放灯时:即上元节放灯、观灯之时。

【品评】

词写依依难舍的友情。发端挑明送行题旨,以“少日”陪衬“老来”,表明年迈更不适分离。接写极目远望,借眼前景想象别后相思之情。换头三句,言友人未来征途广阔,抚慰当地父老不须含泪饯行。结韵三句,叮嘱友人上元重来聚会。人未登程,先约后会,情切意浓,风调开朗,体现友情的执著亲切。

最高楼

吾拟乞归,犬子以田产未置止我,赋此骂之。①

吾衰矣，须富贵何时，富贵是危机。[2]暂忘设醴抽身去，未曾得米弃官归。穆先生，陶县令，是吾师。[3]　待葺个、园儿名“佚老”，更作个、亭儿名“亦好”，闲饮酒，醉吟诗。[4]千年田换八百主，一人口插几张匙。[5]便休休，更说甚，是和非。[6]

【注释】

①此词作于福建安抚使任上。乞归：向朝廷请求罢职归隐。犬子：古人对自己儿子的爱称，亦用于对别人谦称自己的儿子。止我：劝阻我。　②“吾衰矣”三句：谓我已衰老，富贵须待何时，富贵酝酿危机。吾衰矣：《论语·述而》记孔子语：“甚矣吾衰也，久矣吾不复梦见周公。”稼轩《贺新郎》词起句亦云：“甚矣吾衰矣。”富贵是危机：苏轼《宿州次韵刘泾》：“晚觉文章真小技，早知富贵有危机。”　③“暂忘”五句：谓理当师法古人，及早弃官抽身，归隐田园。“暂忘”句：用穆先生事。《汉书·楚元王传》载：元王至楚国封地，用穆生等人为中大夫。穆生不嗜酒，元王每置醴以待。后王戊即位，渐忘设醴酒之事。穆生说：“醴酒不设，王之意怠。不去，楚人将钳我于市。”于是称病离去。醴（lǐ）酒：用醴泉之水酿成的酒，味甘美。“未曾”句：用陶县令事。陶县令：即陶潜。《宋书·陶潜传》载：陶潜为彭泽令，“郡遣督邮至，县吏白，应束带见之。潜叹曰：‘我不能为五斗米折腰向乡里小人。’即日解印绶去职，赋《归去来》”。　④“待葺个”四句：言修园筑亭，诗酒自娱。葺（qì）：修建。佚（yì）老：安逸。《庄子·大宗师》：“佚我以老。”亦好：戎昱《中秋感怀》：“远客归去来，在家贫亦好。”　⑤“千年”二

句：谓富贵无常，人应知足。口插几张匙：指消费有限。范成大《丙午新正书怀》诗之四自注："吴谚云：一口不能着两匙。"⑥"便休休"三句：一切作罢，退隐休闲，无话可说。

【品评】

词写祈盼归隐，借责备儿子发挥。上片写宦途险恶，抽身得体。以不望富贵、富贵危机发端，继借穆生故事、陶潜经历阐明，表达师法前贤的决心。下片想象归休田园的乐趣，先言修园筑亭，饮酒赋诗，一派幽雅氛围；再从富贵无常，享受易足表明自我超脱的旷达心态；末以休闲自足、无须议论收结。词体现了作者厌恶官场、向往休闲的情悰。

水龙吟

过南剑双溪楼[①]

举头西北浮云，倚天万里须长剑。[②]人言此地，夜深长见，斗牛光焰。[③]我觉山高，潭空水冷，月明星淡。[④]待燃犀下看，凭栏却怕，风雷怒，鱼龙惨。[⑤] 峡束苍江对起，过危楼，欲飞还敛。[⑥]元龙老矣，不妨高卧，冰壶凉簟。[⑦]千古兴亡，百年悲笑，一时登览。[⑧]问何人又卸，片帆沙岸，系斜阳缆。[⑨]

【注释】

①此词当于绍熙四年或五年(1193 或 1194)秋间在知福州兼福建安抚使任上作。南剑:宋时州名,州治在南平(今福建南平)。据王象之《舆地纪胜·南剑州》:"剑溪环其左,樵川带其右,二水交流,汇为澄潭,是为宝剑化龙之津。"双溪楼:在南平城东,因有剑溪及樵川二水在此汇合而得名,为当时游览胜地。 ②"举头"二句:写遥望中原所见。西北浮云:喻中原沦陷。倚天长剑:语出宋玉《大言赋》:"长剑耿耿倚天外。" ③"人言"三句:谓此地乃宝剑化龙之津。据《晋书·张华传》及《拾遗记》载,晋人张华见斗、牛星间有紫气。(雷)焕曰:此宝剑神光冲天。张华遂令雷焕觅剑,果得"龙泉"、"太阿"双剑,两人各得其一。张华既卒,其剑失踪。雷焕死后,其子佩剑过延平津(即剑溪),剑忽跃入水中。觅之,惟见双龙各数丈,盘曲潭底。顷间,水面光彩照人,波浪翻腾。光焰:即指宝剑生发出的紫气。④"我觉"三句:写双溪楼夜景,有隐喻现实严酷冷峻之意。 ⑤"待燃犀"四句:欲燃犀觅剑,又恐鱼龙兴妖作怪。燃犀:燃犀牛角。传说燃犀照水,能使妖魔显形。据《晋书·温峤传》载,温回兵武昌,过牛渚矶,人言水中多妖,温燃犀下照,见水中诸怪赶来灭火。鱼龙:即指水中妖魔,喻朝中群小。惨:凶残狠毒。 ⑥"峡束"三句:谓双溪汇流,奔腾欲飞,但受制于峡谷,无奈而有所收敛。对起:指两山相对而起,形成峡谷。危楼:高楼,即指双溪楼。 ⑦"元龙"三句:以汉代名士陈登自喻,思清闲高卧。元龙:陈登,字元龙。《三国志·陈登传》载,陈登志向高洁,看不起求田问舍的许汜,许汜见陈登,陈登久不与语,使许卧下床,而自卧大床。冰壶凉簟:一壶冷酒,一领竹

席。 ⑧“千古”三句：谓登楼览胜，顿生千古兴亡、人生悲欢之感。 ⑨“问何人”三句：试问何人在斜阳下的沙河边卸帆系舟。

【品评】

词借咏唱双溪楼的奇特景观，抒发有志复国、壮怀难酬的愤慨。起笔遥望中原，呼唤长剑清扫妖氛，志壮气豪，笼盖全篇。以下叠层铺叙，婉转顿挫。人言此地剑光冲天，俯仰体察，却有山高压顶、水冷星稀的冷漠之感，才欲燃犀觅剑，又恐妖魔凶残。以上隐喻现实环境严酷冷峻。“峡束”云云，进一步象征形势艰危，以此萌生元龙高卧之想，引发世事沧桑之慨，末故作设问，显示而今无可奈何，不得不卸帆系舟。全篇曲折委婉地表达了壮志难伸的衷情。

沁园春

再到期思卜筑[①]

一水西来，千丈晴虹，十里翠屏。[②]喜草堂经岁，重来杜老；斜川好景，不负渊明。[③]老鹤高飞，一枝投宿，长笑蜗牛戴屋行。[④]平章了，待十分佳处，着个茅亭。[⑤] 青山意气峥嵘，似为我归来妩媚生。[⑥]解频教花鸟，前歌后舞；更催云水，暮送朝迎。[⑦]酒圣诗豪，可能无势，我乃而今驾驭卿。[⑧]清溪上，被山灵却笑：白发归耕。[⑨]

【注释】

①此词作于绍熙五年(1194)秋冬间。时稼轩因遭台臣弹劾,这年七月罢福建安抚使,退居信州带湖,再到期思卜筑。期思:在江西铅山。稼轩第一次罢居时,曾在期思买得瓢泉,以后常往返于带湖和瓢泉之间。此次重到,意在营建新居。卜筑:选地盖房,古人建宅常请卜者相地形风水以定宅地,也称卜宅、卜居。②"一水"三句:写瓢泉山水之美,以"千丈晴虹"喻飞瀑,以"十里翠屏"状青山。 ③"喜草堂"四句:言再度隐居山水之喜,一如杜甫之重归草堂,渊明之游赏斜川。草堂:杜甫于乾元二年入蜀,建草堂于成都浣花溪旁。后因兵乱离去。广德二年,严武再度镇蜀,杜甫得以重归草堂。经岁:经若干年。斜川:在今江西都昌,风景优美。陶渊明居浔阳柴桑时,曾作《斜川诗》。诗前有小序略记其游赏情景。辛词借重归草堂,指再到期思隐居;又以斜川比期思。 ④"老鹤"三句:谓再到期思,意在觅一枝之栖,不像蜗牛戴屋行。一枝投宿:《庄子·逍遥游》:"鷦鹩巢于深林,不过一枝。"此用其意。蜗牛戴屋行:蜗牛是一种很小的软体动物,背有硬壳,呈螺旋形,似圆形小屋,爬动时如戴屋而行。 ⑤"平章"三句:谓选片好地建房。平章:筹划、设计。着:此作建造讲。⑥"青山"三句:青山喜我归来,显得格外轩昂秀美。峥嵘:高峻不凡貌。妩媚:秀丽。 ⑦"解频教"四句:写花鸟、风光令人可喜。解:懂得。频:屡屡不断。 ⑧"酒圣"三句:谓诗酒之辈纵无权势,却有驾驭山水之能力。据陶渊明《晋故征西大将军长史孟府君传》,东晋孟嘉为恒温部下长史,好游山水,至暮方归。桓温尝谓孟曰:"人不可无势,我乃能驾驭卿。"此处借用其语。酒圣诗

豪：指酷爱诗酒之辈。乃：却。卿：借指山水自然。 ⑨"清溪上"三句：言山神笑我，白发始返，归耕太迟。

【品评】

词由期思卜筑，即兴抒怀。起笔鸟瞰期思山水，水似长虹，倾泻而下，山如翠屏，隔绝尘世。接着以杜甫重归草堂、渊明游赏斜川，自拟再度隐居山水之喜。继而写老鹤投宿，无非一枝，岂能如蜗牛戴屋而行，归结到筹措建房，扣合题意。下片抒发寄情山水之乐，纯用拟人手法，青山、花鸟、云水无不有情解意，陪侍送迎。随即以驾驭山水自感欣慰，末借山灵嘲笑，体现感慨和自嘲。词反映了作者乐于归隐，实际夙愿难展而不得不退休的复杂心态。

兰陵王

赋一丘一壑[①]

一丘壑，老子风流占却。[②]茅檐上、松月桂云，脉脉石泉逗山脚。[③]寻思前事错，恼杀晨猿夜鹤。[④]终须是、邓禹辈人，锦绣麻霞坐黄阁。[⑤] 长歌自深酌。看天阔鸢飞，渊静鱼跃，西风黄菊香喷薄。[⑥]怅日暮云合，佳人何处，纫兰结佩带杜若。[⑦]入江海曾约。 遇合，事难托。[⑧]莫击磬门前，荷蒉人过。[⑨]仰天大笑冠簪落。[⑩]待说与穷达，[⑪]不须疑着。古来贤者，进亦乐，退亦乐。[12]

【注释】

①此词约作于庆元元年(1195)。时稼轩二度罢居江西上饶。是年瓢泉新居初成，但尚未迁居。一丘一壑：泛指适于隐居之处。班固《汉书·叙传》："渔钓于一壑，则万物不奸其志；栖迟于一丘，则天下不易其乐。"此当指瓢泉居所之山水。　②"一丘壑"二句：谓有幸占有此处山水风流。一丘壑：即一山一水。　③"茅檐上"二句：写居宅周围风光。松月桂云：松间月影，桂树云绕。"脉脉"句：言含情的石泉在山脚下逗趣。　④"寻思"二句：言不该错入仕途，招惹猿鹤怨恨。晨猿夜鹤：孔稚珪《北山移文》："蕙帐空兮夜鹤怨，山人去兮晓猿惊。"此化用其意。　⑤"终须是"二句：谓功名当是邓禹之辈事。邓禹：字仲华；佐刘秀称帝，二十四岁即拜为大司徒。《南史·王融传》载，王融尝抚案叹曰："为尔寂寂，邓禹笑人。"麻霞：色彩斑斓。黄阁：指丞相府。　⑥"看天阔"句：写环境优美，眼界开阔。鸢飞、鱼跃：《诗经·大雅·旱麓》："鸢飞戾天，鱼跃于渊。"鸢（yuān）：鹰。喷薄：形容香气喷涌而出。⑦"怅日暮"三句：谓日暮而佳人未来，令人惆怅。日暮佳人：江淹《拟休上人怨别》："日暮碧云合，佳人殊未来。"纫兰结佩：系在身上的饰物。《离骚》："纫秋兰以为佩。"杜若：香草名。《楚辞·九歌·湘君》："采芳洲兮杜若。"　⑧"遇合"二句：言君臣遇合之事难有凭托。　⑨"莫击"二句：勿效孔子击磬于卫，惟恐不为人知。《论语·宪问》载："子击磬于卫，有荷蒉而过孔氏之门者，曰：'有心哉，击磬乎！'既而曰：'鄙哉，硁硁乎！莫己知也，斯已而已矣。

深则厉，浅则揭。’子曰：‘果哉！末之难矣。’”磬（qìng）：古时一种打击乐器。荷蒉（kuì）人：挑草筐之人。　⑩“仰天”句：《史记·滑稽列传》：“淳于髡仰天大笑，冠缨索绝。”此借喻笑傲林泉，不以仕进为怀。　⑪穷达：指人生路上困厄与显达。　⑫“古来”三句：以古贤者为师，进退皆乐。《庄子·让王》：“古之得道者，穷亦乐，通亦乐，所乐非穷通也。”此化用其意。

【品评】

通篇赋退隐山林之乐。首叠起笔切题，先写居地幽雅，次言前此入仕乃错，自身非入黄阁高官之辈。次叠咏今朝逍遥自适，心境舒展，很想约请知心人，徜徉江海游乐。三叠挑明主旨，言勿望君臣遇合，莫学孔丘击磬，何如笑傲泉林，不计穷达，师法古贤，进退皆乐。

沁园春

灵山齐庵赋。时筑偃湖未成。[①]

叠嶂西驰，万马回旋，众山欲东。[②]正惊湍直下，跳珠倒溅，小桥横截，缺月初弓。[③]老合投闲，天教多事，检校长身十万松。[④]吾庐小，在龙蛇影外，风雨声中。[⑤]　争先见面重重。看爽气、朝来三数峰。[⑥]似谢家子弟，衣冠磊落；相如庭户，车骑雍容。[⑦]我觉其间，雄深雅健，如对文章太史公。[8]新堤路，问偃湖何日，烟水蒙蒙？[9]

【注释】

①此词约作于庆元二年(1196)，时稼轩二度罢居带湖。灵山：位于江西上饶境内。古人有“九华五老虚揽结，不及灵山秀色多”之说，足见其雄伟秀美之姿。齐庵：当在灵山，具体未详，疑即词中之吾庐，为稼轩游山小憩之处。偃湖：新筑之湖，时未竣工，余未详。 ②“叠嶂”三句：言灵山飞动的态势若万马奔腾回旋。 ③“正惊湍”四句：描摹飞泉入溪穿越小桥的情状。惊湍(tuān)：急流，此指山水飞泉瀑布。缺月初弓：小桥如一弯弓形新月。或谓小桥如缺月，似弯弓，月与弓是并列词组，不当。此四句作扇面对(即第一句对第三句，第二句对第四句)，如或所谓，则“跳珠倒溅”失对。 ④“老合”三句：谓年老理应闲散，老天多事，却教看管群松。检校：巡查、管理。按稼轩同期所作的《归朝欢》(山下千林花太俗)词题序中称：“灵山齐庵菖蒲港，皆长松茂林。” ⑤“吾庐小”三句：写茅屋与松林相邻，既可见其影，又能闻其声。龙蛇影：指松树影。古人常以“龙蛇”状枝干苍劲屈曲的松柏。风雨声：即松涛声。 ⑥“争先”二句：写夜雾渐散，群山争相露面。爽气、朝来：《世说新语·简傲》篇称：王子猷为桓玄的参军，桓玄欲委其事，子猷“初不答，直高视，以手版拄颊云：‘西山朝来，致有爽气。’”后以“西山爽”状人品性疏散，不善趋迎。此处借以谓群峰送爽，沁人心脾。 ⑦“似谢家”四句：用人物丰神及车骑仪态形容群山的万千气象。谢家：指晋代一大望族，其子弟讲究服饰仪表，有俊伟大方的风度。此用以形容挺秀轩昂的山峰。磊落：俊

伟大方。相如:西汉著名文学家司马相如,一次往四川临邛,“从车骑雍容闲雅甚都”(见《史记·司马相如列传》),此借以状述巍峨壮观的山峰。雍容:仪态优雅从容。 ⑧“我觉”三句:以文风喻山峦。雄深雅健:韩愈评柳宗元文说:“雄深雅健,似司马子长。”(见《新唐书·柳宗元传》)太史公:司马迁,字子长,西汉著名史学家和文学家,继父职,任太史令,自称太史公。 ⑨“新堤路”三句:谓新堤已建成,问偃湖何日竣工,观赏烟水蒙蒙。

【品评】

此稼轩山水词中名篇,精神上生气勃勃,艺术上戛戛独造。上片由山而水,由长松而茅庐,上下远近,次序井然,而又融成一气,俨然是一幅绝妙的山水松涛图。下片专就山写,迭用故实,而益见新意。群山争先露面,爽气宜人,进而以谢家子弟之衣冠丰神和司马相如之车骑仪容状灵山诸峰的万千气象,再以太史公文风喻山峦之雄深雅健。绘景状物,气韵生动,善于比拟,动静交织,且不乏诙谐之趣。明人杨慎激赏此格云:“说松而及谢家、相如、太史公,自非脱落故常者,未易闯其堂奥。”(《词品》卷四)按“说松”当误,应为“说山”。

水调歌头

将迁新居不成,有感,戏作。时以病止酒,且遣去歌者,末章及之。①

我亦卜居者，岁晚望三闾。[2]昂昂千里，泛泛不作水中凫。[3]好在书携一束，莫问家徒四壁，往日置锥无。[4]借车载家具，家具少于车。[5]　　舞乌有，歌亡是，饮子虚。[6]二三子者爱我，此外故人疏。[7]幽事欲论谁共，白鹤飞来似可，忽去复何如?[8]众鸟欣有托，吾亦爱我庐。[9]

【注释】

①此词作于庆元二年(1196)夏。新居：指瓢泉住所。稼轩带湖旧居被火烧毁，可能就在此时。以病止酒：因病戒酒。遣去歌者：把歌伎打发走。　②"我亦卜居者"二句：言自己效仿屈原择地闲居。楚辞有《卜居》，相传为屈原作。王逸《楚辞章句》认为是屈原放逐后所作，谓"卜己居世，何所宜行"。稼轩绍熙五年(1194)秋冬之间，二度罢官后，曾卜筑期思〔见前《沁园春》(一水西来)题序〕，颇类屈原，故有此语。望三闾：仰慕三闾。三闾：指屈原，他曾任三闾大夫。　③"昂昂"二句：师法屈原，宁昂然如千里骏马，不浮游无定像水中野鸟。楚辞《卜居》："宁昂昂若千里之驹乎？将泛泛若水中之凫，与波上下，偷以全吾躯乎?"昂昂：挺拔貌或志行高超貌。泛泛：飘浮貌。凫(fú)：野鸭。　④"好在"三句：好在家境清寒，只有图书，搬迁不难。家徒四壁：夸张形容家贫，《史记·司马相如列传》说卓文君夜奔相如，相如带她回家，"家居徒四壁立"。置锥无：无立锥之地。　⑤"借车"二句：此袭用唐人孟郊《迁居》诗中原句。　⑥"舞乌有"三句：谓罢歌舞，戒饮酒。即题序之"时以病止酒，且遣去歌者"。乌有、亡(同"无")是、子虚：是司马相如《子虚赋》中虚构的三个人物。三个人名本

意都是虚空、无有。⑦“二三子”二句：言故人大多疏远，亲近我者仅二三人而已。二三子：孔子常以此称呼他的弟子(见《论语》)。此处指志同道合的知己。⑧“幽事”三句：言谁来与我谈心，无奈白鹤飞来忽去。幽事：幽雅的心事。何如：怎么办。⑨“众鸟”二句：此袭用陶渊明《读山海经》诗句。意众鸟喜有归宿，我亦爱我栖身的茅屋。

【品评】

此亦明志抒怀之作。起四句自况屈原，不仅生平遭遇近似，且放废后同样卜居山林，保持雅趣清操，宁肯清贫独立，决不随波逐流。以下叙将迁新居之事，借司马相如故事、孟郊诗句，形容极度清贫。下片连用乌有、亡是、子虚，强化身世清贫、超拔物欲。进而写故人迹疏，知己难觅，微露失落之感。结韵陡转，欣喜此身有归。篇中多以夸张、戏谑之笔，写赋闲卜居情事，于旷达幽默中，略寄政治失意之感。

沁园春

将止酒，戒酒杯使勿近。①

杯汝来前，老子今朝，点检形骸。②甚长年抱渴，咽如焦釜，于今喜睡，气似奔雷。③汝说“刘伶，古今达者，醉后何妨死便埋”。④浑如此，叹汝于知己，真少恩哉！⑤　更凭歌舞为媒。算合作、人间鸩毒猜。[6]况怨无大小，生于所爱；物无美恶，过则为灾。[7]与汝成言："勿留亟退，吾力犹能肆汝杯。"[8]杯再拜，道"麾之即去，招亦须来"。[9]

【注释】

①此词亦庆元二年(1196)稼轩二度闲居带湖时期之作。止酒：戒酒。戒酒杯使勿近：警告酒杯勿再近我。 ②"杯汝"三句：呼杯来前，告以我将戒酒。汝：你，指酒杯。点检形骸：检查身体。意谓自我保养，不再纵酒伤身。 ③"甚长年"四句：言昔因纵酒成疾，如今因病罢酒，惟思酣睡。甚：说什么。抱渴：患酒渴病，口渴思饮。咽如焦釜(fǔ)：咽喉如烧焦之锅，不堪忍受。气似奔雷：指鼾声如雷。黄庭坚《题东坡字后》："东坡居士性喜酒，然不能四五龠已烂醉，就卧鼾如雷。" ④"汝说"三句：酒杯劝告词人，便学刘伶，醉死何妨，不必戒酒。《晋书·刘伶传》谓刘伶纵酒放荡，常乘一鹿车，携一壶酒，命人带锹跟随，并说："死便埋我。"达者：通达之人，即指刘伶那种无视封建礼法、纵酒颓放之人。 ⑤"浑如此"三句：谓酒杯竟然说出如此话来，未免太无情意。浑如此：竟然如此。知己：作者自谓酒的知己。 ⑥"更凭"二句：谓酒与歌舞相谋，害人犹如鸩毒。歌舞为媒：指歌舞为媒介，诱人剧饮。鸩(zhèn)毒：一种用鸩鸟羽毛制成的剧毒，放入酒中，饮之立死。⑦"况怨无"四句：况人间怨恨不论大小，往往由爱引发；世上事物无论好坏，过量就易成灾。此指爱酒应有节制。 ⑧"与汝"三句：词人与酒杯约定，勿留急去，否则我尚有余力对你发威。成言：约定。《离骚》："初既与余成言兮，后悔遁而有他。" ⑨"麾

之”二句:《汉书·汲黯传》谓汲黯辅佐少主,严守城池时,“招之不来,麾之不去”。言其意志坚决。此反用其意。麾(huī):同“挥”。

【品评】

此戒酒词,表现欲止酒而意有所不能的微妙矛盾心理。词用主客对话体,拟人手法,以酒杯为客。爱之深,则恨之深,而恨之深,正说明爱之深。爱不释手,不甘彻底决裂。自开篇至“杯再拜”,历数酒之罪状,言辞激烈,乃至对之肆威。不想杯以礼为先,道出“麾之即去,招亦须来”,真似词人好友,会心之语,令人忍俊不止。通篇给人以滑稽幽默、妙趣横生之感。

玉楼春

戏赋云山①

何人半夜推山去?四面浮云猜是汝。②常时相对两三峰,走遍溪头无觅处。③　　西风瞥起云横度,忽见东南天一柱。④老僧拍手笑相夸,且喜青山依旧住。

【注释】

①此词作于庆元二年(1196)秋冬之交,时稼轩已迁铅山瓢泉新居。云山:据词意,当为白云笼罩之山。稼轩赋云山词共四首,此为第一首。　②“何人”二句:是谁夜来把青山推走?想是浮云

作怪。此写浮云遮山。黄庭坚《次韵东坡壶中九华》诗："有人夜半持山去，顿觉浮岚暖翠空。" ③"常时"二句：谓平时常见青山，而今遍寻不见。 ④"西风"二句：突然西风吹散浮云，青山又呈现眼前。瞥(piē)起：骤起。天一柱：天柱一根，即指青山。

【品评】

题曰"戏赋"，则用意命笔，自带欢快戏谑色彩。云山奇景，无非云来山隐，云去山现，但一经夸张渲染，便觉风趣异常。劈头发问，不说青山隐于浮云，却说浮云将青山推走，想象奇特，又出以猜度语气，益增其趣。以下溪头寻山，故弄玄虚，为下片山重水复出力。下片果然风起云散，还我天柱云峰。"忽见"，惊喜之状可睹。浮云终难遮青山，情调极其开朗乐观。或谓"浮云"喻主降小人，"青山"喻主战君子，未免穿凿附会。

贺新郎

邑中园亭，仆皆为赋此词。一日，独坐停云，水声山色，竞来相娱，意溪山欲援例者，遂作数语，庶几仿佛渊明思亲友之意云。[①]

甚矣吾衰矣。[②]怅平生、交游零落，只今余几！白发空垂三千丈，一笑人间万事，[③]问何物、能令公喜？我见青山多妩媚，料青山、见我应如是。[④]情与貌，略相似。 一尊搔首东窗里。想渊明、《停云》诗就，此时风味。[5]江左沉酣求名者，岂识浊醪妙理？[6]回首叫、云飞风起。[7]不恨古人吾不见，恨古人、不见吾狂耳！[8]知我者，二三子。[9]

【注释】

①此词作于罢居瓢泉时期。邑：指铅山县邑。仆：自我谦称。此词：指《贺新郎》词调。停云：指停云堂。意：猜度，料想。援例：依照前例，此指以词赋邑中园亭事。庶几：差不多。渊明思亲友：陶渊明有《停云》诗四首，自谓系“思亲友”之作。 ②“甚矣”句：《论语·述而》：“甚矣吾衰矣，久矣吾不复梦见周公。” ③“白发”句：言岁月蹉跎，白发徒长，人间万事，一笑了之，何物最令人喜。李白《秋浦歌》：“白发三千丈，缘愁似个长。”《世说新语·宠礼》篇称王珣、郗超并有奇才，为大司马桓温所赏识。人曰此二人“能令公喜，能令公怒”。此处借用其语。 ④“我见”二句：写词人与青山互有好感。妩媚：状青山秀丽美好。此借用唐太宗赞赏魏徵语：“人言徵举动疏慢，我但见其妩媚耳。”（见《新唐书·魏徵传》） ⑤“一尊”三句：谓对酒思友，颇类陶渊明赋《停云》风味。陶渊明《停云》诗：“静寄东轩，春醪独抚。良朋悠邈，搔首延伫。”搔首：挠头，烦急貌。 ⑥“江左”二句：江左名士饮酒沽名，岂知酒中妙理。此指南朝那些纵酒放浪的名士清流。江左：长江以东。晋室南渡，东晋及宋、齐、梁、陈相继建都金陵，占江左一带，史称南朝。浊醪（láo）：浊酒。苏轼《和陶潜饮酒》诗：“江左风流人，醉中亦求名。” ⑦云飞风起：暗用汉高祖刘邦《大风歌》中诗句：“大风起兮云飞扬，威加海内兮归故乡，安得猛士兮守四方。” ⑧“不恨”二

句：袭用南朝张融语："不恨我不见古人，所恨古人又不见我。"（见《南史·张融传》）狂：指愤世嫉俗的狂态。　⑨"知我者"二句：借用《论语》中孔子语，叹知音稀少。

【品评】

词在闲居怀思亲友中融入曲高和寡、寂寞激越的情悰。起笔借用孔子语，叹老兼容壮怀难伸之意。承以交游零落，进入怀友，感喟无限。由愁深而转向啸傲人生，因孤寂少友而倾情自然，青山与词人相看多情，情貌相似，以物为人，山有灵性，笔力活泼有致。过片遥想古人，以渊明诗酒遣怀自况。继而由师范前贤，对比讽刺南宋官僚庸碌虚伪，由此喷涌出个人激越峥嵘的情思。"云飞风起"以下，意态傲岸，豪视古今。结句呼应"交游零落"。处处紧扣怀友，关合"停云"，融化典实，自然爽畅。

水调歌头

赵昌父七月望日用东坡韵叙太白、东坡事见寄，过相褒借，且有秋水之约；八月十四日余卧病博山寺中，因用韵为谢，兼寄吴子似。[①]

我志在寥阔，畴昔梦登天。[②]摩挲素月，人世俯仰已千年。[③]有客骖鸾并凤，云遇青山、赤壁，相约上高寒。[④]酌酒援北斗，我亦虱其间。[⑤]　少歌曰："神甚放，形则眠。鸿

鹄一再高举，天地睹方圆。”[6]欲重歌兮梦觉，推枕惘然独念：人事底亏全？[7]有美人可语，秋水隔婵娟。[8]

【注释】

①此词作于闲居瓢泉时期。赵昌父：名蕃，字昌父，家居信州玉山之章泉，世称章泉先生，工诗，与稼轩时有唱和。望日：阴历每月十五。用东坡韵：指用苏轼《水调歌头》(明月几时有)中秋词的韵脚。叙太白、东坡事：未见赵昌父原词，其事不详。参阅本篇注④。过相褒借：对我赞扬过甚。秋水之约：约会于瓢泉秋水堂。博山寺：在广丰县西南，稼轩曾为之作记。吴子似：吴绍古，字子似，江西鄱阳人，时任铅山县尉。有史才，并善诗。与稼轩交往颇密，时有唱和。 ②“我志”二句：向往神游太空，昨晚梦中登天。寥阔：即寥廓，此指宇宙太空。畴(chóu)昔：昨晚。昔：通“夕”。畴：助词无义。《楚辞·九章·惜诵》：“昔余梦登天兮。” ③“摩挲”二句：揽月俯仰之间，人世已过千年。摩挲：抚摸。俯仰：抬头低头，言时间之短。 ④“有客”三句：客约李白、苏轼登月游赏。按此当为题序“叙太白、东坡事”中的一部分。客：指赵昌父。骖(cān)：古代驾车位于两旁的马。句谓以鸾凤为“骖”，即乘鸾御凤。云：说。青山：指李白。李白死后葬于青山(在今安徽当涂)。赤壁：指苏轼。苏轼贬黄州时，作赤壁游，并有词(《念奴娇·赤壁怀古》)、赋(前后《赤壁赋》)名世。高寒：指月宫。苏轼《水调歌头》(明月几时有)中秋词：“我欲乘风归去，惟恐琼楼玉宇，高处不胜寒。” ⑤“酌酒”二句：他们以北斗为勺畅饮，我亦有幸厕身其间。《楚辞·九歌·东君》：“援北斗兮酌桂浆。”援：拿。虱(shī)其

间：韩愈《泷吏》诗："得无虱其间，不武亦不文。"谓厕身其间，不配与他人为伍。 ⑥"少歌"五句：歌唱身眠魂飞，如鸿鹄高翔，瞭望天地方圆。少歌：小声吟唱。神甚放：神魂自由腾飞。鸿鹄(hú)：大雁，天鹅。贾谊《惜誓》："黄鹄之一举兮，知山川之纡曲；再举兮，睹天地之圜方。"这里化用其意。 ⑦"欲重歌"三句：写梦觉深思，人事何以有亏有全。苏轼《谢苏自之惠酒》："醉者坠车庄生言，全酒未若全于天。达人本是不亏缺，何暇更求全处全。"重歌：再唱。惘然：疑惑不解貌。底：为何。亏全：缺损与圆满。⑧"有美人"二句：纵有知己可语，但有秋水相隔之憾。杜甫《寄韩谏议》诗："美人娟娟隔秋水。"美人：指知友，此处指赵昌父、吴子似。婵娟：姿容美好。

【品评】

此词情韵略似东坡中秋词，全以梦境遣怀。发端以"梦登天"领起，以下直至"天地方圆"，均属梦境仙境。抚摸素月，超越尘世，跨鸾凤遨游太空。邀太白偕东坡直上高寒，援北斗而饮，敞胸怀而歌，形眠神驰，犹鸿鹄凌霄，得一览天地方圆，诚屈子上下求索之意。可知词人承《离骚》余韵，继太白、东坡遗风，着力于精神追求与理想探索。梦觉惘然一问，深沉中见悲凉。结韵应题，化用杜甫诗句，表示对知友的殷切思念。

鹧鸪天[①]

石壁虚云积渐高，溪声绕屋几周遭。[②]自从一雨花零落，却爱微风草动摇。[3] 呼玉友，荐溪毛，殷勤野老苦相邀。[4]杖藜忽避行人去，认是翁来却过桥。[5]

【注释】

①此词亦闲居瓢泉时期作。 ②"石壁"二句：形容白云笼山，溪水绕屋。石壁：陡峭山崖。周遭：周围。刘禹锡《石头城》："山围故国周遭在。" ③"自从"二句：言花虽落去，犹有芳草可爱。 ④"呼玉友"三句：言野老相邀做客。玉友：一种糯米制的白酒。《珊瑚钩诗话》："以糯米药曲作白醪，号玉友。"荐：奉献。溪毛：一种生于涧边溪畔的野菜。野老：农村父老。 ⑤"杖藜"二句：写野老过桥迎客。杖藜：拄着藜杖的老人。藜：一种可作杖用的植物。翁：指作者。

【品评】

词乃村居小唱，富田舍风味，农家情趣。上片写景，客途所见，白云溪水，无限清幽。落花带出芳草，虽是暮春景象，却无一点伤春意绪。下片野老招宴，虽无珍羞佳肴，但野蔬薄酒，殷勤苦邀，足表农家淳朴好客之意。结韵写野老心理情态妙甚：桥头迎客，老眼昏花，几回误将行人当作客。今回又将避去，但细认之下，确是辛翁，遂拄杖过桥，热情迎迓。寥寥十四字，一波三折，逼真传神并饶谐趣。

浣溪沙

偕杜叔高、吴子似宿山寺戏作[1]

花向今朝粉面匀，柳因何事翠眉颦？[2] 东风吹雨细于尘。　　自笑好山如好色，[3] 只今怀树更怀人。[4] 闲愁闲恨一番新。

【注释】

①此词作于庆元六年（1200），时稼轩仍罢居铅山瓢泉。杜叔高：稼轩友人。吴子似：名吴绍古。　②"花向"二句：以美人粉面、翠眉喻春花春柳之美。颦（pín）：皱眉。　③好山如好色：化用孔子语："吾未见好德如好色者也。"（见《论语·子罕》）并脱胎于苏轼《自径山回和吕察推》诗："多君贵公子，爱山如爱色。"④怀树更怀人：朱熹注《诗经·召南·甘棠》云：召伯"舍甘棠之下，其后人思其德，故爱其树而不忍伤也"。此处化用其意。

【品评】

词戏咏春日小景。上片描绘自然春色，春花如佳人涂粉，柳枝似少女皱眉，细雨飘洒犹轻尘。下片即景抒怀，以"自笑"领起；先言酷爱山水，见出弃政归田；继而无奈更怀人，表示祈盼知音；进而感叹愁恨连续不断，时时一番新。说明他在潇洒闲散中，也难以摆脱伤时忧国之情。

浣溪沙[1]

父老争言雨水匀，眉目不似去年颦。[2] 殷勤谢却甑中尘。[3]　啼鸟有时能劝客，小桃无赖已撩人。[4]梨花也作白头新。[5]

【注释】

①与上阕《浣溪沙》同韵，当作于同年，即庆元六年(1200)。②"父老"二句：言今年风调雨顺，乡民欣喜。　③"殷勤"句：言可以不再受饥挨饿。谢却：辞却，去掉。甑中尘：蒸食用的炊具里积满灰尘，说明久已无米可做。《后汉书·独行传》载，范冉(字史云)住房简陋，有时甚至绝米断炊。乡里歌曰："甑中生尘范史云。"此处据此。　④"啼鸟"二句：写鸟鸣、桃树喜人。无赖：顽皮可爱。撩：挑逗，撩拨。　⑤"梨花"句：写新开的梨花非常洁白。

【品评】

关怀民生疾苦，词中所罕见，东坡首开其风，稼轩继之。此词写当春好雨，收成有望，喜听父老争言，喜见父老解颦，即将谢绝去年那种无米断炊的情况。下片以情观景：啼鸟歌喉宛转，似劝客开怀畅饮；小桃初展笑靥，正撩人欣慰情思；满树梨花盛开，宛如满头白花。写人纯用白描，绘景以人拟物，气氛明净欢快，足见词人由衷欣喜之情。

归朝欢

题赵晋臣敷文积翠岩[1]

我笑共工缘底怒，触断峨峨天一柱。[2]补天又笑女娲忙，却将此石投闲处。[3]野烟荒草路。先生拄杖来看汝。[4]倚苍苔，摩挲试问：千古几风雨？[5]　长被儿童敲火苦，时有牛羊磨角去。[6]霍然千丈翠岩屏，锵然一滴甘泉乳。[7]结亭三四五。会相暖热携歌舞。[8]细思量：古来寒士，不遇有时遇。[9]

【注释】

①此词作于庆元六年（1200），时稼轩罢居瓢泉。赵晋臣敷文：赵不遇，字晋臣，江西铅山人。时罢职家居，与稼轩过从甚密，彼此多有唱和。赵曾为敷文阁学士，故称以敷文。积翠岩：当在上饶。"题"字可能为"和"字之误。　②"我笑"二句：笑共工无端发怒，触断巍巍天柱。共工：古代传说中的部族首领。据《史记·三皇本纪》载：女娲氏末年，共工与祝融交战。兵败，怒触不周山，以致天柱折倒，地维（系大地的绳子）断裂。缘底：为何。天一柱：即天柱，俗称擎天柱。　③"补天"二句：笑女娲补天奔忙，却将补天石投在闲处。女娲（wā）：传说中的人物。此石：女娲补天之石，即指积翠岩。　④"野烟"二句：词人拄杖来到荒郊野外探视积翠石。汝：指积翠石。　⑤"倚苍苔"三句：问积翠岩千百年来，历经几多风雨侵蚀。倚苍苔：靠在长满苍苔的积翠岩上。摩挲：抚摸。　⑥"长被"二句：韩愈《石鼓歌》："牧儿敲火牛砺角，谁复着手为摩挲。"此处借用其意，谓牧童敲火（击石取火），牛羊磨角，积翠岩不胜骚扰之苦。　⑦"霍然"二句：忽然积翠岩以其千丈翠屏的雄姿出现在人们眼前，并有甘泉滴响其间。锵（qiāng）然：一

般形容金属撞击声，此状甘泉滴水的清脆声响。 ⑧“结亭”二句：建几个小亭，待到春暖花开，此间会有歌舞欢会。携歌舞：指赏游者带来歌儿舞女。 ⑨“细思量”三句：言古来寒士不遇者也能偶逢际遇。不遇：指怀才不遇，古人多有不遇之叹。如董仲舒作《士不遇赋》，司马迁有《悲士不遇赋》，陶潜有《感士不遇赋》。赵晋臣名不遇，故稼轩有此语。

【品评】

赵晋臣仕途失意，罢职家居，稼轩深为惋叹，遂借赋积翠岩而托物寄意，既想象奇特，又植根现实，感情深厚。起处借神话传说，隐喻人才虽具擎天之材，终无补天之用，继写自身前来看望，慰问风雨经历。牧儿敲火，牛羊磨角，自有不堪明言之苦。“霍然”以下，陡然振起，千丈翠屏大放异彩，终为时人赏识。末以“细思量”收结，概言古今怀才不遇有时遇之事，妙语双关，意谓友人不遇会有遇，自叹今生未必有时遇。

夜游宫

苦俗客①

几个相知可喜，②才厮见、说山说水。③颠倒烂熟只这是。④怎奈向，⑤一回说，一回美。 有个尖新底，⑥说底话、非名即利。说得口干罪过你。⑦且不罪；⑧俺略起，去洗耳。[9]

【注释】

①此词约作于庆元六年(1200),时稼轩罢居瓢泉。苦俗客:苦于俗客的骚扰。 ②相知:认识的人。 ③厮见:相见。 ④"颠倒"句:言翻来覆去老一套。 ⑤怎奈向:怎么办,宋人习用口语。 ⑥尖新底:别致的,特别的。底:犹今之"的"。 ⑦罪过你:难为你、多谢你。杨万里《听蝉》诗:"罪过渠侬商略秋,从朝至暮不曾休。"其中"罪过",即多谢意。 ⑧不罪:不责怪。 ⑨洗耳:今言"洗耳恭听",表示对说话人的恭敬。此处相反,表示厌闻其语。据《高士传·许由》,古代隐士许由不愿做官,洗耳于颍水之滨。其友巢父问其故。对曰:"尧欲召我为九州长,恶闻其声,是故洗耳。"

【品评】

此为讽刺小品,写苦于俗客骚扰。或谓上片言高士,下片言俗客。当非。题为"苦俗客",说明专指俗客。上片当是讽嘲故作清高、附庸风雅之俗客。下片则谓俗中之最,尤不足与语,惟离坐洗耳。词为"俗客"画像,又紧扣一个"苦"字,以抒高洁胸怀。通篇冷讽热嘲,语辞浅俗俏皮,流畅犀利。

行香子

博山戏呈赵昌甫、韩仲止[1]

少日尝闻：富不如贫，贵不如贱者长存。[2]由来至乐，总属闲人。且饮瓢泉，弄秋水，看停云。[3]　岁晚情亲，老语弥真。记前时劝我殷勤：都休殢酒，也莫论文。把《相牛经》，种鱼法，教儿孙。[4]

【注释】

①此词为闲居瓢泉之作。赵昌甫：稼轩友人，名蕃，字昌甫，工诗。韩仲止：韩淲字仲止，号涧泉，韩元吉之子，颇有诗名。②“富不”二句：《后汉书·逸民传》载：向长“潜隐于家，读《易》至《损》、《益》卦，喟然叹曰：‘吾已知富不如贫，贵不如贱，但未知死何如生耳。’”　③“且饮”三句：写生活环境。秋水、停云：皆稼轩瓢泉居处之堂名。秋水堂前有清溪一曲。　④“都休”五句：均为赵、韩二友殷勤相劝之语。殢（tì）酒：病酒，困酒。《相牛经》：《新唐书·艺文志》谓宁戚所作。种鱼法：陶朱公有《养鱼经》，为后人假托之作。

【品评】

题曰“戏呈”，实乃虚实参半。壮志未必全销，颇见人生参悟。上片谓贫者长存，闲者方乐，体验真切有趣。下片记友人亲切相劝之语，实亦隐含“平戎书换种树书”的愤慨情绪。

鹧鸪天

有客慨然谈功名，因追念少年时事，戏作。[1]

壮岁旌旗拥万夫，锦襜突骑渡江初。[2]燕兵夜娖银胡䩮，汉箭朝飞金仆姑。[3]　　追往事，叹今吾，春风不染白髭须。[4]却将万字平戎策，换得东家种树书。[5]

【注释】

①此词约作于庆元六年(1200)，时稼轩罢居瓢泉。少年时事：指青年时代的一段抗金生涯。稼轩生于北方，绍兴三十一年(1161)，金主完颜亮大举南侵。时稼轩二十二岁，聚众起义，后归耿京，为掌书记。次年春，奉表归宋，于北返海州途中，闻叛将张安国杀耿投金，遂率轻骑五十余夜袭金营，捉叛将张氏而兼程南渡，献俘朝廷(见《宋史》本传)。时人洪迈《稼轩记》评曰："壮声英概，懦士为之兴起，圣天子一见三叹息。"按此词上片即回忆这段英雄往事。　②"壮岁"二句：回忆当年率众起义，突骑渡江情景。万夫：指抗金义士。黄庭坚《送范德孺知庆州》诗："春风旌旗拥万夫。"锦襜(chān)：锦衣。襜：短上衣。渡江：指南渡归宋。③"燕兵"二句：描述夜袭金营、活捉叛将的场面。燕兵：北兵，即指义军。娖：通"捉"，把握，整顿。银胡䩮(lù)：饰银的箭袋，多用皮革制成。既用以盛箭，兼用于夜测远处声响。唐人杜佑《通典·守拒法》："令人枕空胡䩮卧，有人马行三十里外，东西南北皆响于胡䩮中，名曰'地听'，则先防备。"金仆姑：箭名。据《左传·庄公十一年》载，鲁庄公曾用此箭射伤宋国大将南宫长万。按或谓上片仅写首次南渡事。言稼轩一行奉表至扬州，正值金主亮被部下射杀。稼轩等乘兵乱之际，冲过敌阵而渡江南去。　④"春风"句：言时不我待，少年难再。欧阳修《圣无忧》(世路风波险)

词:“春风不染髭须。”髭(zī)须:胡须。　⑤“却将”二句:空有壮志宏略,只能种树田园。万字平戎策:指抗金复国的良策。稼轩南归后,曾先后上《美芹十论》和《九议》,力陈抗金谋略,故有此叹。东家:东邻家。种树书:研究栽培树木的书籍。《史记·秦始皇本纪》记始皇焚书“所不去者,医药、卜筮、种树之书”。此喻归隐。韩愈《送石处士赴河阳幕》诗:“长把种树书,人云避世士。”

【品评】

词以“有客慨然谈功名”起兴,上片回忆青年时期雄壮的往事,是以挥笔写来,境阔情豪,读之令人振奋。下片起二句抚今追昔,抒发现实感慨。结韵写出南渡后的壮心抱负和落寞处境,于诙谐深沉中流露牢骚悲愤。上片“追往事”,下片“叹今吾”,今昔对照,讥刺时政和不甘终老田园之意甚明。

卜算子

漫　兴[1]

夜雨醉瓜庐,春水行秧马。[2]点检田间快活人,未有如翁者。[3]　扫秃兔毫锥,磨透铜台瓦。[4]谁伴扬雄作《解嘲》,乌有先生也。[5]

【注释】

①此词约作于庆元六年(1200)罢居瓢泉时期。漫兴:随意挥洒,即兴之作。按此为此调"漫兴三首"中的第一首。 ②"夜雨"二句:谓自身夜醉瓜棚,闲看农人春雨插秧。瓜庐:看瓜用的小草棚。秧马:一种简单的木制插秧农具。苏轼《秧马歌序》:"予昔游武昌,见农夫皆骑秧马……日行千畦。" ③点检:计算。翁:作者自称。 ④"扫秃"二句:毛笔写秃了,砚台磨穿了。极言辛勤的笔耕生活。兔毫锥:兔毛做成的毛笔。铜台瓦:铜雀台瓦做成的砚石。曹操曾于邺城筑铜雀台,后来当地人掘瓦为砚,"贮水数日不渗"(见《文房四谱》)。 ⑤"谁伴"二句:言无人伴扬雄作《解嘲》,此极言自身寂寞孤独。扬雄:西汉著名赋家。晚年埋首研究哲学、语言文字学,因不附时贵,作《太玄》而淡泊自守。有人嘲其著书无用,乃作《解嘲》以辩驳。《解嘲》用主客问答式,文中之"客"为虚拟人物。乌有先生:汉赋家司马相如《子虚赋》中的人物,与"无有"谐音,亦虚拟人物。后世即以"子虚乌有"喻假设或不存在的人或事。

【品评】

此即兴之作。发端两句写实,言雨夜饮酒瓜庐,闲看秧马行进于春水之中,一派悠闲自适之态。以下由此起兴,自命为"田间快活人",显见作者欣慰之情。下片由闲适自在的农村生活联想到清苦辛劳的笔耕生涯,进而以扬雄作《解嘲》自况,倾吐出胸中难以排遣的寂落郁闷之气。

卜算子[①]

千古李将军，夺得胡儿马。[②]李蔡为人在下中，却是封侯者。[③]　　芸草去陈根，笕竹添新瓦。[④]万一朝家举力田，舍我其谁也。[⑤]

【注释】

①作期同上篇，此“漫兴三首”之三。　②“千古”二句：言汉将军李广英勇善战，功勋卓著。据《史记·李将军列传》载，李广与匈奴战，敌众我寡，重伤被俘。匈奴人置广于绳网上，行于两马之间。广佯死，突然跃起，夺得胡儿骏马，南驰归以整残部。李将军：即李广。　③“李蔡”二句：言李蔡为人在中下等，声望去李广远甚，却得封侯赐邑。李蔡：李广的族弟。《史记·李将军列传》载：“（李蔡）与广俱事孝文帝……蔡为人在下中，名声出广下甚远，然广不得爵邑，官不过九卿，而蔡为列侯，位至三公。”　④“芸草”二句：写村居的劳动生活。芸草：锄草。芸：同“耘”。陈根：老根。笕(jiǎn)竹添新瓦：剖开竹子，使成瓦状，以作引水之具。笕：引水的长竹管，此作动词用。　⑤“万一”二句：如朝廷诏令荐举“力田”，则非我莫属。朝家：朝廷。力田：选拔人才的科目，古代乡官名。汉代设“力田”、“孝悌”科，中选者受赏。舍我其谁也：语出《孟子·公孙丑下》：“如欲平治天下，当今之世，舍我其谁也。”

【品评】

此亦漫兴之作。上片平叙故实,以李广、李蔡两人对比,李广功绩卓著,却沉沦下僚;李蔡表现平庸,反得封侯之赏。借此影射抨击朝廷用人不公、埋没英才。下片赋自身平淡辛勤的田园生活,并自命将成为"舍我其谁"的力田乡官。一心抗敌复国的志士,沦落为锄草浇园的乡农,笔锋虽有些滑稽,而愤懑之情仍溢于言表。

粉蝶儿

和赵晋臣敷文赋落梅①

昨日春如、十三女儿学绣,一枝枝、不教花瘦。②甚无情,便下得,雨僝风僽。③向园林,铺作地衣红绉。④　而今春似,轻薄荡子难久。⑤记前时、送春归后,把春波,都酿作,一江醇酎。⑥约清愁,杨柳岸边相候。⑦

【注释】

①此词作于庆元六年(1200)稼轩罢居瓢泉时期。　②"昨日"三句:言昨日春光浓郁,梅花灿烂怒放。学绣:初学绣花。③"甚无情"三句:言上天无情,教风雨把梅花摧残。下得:忍得。僝(chán)、僽(zhòu):折磨。　④"向园林"二句:言落花满园,似红毯铺地。地衣:地毯。绉:绉纹。　⑤"而今"二句:言春光不肯久

驻人间，如荡子不以离别为念。 ⑥“记前时”四句：去年送春，落花泛波，似把春水酿成一江醇酒。醇酎（zhòu）：浓酒。 ⑦“约清愁”二句：约清愁岸边相会。

【品评】

词乃赋花惜春，写得婉约明丽，质朴俚俗。一起三句赋昨日春光，以梅拟春，拟人比喻并用，想象出人意表。“甚无情”以下写落梅遍园，如“地衣红绉”。下片承上写春归，又由春归难留忆及日前送春情景。拟将片片落红酿作一江浓酒，约于岸边相会，借酒解愁。设想奇丽，自出新意。

喜迁莺

谢赵晋臣敷文赋芙蓉词见寿，用韵为谢。①

暑风凉月，爱亭亭无数，绿衣持节。②掩冉如羞，参差似妒，拥出芙蓉花发。③步衬潘娘堪恨，貌比六郎谁洁？④添白鹭，晚晴时，公子佳人并列。⑤ 休说，搴木末；当日灵均，恨与君王别。心阻媒劳，交疏怨极，恩不甚兮轻绝。⑥千古《离骚》文字，芳至今犹未歇。⑦都休问，但千杯快饮，露荷翻叶。⑧

【注释】

①此词作于闲居瓢泉时期,具体年月不详。芙蓉:一名芙蕖,即荷花。见寿:祝寿。　②"暑风"三句:言荷叶亭亭玉立,似绿衣使者持节鹄立。亭亭:挺拔娇好貌。宋人周敦颐《爱莲说》:"中通外直,不蔓不枝,香远益清,亭亭净植。"节:符节,古代使臣用以证明身份的信物。　③"掩冉"三句:描绘荷花盛开时的姿态。掩冉如羞:如少女含羞,闪隐于绿叶之间。参差似妒:参差错落,似怀妒意而争美赛艳。　④"步衬"二句:以人拟花,言其羞与潘妃为伍,远胜六郎高洁。步衬潘娘:《南史·齐东昏侯纪》:"凿金为莲华,以贴地,令潘妃行其上,曰:'此步步生莲华也。'"貌比六郎:《新唐书·杨再思传》:"(张)昌宗以姿貌幸,再思每曰:'人言六郎似莲华,非也;正谓莲华似六郎耳。'其巧谀无耻类如此。"按唐时张昌宗、张易之以姿容见幸于武后,贵震天下,众人竞相献媚,时人呼张易之为五郎,呼张昌宗为六郎。　⑤"添白鹭"三句:言白鹭飞来与芙蓉为侣,似公子佳人并肩比立。按白鹭通体皆白,象征纯洁无邪,超尘忘机。谢惠连《白鹭赋》:"表弗缁之素质,挺乐水之奇心。"又白鹭风度翩翩,仪表俊逸。杜牧《晚晴赋》:"白鹭忽来,似风标之公子。"此处取杜赋字面而兼含二义。　⑥"休说"二句:化用屈原《楚辞·九歌·湘君》诗意:"采薜荔兮水中,搴芙蓉兮木末;心不同兮媒劳,恩不甚兮轻绝。"意谓入水去采陆上长的香草,缘木去摘水中开的芙蓉,哪会有收获。男女双方心念不一,做媒的必徒劳往返,即便勉强结合,也因情浅而易决裂。屈原用以隐喻亲佞远贤,失信于己。稼轩则借此隐寄身世之慨。搴(qiān):拔取。木末:树梢。灵均:屈原字灵均。心阻媒劳:心有

阻隔，徒劳媒使。 ⑦“千古”二句：谓《离骚》流芳千古。 ⑧“都休问”三句：一切休问，但举杯畅饮。露荷翻叶：殷英童《采莲曲》：“藕丝牵作缕，莲叶捧成杯。”此处以荷叶喻杯，叶上露珠喻酒。

【品评】

此咏物抒情词。上片赋荷。起句点明时令，用“爱”字领起五句正面咏荷文字，以拟人手法写其姿态美。“步衬”二句从反面衬托，见其品第之美。“添白鹭”三句写白鹭为侣，比荷花如佳人。下片抒情，化用屈原诗意，同情屈原君臣异心的不幸遭遇，赞美屈原著作流芳千古。结韵千杯豪饮，既巧扣咏荷题面，更将自身牢骚不平之气隐寓其间。

千年调

开山径得石壁，因名曰“苍壁”。事出望外，意天之所赐邪，喜而赋。[1]

左手把青霓，右手挟明月。吾使丰隆前导，叫开阊阖。[2]周游上下，径入寥天一。[3]览玄圃，万斛泉，千丈石。[4]

钧天广乐，燕我瑶之席。[5]帝饮予觞甚乐，赐汝苍壁。[6]嶙峋突兀，正在一丘壑。[7]余马怀，仆夫悲，下恍惚。[8]

【注释】

①此词作于闲居瓢泉时期。意天之所赐邪：想来这块石壁是上天所赏赐。邪：同“耶”。 ②“左手”四句：想象自己飞升天庭的情景。青霓(ní)：虹霓。丰隆：雷神。《离骚》：“吾令丰隆乘云兮。”阊阖(chāng hé)：天门。《离骚》：“吾令帝阍开关兮，倚阊阖而望予。” ③“周游”二句：言周游太空，直入天之最高处。周游上下：《离骚》：“及余饰之方壮兮，周流观乎上下。”寥天一：空虚浑然一体的高天。《庄子·大宗师》：“安排而去化，乃入于寥天一。” ④“览玄圃”三句：游赏神山仙景。玄圃：即悬圃，神山，亦泛指仙境，传说在昆仑山上。《离骚》：“朝发轫于苍梧兮，夕余至乎县(同“悬”)圃。”万斛(hú)：极言其多，斛：古代量米容器，十斗为一斛。⑤“钧天”二句：言天帝用仙乐设宴款待我。钧天广乐：天上仙乐。《史记·赵世家》记赵简子曾梦游天都，与百神共赏钧天广乐。燕：同“宴”，即宴饮。瑶：瑶池，传说中的仙池，为群仙宴饮之所，亦在昆仑山上。 ⑥“帝饮”二句：言天帝请我饮酒，并赐苍壁一块。饮(yìn)予：请我饮酒。饮：作使动词。 ⑦“嶙峋”二句：言天帝所赐苍壁正在瓢泉山水间。嶙峋(lín xún)突兀：形容苍壁重叠高耸。一丘壑：即一山一水，此指词人隐居的瓢泉。 ⑧“余马怀”三句：谓自己由天上返回人间。《离骚》：“仆夫悲余马怀兮，蜷局顾而不行。”王逸注：“屈原设去世离俗，周天匝地，意不忘旧乡，忽望见楚国，仆御悲感，我马思归，蜷局诘屈而不肯行。此终志不去，以词自见，以义自明也。”余马怀：我的马因怀乡而不肯前行。仆夫悲：我的驾车人也因思家而悲伤。

【品评】

据词序，此为开山径偶得石壁而作，词由天赐起头，化用屈原《离骚》诗意，赋神游天宇的浪漫故事。先以霓挟月，丰隆前导，直达天庭，神游于昆仑玄圃，宴饮于仙山瑶池，继之天帝赐苍壁，马怀仆悲，恍惚返还人间。游仙词而终不肯绝然仙去，表现出对人间故国的无限眷恋之情。小词写得神奇虚幻，极富浪漫色彩。

临江仙

苍壁初开，传闻过实，客有来观者，意其如积翠、清风、岩石、玲珑之胜，既见之，乃独为是突兀而止也，大笑而去。主人戏下一转语，为苍壁解嘲。①

莫笑吾家苍壁小，棱层势欲摩空。②相知惟有主人翁，有心雄泰华，无意巧玲珑。③　　天作高山谁得料，《解嘲》试倩扬雄。④君看当日仲尼穷，从人贤子贡，自欲学周公。⑤

【注释】

①此词作于闲居瓢泉时期。“意其”句：猜度苍壁有积翠岩、清风峡、岩石山、玲珑山之绝胜风光。“乃独为”句：仅一块高耸的石壁而已。转语：禅家机转之语，即随机转变辞锋。　②“莫笑”二句：言苍壁虽小，但势欲摩天。棱层：山石高耸貌。摩空：上抚

青天。 ③"相知"三句:谓惟我了解苍壁,它不求小巧玲珑之美,有意与泰山、华岳争雄。泰华:指东岳泰山、西岳华山。玲珑:指词序中的玲珑山。 ④"天作"二句:谓上天造就此壁谁能理解,惟有请扬雄来驳难解嘲。扬雄:西汉著名赋家,有人讥其著书无用,于是作《解嘲》以辩驳。 ⑤"君看"三句:言孔子生时并不得意,但他依然坚持周公之道,为实现自己的理想奔波一生。仲尼:孔子名丘,字仲尼。从人贤子贡:《论语·子张》记载时人语:"子贡贤于仲尼。"认为子贡比孔子更贤明。从人:门生,徒弟。子贡:孔子的学生,复姓端木,名赐,字子贡。周公:西周初年著名政治家,是孔子儒家学派心目中的理想人物。

【品评】

此与上篇同为"苍壁"而赋,堪称姊妹篇。上篇纯系幻想,此篇则由现实而发。上片先写苍壁高峻摩空,继写对苍壁的体认理解,展现词人不同流俗的审美观和不甘人后的奇思壮怀。下片再就古今人事加以评说。天赐苍壁,初不为人赏识;而孔子生时也不为人知,但他终成千古一圣。通篇托物寄意,抒怀明志。

贺新郎

别茂嘉十二弟。鹈鴂、杜鹃实两种,见《离骚补注》。[①]

绿树听鹈鴂。更那堪、鹧鸪声住，杜鹃声切。[2]啼到春归无寻处，苦恨芳菲都歇。[3]算未抵、人间离别。马上琵琶关塞黑，更长门、翠辇辞金阙。[4]看燕燕，送归妾。[5]　将军百战身名裂。向河梁、回头万里，故人长绝。[6]易水萧萧西风冷，满座衣冠似雪。正壮士、悲歌未彻。[7]啼鸟还知如许恨，料不啼、清泪长啼血。[8]谁共我，醉明月。[9]

【注释】

①此词作于闲居瓢泉时期。茂嘉：稼轩族弟，生平不详。据刘过《沁园春·送辛稼轩弟赴桂林官》词意，当是抗金忠义之士。时调茂嘉赴桂林，稼轩有二词赋别（另一首为《永遇乐·戏赋辛字送茂嘉十二弟赴调》）。《离骚补注》：宋人洪兴祖著，谓"子规、鹈鴂二物也"。　②"绿树"三句：借鸟声托意，言临别不堪听绿阴深处众鸟啼鸣悲切。鹈鴂（tí jué）、杜鹃、鹧鸪三鸟啼声皆悲，故言"更那堪"，即不忍闻其悲声。　③"啼到"二句：谓鸟啼悲切，恨花尽春去。《离骚》："恐鹈鴂之先鸣兮，使夫百草为之不芳。"按《广韵》称鹈鴂"春分鸣则众芳生，秋分鸣则众芳歇"。　④"马上"二句：言昭君出塞别汉。王昭君名嫱，汉元帝宫女，因和亲赐嫁匈奴王呼韩单于。马上琵琶：谓在琵琶声中远离故国。石崇《王明君辞序》："昔公主嫁乌孙，令琵琶马上作乐，以慰其道路之思。其送明君，亦必尔也。"李商隐《王昭君》诗："马上琵琶行万里，汉宫长有隔生春。"长门：汉武帝曾废陈皇后于长门宫，后泛指冷宫，即失意后妃所居之地。此承上句意，言昭君辞汉。按或谓此即用长门本事，与昭君无涉，即以此二句分言二事。翠辇（niǎn）：用翠羽装饰的宫车。

⑤“看燕燕”二句:用庄姜送归妾事以喻离别。燕燕:《诗经·邶风》有《燕燕》诗:“燕燕于飞,差池其羽,之子于归,远送于野。”《毛传》以为此“卫庄姜送归妾也”。据《左传·隐公三年》《四年》载:卫庄公妻庄姜无子,以庄公妾戴妫之子完为子。完即位未久,在政变中被杀,戴妫遂被遣返。庄姜远送于野,作《燕燕》诗以别。 ⑥“将军”三句:写李陵别苏武。李陵:汉武帝时抗击匈奴的名将,曾以五千之众对十万敌军,兵尽粮绝而终降匈奴,故此处谓“身名裂”。苏武:亦西汉武帝时人。出使匈奴,羁北不降,北海牧羊十九年持节不屈,终得返汉。苏武归汉,李陵饯别河梁。《文选》载李陵《与苏武诗》:“携手上河梁,游子暮何之。”又《汉书·苏武传》载李陵送别语:“异域之人,一别长绝。”故人:指苏武。长绝:永别。 ⑦“易水”三句:言荆轲离燕赴秦。据《史记·刺客列传》和《战国策·燕策》载,战国末年,燕太子丹命荆轲入秦刺杀秦王。行前,太子丹及众宾客相送于易水之上。高渐离者击筑,荆轲和乐而歌:“风萧萧兮易水寒,壮士一去兮不复还。”歌声慷慨悲壮,送者无不为之动容。易水:在今河北易县。衣冠似雪:指送行者皆白衣素服。悲歌:指《易水歌》。 ⑧“啼鸟”二句:谓啼鸟如知人间离别之恨,当由啼泪进而啼血。如许恨:即指上述种种人间别恨。 ⑨“谁共我”二句:点明主旨,谓与族弟别后孤独无伴。

【品评】

此词写别情,叠用四事,均属生离死别,且关涉家国命运,不囿于兄弟情谊,暗寓家国兴亡和个人身世之感。开端以啼鸟兴起,花尽春归托意,继而以“算未抵”句枢纽承转,导入人间离别,进而叠用四则历史故实曲意传情。“如许恨”总收上文,啼鸟遥应篇首,互为呼应。而“料不啼、清泪长啼血”,则将词意推进一层。结韵翻出送人本意,情景兼胜,沉郁苍凉。或谓此江淹《恨赋》笔法,用于词体,便成创格。

永遇乐

戏赋辛字,送茂嘉十二弟赴调。①

烈日秋霜,忠肝义胆,千载家谱。② 得姓何年,细参辛字,一笑君听取:③ 艰辛做就,悲辛滋味,总是辛酸辛苦。④ 更十分、向人辛辣,椒桂捣残堪吐。⑤　世间应有,芳甘浓美,不到吾家门户。⑥ 比着儿曹,累累却有,金印光垂组。⑦ 付君此事,从今直上,休忆对床风雨。⑧ 但赢得、靴纹绉面,记余戏语。⑨

【注释】

①此词系闲居瓢泉时期送族弟苏茂嘉赴调时作。赴调:时苏茂嘉调官桂林。　②“烈日”三句:谓辛家世代为人刚直,对君国忠心耿耿。烈日秋霜:夏天的炎阳,寒秋的严霜,喻性格刚烈正直。家谱:指辛氏家谱。　③“得姓”三句:不知辛氏得姓于何年,且听我详参“辛”字之义。细参:细细品味。　④“艰辛”三句:言

“辛”含辛酸辛苦之意。 ⑤“更十分”二句：言“辛”字本义为辛辣，人品尝其辛辣，如食椒桂欲吐。椒桂捣残：将胡椒、肉桂（均药用植物）捣碎。苏轼《再和曾布〈从驾〉》诗：“最后数篇君莫厌，捣残椒桂有余辛。” ⑥“世间”三句：谓世间纵有香甜甘美之物，但从不到我辛氏家门。芳甘浓美：此喻荣华富贵。 ⑦“比着”三句：言比不上别家子弟世代高官厚禄。比着：此谓比不得。儿曹：儿辈子孙。累累：接连不断。金印光垂组：佩挂金印的丝带。⑧“付君”三句：望族弟此去戮力政事，青云直上，勿以兄弟情义为念。此事：指调官桂林一事。对床风雨：唐代诗人韦应物《示全真元常》诗：“宁知风雪夜，复此对床眠。”辛词用以指兄弟聚会之情。⑨“但赢得”二句：谓茂嘉日后饱经官场风雨，自会记得我今天的临别戏言。靴纹绉面：言面容衰绉如靴纹。据欧阳修《归田录》卷二载，北宋田元均在三司使供职，权贵家子弟亲友多有求托。田元均虽内心厌恶而不从其请，但总是强作笑容把他们送走。因此曾对人说：“作三司使数年，强笑多矣，直笑得面似靴皮。”

【品评】

词虽为送别之作，但主要借戏赋“辛”字表情达意，身世之感益为明显。上阕从正面立意，吟赋辛氏忠义家世，并以此贯穿全篇，含勉励族弟之意。起笔总括辛氏家谱，“细参辛字”以下，就辛字内涵外延巧为文章，表明自我艰辛、辛苦、辛辣的为人和际遇。下阕由反面立意，谓“辛”字与“芳甘浓美”无缘，宁不教儿曹金印累累，决不附权媚势，有损辛氏清白刚直门风。“付君”三句归到送别题旨，勉励茂嘉致力国事，勿以离别为怀。末以“记余戏语”

收结，意谓"辛"的内涵和真谛，茂嘉自会亲身领略。

西江月

示儿曹，以家事付之。[1]

万事云烟忽过，百年蒲柳先衰。[2]而今何事最相宜？宜醉宜游宜睡。　　早趁催科了纳，更量出入收支。[3]乃翁依旧管些儿：管竹管山管水。[4]

【注释】

①此词为闲居瓢泉时期所作。儿曹：此指自家儿辈。以家事付之：把家务事交代给他们。　②"万事"二句：言万事如云烟过眼，自己像入秋的蒲柳渐见衰老。蒲柳：蒲与柳入秋落叶较早，以喻人之早衰。《世说新语·言语》篇："顾悦与简文同年而发早白。简文曰：'卿何以先白？'对曰：'蒲柳之姿，望秋而落；松柏之质，经霜弥茂。'"　③"早趁"二句：向儿曹交代家事：及早缴纳租税，妥善安排一家的收入支出。催科：催收租税。了纳：向官府缴纳完毕。　④"乃翁"二句：谓自己依然只管竹林、青山、绿水。乃翁：你的父亲，作者自谓。

【品评】

词赋琐细家事，信笔写来，平易自然，轻松流畅。尤其"三宜”、“三管”，颇富诙谐幽默情趣。然细味发端两句，感慨往事如烟云过眼，叹息自身似蒲柳先衰，既参悟人生，又自伤不遇，襟胸块垒隐寓其间。

鹧鸪天

石门道中[①]

山上飞泉万斛珠，悬崖千丈落鼪鼯。[②]已通樵径行还碍，似有人声听却无。[③]　　闲略彴，远浮屠，溪南修竹有茅庐。[④]莫嫌杖屦频来往，此地偏宜着老夫。[⑤]

【注释】

①此词为闲居瓢泉时期之作。石门：在铅山县女城山附近。一说在庐山西南。　②“山上”二句：言飞泉直下，如万斛珠玉倾泻；悬崖千丈，惟有鼪鼯能上下。斛（hú）：度量容器，十斗为一斛。鼪（shēng）：即黄鼬，俗称黄鼠狼。鼯（wú）：鼠的一种，别名夷由，其前后肢间有飞膜，能在林中滑翔，俗名飞鼠。　③“已通”二句：言山路回旋莫测，似通还阻，人声也在有无之间。樵径：上山砍柴走的小路，泛指山间小路。　④“闲略彴”三句：言小桥、佛寺历历在目，溪水南头绿竹丛中隐约有茅庐在其间。略彴（zhuó）：小木桥。唐陆龟蒙《新夏东郊闲泛有怀袭美》诗：“经略彴时冠暂亚，佩笭箵后带频揄。”浮屠：佛塔。修竹：长竹。　⑤“莫嫌”二句：自言

喜爱此间山水风光，表示要频频来往。

【品评】

词写石门一带山水风光。上片写行经所见，山泉飞泻，似万斛珠玉，极言其晶莹光洁，悬崖陡峭，衬以鼠狼、飞鼠起落，显示其险峻难攀。上山砍柴的小路，幽深迷离，人烟稀少。下片先写远眺之景，小桥闲静，佛塔遥远，溪南绿竹葱茏，茅屋隐约闪现。所写景象幽雅，颇具诗情画意，难怪结韵表示要频繁往来，流连忘返。全词体现了作者喜爱大自然、寄情山水园林的情悰。

浣溪沙

常山道中即事[1]

北陇田高踏水频，[2]西溪禾早已尝新，[3]隔墙沽酒煮纤鳞。[4]　　忽有微凉何处雨，更无留影霎时云。[5]卖瓜人过竹边村。

【注释】

①此词作于宋宁宗嘉泰三年(1203)夏。时朝廷委外戚韩侂胄用事，欲图北伐，于是起用闲居瓢泉八九年之久的辛弃疾为绍兴知府兼浙东安抚使。稼轩于是年六月到任。此词即作于赴任途中。常山：今浙江常山县，以境内有常山而得名。常山绝顶有

湖，亦称湖山。 ②踏水频：忙于踏水车引水灌田。 ③尝新：指品尝新稻。 ④沽酒：买酒。纤鳞：细鳞，代指鱼。 ⑤“忽有”二句：写忽然微雨，转眼云散天晴。

【品评】

此词写农村小景。上片先写北陇踏水灌田，西溪收稻尝新，继写沽酒煮鱼。足见农事辛勤，生活安乐。下片写忽降微雨，清凉宜人，转眼云影飘散，蓝天当空，卖瓜人在绿竹丛生的村庄叫卖新瓜。通篇清新淳朴，生活气息浓厚，宛如一幅生机盎然的浙西农村图。

瑞鹧鸪[①]

胶胶扰扰几时休，一出山来不自由。[②]秋水观中山月夜，停云堂下菊花秋。[③] 随缘道理应须会，过分功名莫强求。[④]先自一身愁不了，那堪愁上更添愁。[⑤]

【注释】

①此词作于嘉泰三年(1203)起任浙东安抚使任上。 ②“胶胶”二句：谓官场生活不似山中自由，繁杂之事没完没了。胶胶(jiǎo)扰扰：原意动乱不安貌，此谓纷乱繁杂。 ③“秋水”二句：回忆山中月夜赏菊的悠闲生活。秋水观、停云堂：都是稼轩瓢泉住宅中的堂屋名。 ④“随缘”二句：应深切领会随缘分自适之

理，不可存不切实际的非分之想。随缘：佛家语，谓人之处世当随从机缘而自理。⑤“先自”二句：意谓本已自身不胜其愁，走入官场又添新愁。

【品评】

此思归之作。说明词人虽三度出仕，志在进取，但心中仍念念不忘退居归隐之乐。首联开宗明义，直言仕宦事务繁杂，不如归隐悠闲潇洒。次联追忆山居生活清闲幽雅，观月赏菊。三联议论明志，言应诏出山，当随缘自处，过分功名，切莫强求，貌似自我排遣，实则隐寓功业难就。由此引出结联感叹抒怀，既难酬壮志，个人不堪其愁，又何必非要强求，致使自己愁上添愁。结论自然是：与其如此，何如归休。

永遇乐

京口北固亭怀古[①]

千古江山，英雄无觅，孙仲谋处。[②]舞榭歌台，风流总被、雨打风吹去。[③]斜阳草树，寻常巷陌，人道寄奴曾住。[④]想当年：金戈铁马，气吞万里如虎。[⑤]　　元嘉草草，封狼居胥，赢得仓皇北顾。[⑥]四十三年，望中犹记，烽火扬州路。[⑦]可堪回首，佛狸祠下，一片神鸦社鼓。[⑧]凭谁问：廉颇老矣，尚能饭否。[⑨]

【注释】

①本篇作于开禧元年(1205),时在镇江知府任上。按嘉泰四年(1204)正月,稼轩在会稽奉诏晋京,随即改调镇江知府。稼轩于三月到任后,立即投入紧张的备战工作。京口:今江苏镇江。北固亭:在镇江城北北固山上。北固山下临长江,回岭绝壁,形势险固。晋蔡谟曾筑楼山上,名北固楼,亦名北固亭。 ②"千古"三句:谓千古江山依旧,但英雄如孙仲谋辈已无处寻觅。孙仲谋:三国时吴国国主孙权,字仲谋。他承父兄基业,曾建都于京口,迁都建康后,仍以京口为重镇,称霸江东,北拒曹操,为一代风流人物。 ③"舞榭"三句:谓昔日的歌舞豪华和英雄业绩,俱被历史风雨吹洗一尽。榭(xiè):建在高台上的敞屋。 ④"斜阳"三句:谓平常街巷,当年刘裕曾经住过。寄奴:南朝宋武帝刘裕,字德舆,小字寄奴。他曾以京口为基地,削平内乱,取代东晋政权,并两度北伐,收复中原大片领土,成就霸业。 ⑤"想当年"三句:言刘裕当年挥戈北伐,有气吞万里之势。 ⑥"元嘉"三句:谓南朝宋文帝刘义隆草率北伐,大败而归。元嘉:宋文帝刘义隆(武帝刘裕之子)年号。元嘉二十七年(450),刘义隆准备不足,仓卒进兵,遭致惨败。封狼居胥:《史记·霍去病传》载,汉将霍去病追击匈奴,至狼居胥(在今内蒙古自治区西北),封山(筑台祭天)而还。据《宋书·王玄谟传》,宋文帝谓殷景仁曰:"闻玄谟陈说(指陈说北伐之策),使人有封狼居胥意。"仓皇北顾:据《南史·宋文帝纪》,宋文帝北伐失败后,北魏太武帝拓拔焘乘胜追至长江边,扬言欲渡江。宋文帝登楼北望,深悔不已。又据《宋书·索虏传》,早在元嘉八年(431),宋文帝因滑台失守,就写过"北顾涕交流"的

诗句。　⑦"四十三年"三句：回忆稼轩奉表南渡以来的危急形势。稼轩于绍兴三十二年(1162)奉表南渡，至开禧元年(1205)京口任上，正四十三年。烽火扬州：自绍兴三十一年(1161)金兵大举南侵以来，扬州一带烽火不断。路：宋时行政区域以"路"划分，扬州属淮南东路，治所在扬州。　⑧"可堪"三句：谓往事不堪回首，而今日佛狸祠下一派承平景象，却也令人惊心。佛狸祠：北魏太武帝拓拔焘，小字佛狸，当年元嘉之役他追击宋军至长江北岸瓜步山(今江苏六合东南)，并建行宫，后改为佛狸祠。神鸦社鼓：祭祀时鼓声震天，乌鸦闻声争食祭品。　⑨"凭谁问"三句：以廉颇自况，虽老而雄心犹在，无奈不为朝廷重视。廉颇：赵国名将，晚年遭人谗害而出奔魏国。后赵王欲起用，先遣使者探其健否。廉颇一顿饭斗米、肉十斤，并披甲上马，以示健壮能战。使者还，谎报说："廉将军虽老，尚善饭；然与臣坐顷之，三遗矢矣。"赵王遂罢(见《史记·廉颇蔺相如列传》)。

【品评】

此为稼轩寄寓复国壮怀之名篇。上片即景怀古，借古人寄怀。作者立意高远，视通古今，从京口陈迹联想在此建功立业的风流人物。孙权凭险立国，刘裕崛起草泽，风流一世，终归销磨。"想当年"三句，镜头由历史陈迹，转向盖世英雄。健笔勾勒，生气勃勃，与南宋萎靡怯懦，反差极大。呼唤英才，正为济世而图功。下片以古鉴今，折转到现实，表达自己献身恢复的雄心。先引述刘宋北代教训，提醒当局审慎筹划；次追忆当年抗金往事，激励人们力挽时艰；再顾望淮北平静气象，暗示倡导恢复势在必行。末以廉颇自喻，期望承受重托，一展身手，词由怀古到议今，所有史事无不扣紧京口，关联现实，用事虽多，融裁有方，浑然一体。情思由感怆、沉郁而趋向昂奋。收拍“廉颇自拟，慷慨壮怀，如闻其声”（先著《词洁》）。

南乡子

登京口北固亭有怀[①]

何处望神州？满眼风光北固楼。[②]千古兴亡多少事？悠悠。不尽长江滚滚流。[③]　　年少万兜鍪，坐断东南战未休。[④]天下英雄谁敌手？曹刘。生子当如孙仲谋。[⑤]

【注释】

①此词开禧元年（1205）作于京口（今江苏镇江）任所。②“何处”二句：纵目环视，楼头山水风光无限，可中原故国何在？此两句为倒装句法。神州：指沦陷的北方。北固楼：在镇江城北北固山上。　③“千古”三句：感叹千古兴亡无尽无休，一如江水滚滚东流。悠悠：长久之意。杜甫《登高》诗：“无边落木萧萧下，不尽长江滚滚来。”　④“年少”二句：赞美孙权少年英雄，独霸江东，称雄一时。按：孙权十九岁继承父兄基业，故言“年少”。兜鍪（dōu móu）：头盔，此指兵士。万兜鍪：犹言千军万马。坐断：占据。　⑤“天下”三句：谓当时能与孙权匹敌称雄者，惟曹操与刘

备。《三国志·蜀书·先主传》载，曹操曾与刘备论天下英雄，曰："今天下英雄惟使君（指刘备）与操耳，本初（指袁绍）之徒不足数也。"后《三国演义》中"青梅煮酒论英雄"一节即据此。孙仲谋：孙权，字仲谋。《三国志·吴书·吴主传》注引《吴历》云：曹操尝与孙权对垒，"见舟船、器仗、军伍整肃，喟然叹曰：'生子当如孙仲谋，刘景升儿子（指刘琮）若豚犬耳。'"

【品评】

此词与上篇作于同时同地，同一怀古情怀，但体制不一，手法各异。前篇慢词，以叠层铺叙、纵横议论见长；本篇小令，以简洁明快、自作问答、巧用古语取胜。劈头一问，意承神州不见而来，有震聋发聩之效，答以长江不尽，内涵深远。下片即地怀古，首二句赞孙权雄踞江东称雄天下，接着以问振起，活用史实，以曹、刘陪衬孙权。结拍化用曹操语意，对答如流，倍见功力。

生查子

题京口郡治尘表亭[1]

悠悠万世功，矻矻当年苦。[2]鱼自入深渊，人自居平土。[3] 红日又西沉，白浪长东去。不是望金山，[4]我自思量禹。

【注释】

①此词作于嘉泰四年春至开禧元年夏(1204—1205)镇江知府任上。郡治:郡府的官署所在地。京口为镇江府郡的行政中心。尘表亭:亭名。　②“悠悠”二句:写夏禹当年辛勤治水,建立了万世不朽的功业。悠悠:久远,悠久。矻矻当年苦:据《史记·夏本纪》,禹父鲧因治水无功被诛,禹承父业,“劳身焦思,居外十三年,过家门不敢入”,终于驯服洪水。矻矻(kū):辛勤劳苦貌。③“鱼自”二句:言鱼和人各得其所,盛赞夏禹治水功业卓著。《孟子·滕文公下》载:“禹掘地而注之海,驱蛇龙而放之菹……险阻既远,鸟兽之害人者消,然后人得平土而居之。”深渊:深水。平土:平地。　④金山:在镇江西北的长江岸边。据《舆地纪胜》卷七《镇江府景物》:“旧名浮玉,唐李琦镇润州,表名金山。因裴头陀开山得金,故名。”上有金山古刹,为镇江游览胜景。

【品评】

此追忆颂扬夏禹之作,语意简洁明快。上阕追忆夏禹万世不朽的治水功业,称赞其有利于百姓和鱼鸟的作为。下阕转赋眼前景色,红日白浪,交相辉映,西沉东去,流逝不止,隐含古人不见、功绩千古之意。结韵即景思人,扣合称颂夏禹的情思。

祝英台近

晚　春[1]

宝钗分，桃叶渡，烟柳暗南浦。[2]怕上层楼，十日九风雨。断肠片片飞红，都无人管；更谁劝、流莺声住。[3]　鬓边觑。试把花卜归期，才簪又重数。[4]罗帐灯昏，哽咽梦中语：是他春带愁来，春归何处？却不解、带将愁去。[5]

【注释】

①此晚春闺怨词，代女子立言抒怀。本事及作年无考。②"宝钗分"三句：忆当年烟柳水滨分钗赠别情景。宝钗分：古有分钗赠别风俗。梁陆罩《闺怨》诗有"偏恨分钗时"句。白居易《长恨歌》有"钗留一股合一扇"句。足见分钗送别之风俗由来已久。桃叶渡：在南京秦淮河与清溪合流处。《古乐府》注："王献之爱妾名桃叶，尝渡此，献之作歌送之曰：'桃叶复桃叶，渡江不用楫。但渡无所苦，我自迎接汝。'"后遂以桃叶渡泛指与恋人分别之处。南浦：泛指送别之地。《楚辞·九歌·河伯》："送美人兮南浦。"江淹《别赋》："送君南浦，伤如之何！"　③"怕上"五句：言不忍登高望远，怕见飞红啼莺、风雨送春之景。　④"鬓边觑"三句：谓思妇以数花瓣多次占卜行人归期。鬓边觑（qù）：斜视鬓边所插之花。簪：此作动词，犹"插"。重数：再数一回，极言盼归心切。　⑤"罗

帐”五句:写思妇梦中相思。“春带愁来”三句,是思妇梦中语。稼轩友人赵彦端《鹊桥仙》词:“春愁元自逐春来,却不肯、随春归去。”

【品评】

此为晚春闺怨词。上片以忆昔离别开篇,以下折回现实伤春,怕见风雨送春,怨春匆匆归去,春归人不归。下片极写盼归之情。花卜归期,才簪重数,婉曲深细,神态心理,呼之欲出。哽咽梦语,亦传神之笔,不怨春去人不归,却怨春带愁来,不带愁去,无理而妙。清人沈谦《填词杂说》云:“稼轩词以激扬奋厉为工,至‘宝钗分,桃叶渡’一曲,昵狎温柔,魂销意尽,才人伎俩,真不可测。”

祝英台近[1]

绿杨堤,青草渡,花片水流去。百舌声中,唤起海棠睡。[2]断肠几点愁红,啼痕犹在,多应怨、夜来风雨。[3]
别情苦。马蹄踏遍长亭,归期又成误。[4]帘卷青楼,回首在何处?[5]画梁燕子双双,能言能语,不解说、相思一句。[6]

【注释】

①本词恰似上篇《祝英台近》的姊妹篇。上篇代青楼女子立言,思客乡游子;本篇代客外游子立言,念青楼旧侣。两词构思也

颇相仿。　②百舌：鸟名，即乌鸫。杜甫《寄柏学士林居》诗：“赤叶枫林百舌鸣，黄泥野岸天鸡舞。”海棠睡：为“睡海棠”的倒文，言其夜睡晨开。　③“断肠”三句：言夜来风雨摧花，飞红万点，如啼血泣泪。　④“马蹄”二句：写奔走旅舍，屡误归期。长亭：设在路边的亭舍。　⑤“帘卷”二句：谓回首青楼难以望见。青楼：美女所居。曹植《美女篇》：“青楼临大路，高门结重关。”　⑥“画梁”三句：谓成双的燕子歌喉宛转，却不解传语相思。

【品评】

词写怀思青楼情侣。起笔写堤岸渡口景象，鸟鸣点明时值清晨，“断肠”三句借啼鸟倾泻相思深情。下片思归怀人，“别情苦”，亮出题旨，以下逐层渲染。游踪不定，又误归期；回首青楼，渺茫不见；怨及双燕，不解传语。两地相思之情愈益浓挚。

鹧鸪天

困不成眠奈夜何，情知归未转愁多。[1]暗将往事思量遍，谁把多情恼乱他。[2]　　些底事，误人哪。[3]不成真个不思家。[4]娇痴却妒香香睡，唤起醒松说梦些。[5]

【注释】

①困不成眠：虽然困乏，但因愁不能入睡。奈夜何：怎生打发黑夜。归未：“未归”的倒文。　②“暗将”二句：言回想往日两人

关系，难道另有多情女子扰乱他的心思。 ③些底事：这些事。④不成：犹“难道”。 ⑤“娇痴”二句：言香香却熟睡，唤醒她说梦消夜。娇痴：天真无知。香香：当为侍女名。醒松：同“惺松”，苏醒。

【品评】

此词写闺中少妇夜思良人。纯用口语白描，清新流畅，颇具民歌风味。前七句写其困不成眠，盼夫归来的内心活动，想遍往事，疑有外遇，又不信良人“真个不思家”。末两句写自己难眠，又妒侍女酣睡，竟唤醒香香与己说梦，强度通宵。思夫盼归的娇痴之态，历历可见。

青玉案

元　夕①

东风夜放花千树。更吹落，星如雨。② 宝马雕车香满路。③ 凤箫声动，玉壶光转，一夜鱼龙舞。④ 　蛾儿雪柳黄金缕，笑语盈盈暗香去。⑤ 众里寻他千百度，蓦然回首，那人却在，灯火阑珊处。⑥

【注释】

①元夕:阴历正月十五之夜,亦称元宵、灯节。此词作年无考。 ②"东风"三句:描绘元夕焰火灿烂。宋人周密《武林旧事》卷二《元夕》谓临安元夕:"宫漏既深,始宣放焰火百余架,于是乐声四起,烛影纵横,而驾始还矣。大率效宣和(北宋徽宗年号)盛际,愈加精妙。"此言焰火乍放如东风吹开千树火花,落时又如东风吹洒满天星光。按一说"花树"、"星雨",指树上彩灯和空中灯球。 ③宝马雕车:富贵之家的华丽车马。香:兼指车上涂料的香气和车中女子的脂粉香气。 ④"凤箫"三句:写乐声四起,鱼龙飞舞,彻夜狂欢。凤箫:箫声若凤鸣,此泛指音乐。玉壶:喻月,言月冰清玉洁。一说指白玉制成的灯。光转:指月光转移。鱼龙:鱼龙舞原是汉代百戏的一种。《汉书·西域传赞》:"漫衍鱼龙角抵之戏。"这里指扎成鱼龙形状的灯。 ⑤"蛾儿"二句:写盛装观灯女子的情态。《宣和遗事》载北宋汴京元夕:"京师民有似云浪,尽头上带着玉梅、雪柳、闹蛾儿,直到鳌山下看灯。"《武林旧事》记南宋临安元夕:"妇人皆戴珠翠、闹蛾、玉梅、雪柳……而衣多尚白,盖月下所宜也。"蛾儿雪柳:宋代妇女元夕头饰,谓盛装出游。李清照《永遇乐》(落日镕金)词:"记得偏重三五:铺翠冠儿,捻金雪柳,簇带争济楚。"捻金雪柳即雪柳黄金缕,一种以金为饰的雪柳。按或谓此二句写词人偶遇之观灯女子,即下文的"那人"。 ⑥"众里"四句:言寻觅那人,忽然发现。蓦(mò)然:突然。阑珊:灯火稀少。梁启超《艺衡馆词选》称这三句:"自怜幽独,伤心人别有怀抱。"王国维《人间词话》则引申为"古今之成大事业、大学问者必经过三种境界"中之"第三种境界"。意为经过

漫长的孜孜以求，终有所发现，获得成功。

【品评】

此为咏元宵佳节之作。上片写景，焰火灿烂，星光流空；宝马香车，充满街巷，凤箫声动，鱼龙飞舞。天、地、空三者融会一气，灯月交辉，喧嚣动荡，一派承平欢乐景象。下片由景而人，一群观灯女子盛妆丽饰，笑语盈盈，飘然而过。结韵翻出主旨，言反复寻觅，倩影无踪，突然回首，那人却出现于眼前。词人终得欣然如愿。

满江红

敲碎离愁，纱窗外、风摇翠竹。① 人去后，吹箫声断，倚楼人独。② 满眼不堪三月暮，举头已觉千山绿。③ 但试把、一纸寄来书，从头读。④ 　　相思字，空盈幅；相思意，何时足。⑤ 滴罗襟点点，泪珠盈掬。⑥ 芳草不迷行客路，垂杨只碍离人目。⑦ 最苦是、立尽月黄昏，栏干曲。⑧

【注释】

①“敲碎”二句：言风摇翠竹，似敲碎满怀离愁，搅得人心烦躁不安。　②“人去后”二句：言那人去后，箫声不复再闻，人惟独自倚楼怅望。　③“满眼”二句：言人正不堪暮春，转眼已进入夏季，千山浓绿。　④“但试把”二句：写打开对方来信细读。

⑤“相思字”四句：言对方书信徒然满纸相思，难慰自身相思深情。 ⑥“滴罗襟”二句：写泪珠滴湿了衣襟。盈掬：满把，极言泪水之多。 ⑦“芳草”二句：写行客旅途感受，不怕芳草迷路，只怪杨柳遮离人望眼。 ⑧“最苦”二句：写伫立曲栏干旁，期盼离人归来，时间长，心情苦。

【品评】

这是一首闺中念远词。起笔点出“离愁”，借风摇翠竹写出心境纷乱。继写人去楼空，居家孤独；再写倚楼遥望所见所感，无奈重读来信以慰相思。换头承上文“读”字，言纵然满纸相思字，难慰无限相思情，接下写泪珠难禁，滴满罗襟。进而想象离人路途情景，末以自己历尽黄昏的期盼苦衷收结。全篇顺时递进，语言通俗爽畅，笔锋细致贴切。

木兰花慢

中秋饮酒将旦，客谓前人诗词有赋待月，无送月者，因用《天问》体赋。①

可怜今夕月，向何处、去悠悠？② 是别有人间，那边才见，光影东头？③ 是天外，空汗漫，但长风浩浩送中秋？④ 飞镜无根谁系？⑤ 姮娥不嫁谁留？⑥ 谓经海底问无由，恍惚使人愁。⑦ 怕万里长鲸，纵横触破，玉殿琼楼。⑧ 虾蟆故堪浴水，问云何玉兔解沉浮？[9] 若道都齐无恙，云何渐渐如钩？[10]

【注释】

①将旦：无色将晓。《天问》：楚辞篇名，屈原所作。作者向天提出种种奇问，作品由一百七十多个问题组成，或自然，或社会，涉及面极广，表现出屈原勇于探索的精神。及唐，有柳宗元作《天对》，对《天问》之问逐一作答。此词仿《天问》体，在词中一气提出九问。 ②“可怜”二句：一问。月亮悠悠西行，欲归何处？可怜：可爱。 ③“是别有”三句：二问。是否西天极处别有人间，是以月亮西落而又由那边人间东升？光影：指月亮。 ④“是天外”三句：三问。太空浩渺，月亮运行是否凭借浩荡秋风？空汗漫：空虚莫测，广阔无际。 ⑤“飞镜”句：四问。月如飞镜无根，谁用绳索悬系太空？ ⑥“姮娥”句：五问。月中嫦娥千秋不嫁，又是谁殷勤相留？姮(héng)娥：月里嫦娥。据神话传说，嫦娥偷食丈夫后羿的仙药，乘风奔月，从此永居月宫。 ⑦“谓经”二句：六问。若谓月亮西经海底而东升，则无从问询，难以捉摸。恍惚：谓此说迷离恍惚，让人难测。 ⑧“怕万里”三句：七问。若谓月亮真的行经海底，则月中玉殿琼楼怎不为海中长鲸冲破撞坏？玉殿琼楼：神话谓月中自有“琼楼玉宇灿然”(《拾遗记》)，故俗称月宫。 ⑨“虾蟆”二句：八问。月中虾蟆固然会戏水，但玉兔何以能在水中自由沉浮？神话谓月宫中有金蟾戏水，白兔捣药。故堪：固然能。 ⑩“若道”二句：九问。若谓月亮完好无损，则何以圆月渐如银钩。按此指月亮盈亏圆缺的变化。

【品评】

此词咏月，卓有创新。其一，前此有待月诗，而无送月诗，此题材有所创新。其二，引《天问》体入词，词体颇有新意。其三，虽承屈原求索精神，但《天问》中问月仅有二问，辛词不仅九问，且暗合天体学说。近人王国维《人间词话》谓此词起首五句："词人想象，直悟月轮绕地之理，与科学家密合，可谓神悟。"其四，此词以送月立意，紧扣月体运行，善想象，富描绘，丰美瑰丽，把对天宇的探索与神话传说融为一体，而又自出新境。其创意奇妙，弥足珍贵。

水龙吟①

老来曾识渊明，梦中一见参差是。②觉来幽恨，停觞不御，③欲歌还止。白发西风，折腰五斗，不应堪此。④问北窗高卧，东篱自醉，应别有，归来意。⑤　　须信此翁未死，到如今凛然生气。⑥吾侪心事，古今长在，高山流水。⑦富贵他年，直饶未免，也应无味。⑧甚东山何事，当时也道，为苍生起。⑨

【注释】

①此词作年不详，细玩词意，或为晚年退居瓢泉时作。②"老来"二句：谓老来才理解渊明，乃至于梦中相见。渊明：西晋大诗人陶潜，字渊明。参差：仿佛。　③停觞(shāng)不御：停杯不

饮。御：用，进，此引申为饮。 ④“白发”三句：年长的陶潜不堪忍受折腰之耻，辞官归隐。折腰五斗：陶潜为彭泽县令，不堪官场庸俗的礼仪，曰：“吾不能为五斗米折腰向乡里小人。”遂解印去职，并赋《归去来辞》明志（见《晋书·陶潜传》）。 ⑤“问北窗”四句：谓陶潜辞官归隐，并非一味醉心飘逸静穆，自当别有深意。北窗高卧：陶潜《与子俨等疏》：“常言五六月中，北窗下卧，遇凉风暂至，自谓是羲皇上人。”东篱自醉，谓对酒赏菊。陶潜《饮酒》诗有“采菊东篱下”句。 ⑥“须信”二句：言陶潜精神长存，富有生气。此借用《世说新语·品藻》篇庾道季语：“廉颇、蔺相如虽千载上死人，懔懔恒如有生气。”凛然：严肃貌，令人敬畏貌。 ⑦“吾侪”三句：言与陶潜心心相通，异代知音。吾侪（chái）：吾辈。高山流水：喻知音。《列子·汤问》载：“伯牙善鼓琴，钟子期善听。”伯牙鼓琴，寓情高山流水，惟钟子期最为知音。后以“高山流水”指知音或知己。 ⑧“富贵”三句：言即便他年为官富贵，如不能免俗，也应无味。富贵未免：用谢安语。谢安未仕前，弟兄有富贵者，倾动乡里。谢安妻刘夫人戏谓安曰：“大丈夫不当如此乎？”谢安曰：“但恐不免耳。”（见《世说新语·排调》篇）直饶：即使，纵然。⑨“甚东山”三句：谓谢安当年为苍生而东山再起。据《世说新语·排调》篇，谢安隐居东山，朝廷屡诏不出，时人因言：“安石不肯出，将如苍生何？”后出山入仕。甚：是。东山：指谢安。何事：为什么。苍生：黎民百姓。

【品评】

稼轩咏陶词，以此首对陶氏评价最高，体验最深。起笔“老来曾识”为饱经沧桑之言。梦见陶渊明，极写思慕景仰之情。耻为五斗米折腰，辞官归里，显现陶潜高风亮节。虽夏卧北窗，秋醉东篱，亦非浑身静穆，此中应别有深意。过变两句称颂陶翁精神永存，富有生气。继写与陶翁心境相通，当为异代知音。以下抒怀明志，宁田园而终，不同流合污；即便出山再仕，也志在为民，并不求个人荣华。

汉宫春

立春日①

春已归来，看美人头上，袅袅春幡。②无端风雨，未肯收尽余寒。③年时燕子，料今宵、梦到西园。④浑未办、黄柑荐酒；更传青韭堆盘。⑤　　却笑东风从此，便薰梅染柳，更没些闲。闲时又来镜里，转变朱颜。⑥清愁不断，问何人，会解连环？⑦生怕见、花开花落；朝来塞雁先还。⑧

【注释】

①此词作年无考。　②“春已”三句：谓从美人鬓发上的袅袅春幡，看到春已归来。春幡（fān）：古时风俗，立春日剪彩绸为花、蝶、燕等状，插妇女之鬓，或缀花枝，曰春幡，也名幡胜、彩胜。辛词《蝶恋花·戊申元日立春，席间作》起句：“谁向椒盘簪彩胜。”③“无端”二句：言虽已春归，仍有风雨送余寒。无端：平白无故。

④“年时”二句：燕子尚未归来，料今夜当梦回西园。年时燕子：指去年南来之燕。西园：汉都长安西郊有上林苑，北宋都城汴京西门外有琼林苑，都称西园，专供皇帝打猎和游赏。此指后者，以表示作者故国之思。 ⑤“浑未办”二句：谓自己愁绪满怀，无心置办应节物品。浑：全然。黄柑荐酒：黄柑酿制的腊酒。立春日用以互献致贺。更传：相互传送。更：调换之意。此句是“浑未办”的宾语。青韭堆盘：《四时宝鉴》谓：“立春日，唐人作春饼生菜，号春盘。”又一说，称五辛盘。《本草纲目·菜部》：“五辛菜，乃元旦、立春，以葱、蒜、韭、蓼蒿、芥辛嫩之菜和食之，取迎新之意，号五辛盘。”苏轼《立春日小集呈李端叔》：“辛盘得青韭，腊酒是黄柑。”此处本此。 ⑥“却笑”五句：言“东风”从此忙于装饰梅柳，闲来又到镜里，偷换人的青春容颜。薰梅染柳：谓东风得梅花飘香，柳丝泛绿。 ⑦“清愁”二句：清愁不断，如连环难解。《战国策·齐策》载，秦昭王遣使齐国，呈玉连环一串，群臣莫解。齐后以椎击破之，曰：环解矣。此处用以喻忧愁难解。 ⑧“生怕见”二句：言怕见花开花落，转眼春逝，而朝来塞雁却已先我还北。生怕：只怕。塞雁：去年由塞北飞来的大雁。

【品评】

此词以立春起兴而寄托国愁。起三句点题起兴，次二句喻时局未稳，气氛寒暄。燕梦西园，隐寓怀思故国；无心置办应节物品，足见词人忧郁盈怀，了无意绪。“却笑”五句，借“薰梅染柳”，嘲讽当局苟安享乐，致使爱国志士无地用武；“转变朱颜”、“清愁”二句承上“无端风雨”，感叹难解“连环”忧思。结韵回应“立春”词题，进一步抒写“清愁”，担忧时光飞逝，“塞雁先还”而人难还。这里倾注着无限乡国之思。

鹧鸪天

代人赋[①]

陌上柔桑破嫩芽，东邻蚕种已生些。[②]平冈细草鸣黄犊，斜日寒林点暮鸦。[③]　　山远近，路横斜，青旗沽酒有人家。[④]城中桃李愁风雨，春在溪头荠菜花。[⑤]

【注释】

①题为“代人赋”，实是自我抒怀。　②“陌上”二句：田埂上桑树冒出嫩芽，东邻家幼蚕已开始孵化。陌：田间小路。柔桑：细柔的桑枝。生些：指蚕种已有小部分孵化成幼蚕。　③“平冈”二句：平冈上嫩草鲜美，牛犊撒欢鸣叫；斜阳下疏林犹寒，归鸦飞来栖巢。暮鸦：黄昏中的归鸦。　④“山远近”三句：写山有远近，路段横斜，青旗飘处有酒店。青旗：即酒招，也称青帘，是卖酒的标志。　⑤“城中”二句：写城中桃李、田间荠菜风貌不同。荠菜：一种野菜，嫩茎叶可食。

【品评】

此词写田野初春之景，于清新疏淡中，充盈蓬勃生机，结韵尤为显著。柔桑嫩芽，幼蚕孵化，细草黄犊，寒林暮鸦，山峰有远近，路段相交叉，青旗飘扬，酒店人家，小景充满乡土气息，体现词人对农村的爱悦。结韵写城中桃李愁风畏雨，转眼即逝；溪头荠菜，顽强茁壮，春意常留。两相对照，可窥见词人厌弃官场、喜爱田园的情趣。

鹧鸪天

读渊明诗不能去手，戏作小词以送之。①

晚岁躬耕不怨贫，只鸡斗酒聚比邻。②都无晋宋之间事，自是羲皇以上人。③　　千载后，百篇存，更无一字不清真。④若教王谢诸郎在，未抵柴桑陌上尘。⑤

【注释】

①此词为颂陶之作。不能去手：不能离手，见其热爱陶诗。②“晚岁”二句：谓陶潜晚年躬耕田园，安于清贫，与邻里融洽无间。按陶潜有《庚戌岁九月中于西田获早稻》诗，备述农耕之乐，结句云：“但愿长如此，躬耕非所叹。”又其《归田园居》诗之五：“漉我新熟酒，只鸡招近局（近邻）。” ③“都无”二句：谓陶潜鄙薄晋宋现实，向往和平淳朴的上古社会。晋宋之间事：指东晋末年、刘宋初年，即陶潜生活的年代。时南北分裂，战乱不断，篡弑频起，动荡混乱。陶潜因此作《桃花源记》，幻想桃源中人竟“不知有汉，

无论魏晋”。此处化用其意。羲皇以上人：指上古以远之人。陶潜《与子俨等疏》：“常言五六月中，北窗下卧，遇凉风暂至，自谓是羲皇上人。” ④“千载后”三句：言陶诗以其清真而流传千秋。清真：清新纯真，指陶诗风格。 ⑤“若教”二句：谓陶潜归隐，高风亮节，远胜于王、谢诸郎。王谢诸郎：王、谢两家子弟。王、谢为东晋两大望族，其子弟以潇洒儒雅见称。未抵柴桑陌上尘：言王、谢诸郎也不如柴桑的尘土高洁。柴桑：在今江西省九江市西南。陶潜的故乡，陶潜晚年即归耕于此。

【品评】

此篇颂陶词，既颂其诗品，又颂其人品。先言其乐于躬耕，接近乡邻，人品高洁，并以远古人士相拟。次赞其诗作清新淡远，纯朴真挚，以此千载流芳。再以潇洒儒雅的王、谢诸郎陪衬，见其诗如其人，诗品之高洁，必源于人品之高洁。此词正体现了作者重视人品与文品的批评原则。

鹧鸪天

不 寐[①]

老病那堪岁月侵，霎时光景值千金。[②]一生不负溪山债，百药难治书史淫。[③] 随巧拙，任浮沉，人无同处面如心。[④]不妨旧事从头记，要写行藏入《笑林》。[⑤]

【注释】

①此词写夜深未眠的感想。 ②“老病”二句：言人老易病，时光珍贵。光景：指时光。 ③“一生”二句：谓一生喜爱游赏山水，读书成瘾入迷。不负溪山债：不欠山水债。书史淫：嗜书入迷。《晋书·皇甫谧传》：“谧耽玩典籍，忘寝与食，人谓之书淫。” ④“随巧拙”三句：言俗人随机应变，逐波浮沉，心地难测，各不相同。面如心：《左传·襄公三十一年》记子产的话：“人心之不同，如其面焉。” ⑤“不妨”二句：如写他们的生平行事，大可归入《笑林》一书。行藏：泛指生平行事。《笑林》：专写笑话的书。后汉、唐、宋三代都有《笑林》，皆佚，现仅存后汉邯郸淳所撰《笑林》三卷中的一卷。

【品评】

词写不寐时所思。上片自我抒怀明志。写年老珍惜时光，喜爱寄情山水，潜心研读诗书，着迷成瘾，秉性难移。下片由己及人，想到庸人世态。写俗人任凭巧拙，随俗浮沉，行藏各不相同，倘记述其事，大可编入《笑林》。词人以诙谐的笔调表明自我钟情山林、痴迷书史的性情，以犀利的语气嘲谑巧施心计、看风使舵的俗态。

鹧鸪天

欲上高楼去避愁，愁还随我上高楼。经行几处江山改，多少亲朋尽白头。[1]　　归休去，去归休，不成人总要封侯？[2]浮云出处元无定，得似浮云也自由。[3]

【注释】

①“经行”二句：写经行几处江山变化大，亲朋年长。　②归休：致仕归去。不成：反诘词，犹“难道”。　③“浮云”二句：谓浮云行踪无定，如似浮云，大可逍遥自由。元：同“原”。

【品评】

起笔极言愁之难避，对人如形影相随。三、四句倒叙生愁之由，江山易貌，亲朋白头，隐寓国势变迁，岁月流逝。过变连呼“归休”，意在表明自身从政非为功名，乃志在恢复。结处一物二喻，上句喻仕途如行云不定，辗转奔波，无可奈何；下句乘势翻进，言何如辞官归隐，得以真如浮云一样自由。全篇语意佳妙，抒发了词人犹豫徘徊的忧思。

玉楼春

三三两两谁家女，听取鸣禽枝上语。[1]提壶沽酒已多时，婆饼焦时须早去。[2]　　醉中忘却来时路，借问行人家住处。[3]只寻古庙那边行，更过溪南乌桕树。[4]

【注释】

①"三三"二句:写游女听鸟鸣犹如人语。 ②"提壶"二句:写鸟鸣声犹如人语。此言鸟鸣语意。提壶:鸟名,因啼声如"提壶"而得名。梅尧臣《禽言》诗:"提壶卢,沽酒去。"婆饼焦:亦是鸟名,因其鸣声如"婆饼焦"而得名。梅尧臣《禽言》诗:"婆饼焦,儿不食。" ③"醉中"二句:言有人醉酒迷路,却向行人询问自家居处。 ④"只寻"二句:为行人回答之语。或指殷勤指点词人归家之路。乌桕(jiù):一种树木。

【品评】

此词为农村小唱,清新活泼,诙谐幽默。上下两幅图景,相映成趣。上片是游女听禽图,三、四句隐括鸟鸣声而赋以人的语意,提醒游女勿贪玩忘归。情景贴切,运意新巧。下片为一人醉归问路图,醉忘归路,行人殷勤指点,问路者醉态可掬,指路者语气认真。醉客问路,是作者所见趣事,也可能是自身醉归,自我打趣,写来灵活可笑,令人解颐。

西江月

遣　兴[①]

醉里且贪欢笑,要愁那得功夫。[②]近来始觉古人书,信着全无是处。[③]　　昨夜松边醉倒,问松:"我醉何如?"[④]只疑松动要来扶，以手推松曰："去！"⑤

【注释】

①遣兴：遣发意兴之作。此为读书有感而作。　②"醉里"二句：言以酒解愁，醉里求欢。　③"近来"二句：谓近来方悟不能全信古书。两句意出于《孟子》。《孟子·尽心下》："尽信书，则不如无书。"孟子以为《尚书·武成》一篇记事不可尽信。此处借用其语，含意曲折，意谓古书多有"至理名言"，现今却行不通，无法信赖。这是对现实不满的激愤语。　④我醉何如：我醉得怎样？⑤"只疑"二句：显现词人性格倔强。暗用汉代龚胜事。《汉书·龚胜传》载，汉哀帝时，丞相王嘉被诬，龚胜以为举罪犹轻。夏侯常拟劝龚胜："胜以手推常曰：'去！'"此处借用龚胜语。

【品评】

全词以诙谐之笔发泄内心忧愤，通篇围绕"醉"字着笔。起笔言只有醉里才能欢笑免愁，进而说今人不按圣贤之言行事，古书岂能全信。下片承醉里寻欢，写醉后狂态，在松边与松对话，见松枝动摇，竟疑松来相扶，居然自逞倔强，以手推松，厉声呼"去"。醉憨神态，维妙维肖，活灵活现。

浪淘沙

山寺夜半闻钟①

身世酒杯中，万事皆空。[②]古来三五个英雄。雨打风吹何处是，汉殿秦宫？[③]　　梦入少年丛，歌舞匆匆。[④]老僧夜半误鸣钟。惊起西窗眠不得，卷地西风。[⑤]

【注释】

①此词为山寺夜半钟鸣惊醒后感怀而作。　②“身世”二句：言杯酒足以忘怀平生万事。　③“古来”三句：谓千古风雨声中，英雄无觅，秦宫汉殿何在？辛词《永遇乐·京口北固亭怀古》：“千古江山，英雄无觅，孙仲谋处。舞榭歌台，风流总被、雨打风吹去。”与此意同。　④“梦入”二句：写梦境。歌舞匆匆：形容忙于取乐。　⑤“老僧”三句：写闻钟醒后情景。误鸣钟：张继《枫桥夜泊》：“姑苏城外寒山寺，夜半钟声到客船。”欧阳修《六一诗话》引此二句说：“句则佳矣，其如三更不是撞钟时。”故辛词添一“误”字。

【品评】

词以“万事皆空”总摄全篇，充盈家国身世之感，风格荒凉沉郁。上片借怀古喟叹当今英雄少见，秦汉那种盛世难再。下片惋惜惟梦中方能再现少年盛事，闻钟梦觉，眼前只有猛烈的西风。实际隐寓当今国势危殆、少年壮志难伸的悲慨情悰。

南歌子

山中夜坐

世事从头减，秋怀彻底清。[①]夜深犹送枕边声，试问清溪底事，未能平？[②]　　月到愁边白，鸡先远处鸣。[③]是中无有利和名，因甚山前未晓，有人行？[④]

【注释】

①“世事”二句：言忘却世事，胸无尘埃，如秋水般清澈。从头减：彻底消失。　②“夜深”三句：深夜枕边传来溪水声响，试问清溪为何心不平静？底事：为什么。韩愈《送孟东野序》：“大凡物不得其平则鸣。”　③“月到”二句：言白月斜照愁人，鸡鸣惊醒愁人。④“是中”三句：言山村本无名利之争，因何天未明即有人奔忙。是中：这其中，指山村生活。

【品评】

此词写山中夜坐静思，对社会人生有所探索思考。下片写忘却世事，本可心里明净，但深夜溪水扰人，让人启动思绪，询问溪水为何鸣不平。下片写月引愁思，鸡妨人眠，目睹行人，进而询问僻壤穷乡本无名利相争，缘何有人辛苦早行？借此隐约显示：自然社会总在运行，山民不同于官场争名夺利，而是为家庭温饱辛勤早行。

武陵春

走去走来三百里，五日以为期。六日归时已是疑，应是望多时。　　鞭个马儿归去也，心急马行迟。不免相烦喜鹊儿，先报那人知。

【品评】

这是一首通俗的思妇词，颇富民歌风情。词将行人盼归的神态和心理，描绘得活灵活现。上片从家中思妇着笔，悬想夫人急盼行人归来的心和翘首遥望的神情。“五日以为期”，从《诗经·小雅·采绿》“五日为期，六日不詹（至）”化出。下片就客乡行人急归立意，鞭马见心急，“马行迟”更见心急不可待。结韵烦喜鹊报讯，设想奇妙，情物相切，小词爽畅宜人。

忆王孙

秋江送别，集古句。①

登山临水送将归。②悲莫悲兮生别离。③不用登临怨落晖。④昔人非。⑤惟有年年秋雁飞。⑥

【注释】

①此词为集古诗句送别友人之作，足见辛词体式多样。②“登山”句：《楚辞·九辩》：“憭栗兮若在远行，登山临水兮送将归。”　③“悲莫”句：《九歌·少司命》：“悲莫悲兮生别离，乐莫乐

兮新相知。” ④“不用”句：杜牧《九日齐山登高》诗：“但将酩酊酬佳节，不用登临怨落晖。” ⑤昔人非：苏轼《陌上花》诗：“陌上花开蝴蝶飞，江山犹是昔人非。” ⑥“惟有”句：李峤《汾阴行》：“不见只今汾水上，唯有年年秋雁飞。”

【品评】

集前人诗句表达送别情怀。首引屈原《楚辞·九辩》、《九歌·少司命》中语句，写秋江送别场景和感伤离别情怀；次引杜牧、苏轼、李峤等诗人诗句，写别后殷殷思念，感叹登临惆怅，人事变迁，雁归人不归。

水调歌头

和马叔度游月波楼[①]

客子久不到，好景为君留。[②]西楼着意吟赏，何必问更筹。[③]唤起一天明月，照我满怀冰雪，浩荡百川流。[④]鲸饮未吞海，剑气已横秋。[⑤]　野光浮，天宇迥，物华幽。[⑥]中州遗恨，不知今夜几人愁。[⑦]谁念英雄老矣，不道功名蕞尔，决策尚悠悠。[⑧]此事费分说，来日且扶头。[⑨]

【注释】

①此词为和友人游月波楼作。马叔度：稼轩友人，生平不详。月波楼：宋时有两个月波楼，一在黄州（今湖北黄冈），一在嘉禾（今浙江嘉兴）。不知词人所游何处。 ②“客子”二句：言风景美好，等待友人马叔度。 ③“西楼”二句：言一心吟赏风月，休管时间早晚。西楼：指月波楼。着意：专心。更筹：古时夜间计时的工具，此指时间。 ④“唤起”三句：言明月皎皎，照见我辈冰雪般纯洁的肝胆和百川奔涌似的浩荡胸怀。南宋初年爱国词人张孝祥《念奴娇》（洞庭青草）词：“应念岭表经年，孤光自照，肝胆皆冰雪。” ⑤“鲸饮”二句：言豪饮尚未尽兴，剑气已横贯秋空。鲸饮吞海：如长鲸吞海似地狂饮。杜甫《饮中八仙歌》：“饮如长鲸吸百川。”剑气：指剑光，古人谓宝剑能于深夜发出光芒，直冲云霄。据《晋书·张华传》载，张华看到斗、牛星之间常有紫气，向雷焕请教。雷焕说：这是宝剑光芒冲天，宝剑当在江西丰城地区。于是张华派雷焕为丰城令，前去寻剑，果然从地下觅得两剑。此以剑气喻志在复国建业的豪迈之气。 ⑥“野光浮”三句：言大地月光浮动，天空高远，景物清幽。天宇：天空。迥（jiǒng）：高远。物华：泛指美好景物。 ⑦“中州”二句：谓中原沦陷，今夜不知有多少爱国人士饮恨吞愁。中州：指当时沦陷的中原地区。 ⑧“谁念”三句：朝廷北伐遥遥无期，谁关念志士年渐老，而复国功业迟迟未就。不道：不料。蕞（zuì）尔：微小貌。决策：指北伐大计。⑨“此事”二句：谓此事一时难以说清，惟有继续借酒消愁。扶头：即扶头酒，一种最易醉人的酒。扶头：亦形容醉后状态。贺铸《南乡子》词：“易醉扶头酒，难逢敌手棋。”赵长卿《鹧鸪天》词：“睡觉

扶头听晓钟。”

【品评】

此词写秋夜登楼赏月之感。起四句平斜点题，言好景为待客而留，自身为好景而吟，不计时间。以下不言明月升空，却说唤起一轮明月，照见纯洁肝胆和浩荡奔涌的襟怀，显现词人豪放飘逸的风采。“鲸饮”二句更以夸张手法写出壮志凌云、不甘寂寞的气概，为下片抒愤设下伏笔。换头缘景而起，突出月色清幽高远，从而引发中原沉沦的忧思。“中州”二句翻出一篇主旨，思绪由壮而悲。接着虽是自我感叹，词锋却指向朝政。结拍归到来日扶头，与上片“鲸饮”遥相呼应，壮志难酬、悲愤填膺的激情贯串其中。

霜天晓角

赤　壁①

雪堂迁客，不得文章力。②赋写曹刘兴废，千古事，泯陈迹。③　望中矶岸赤，直下江涛白。④半夜一声长啸，悲天地，为予窄。⑤

【注释】

①赤壁：赤壁有二，均在湖北境内。一在今嘉鱼县东北江滨，有赤矶山，为当年孙、刘联军大破曹兵之地；一在今黄冈市，临江

有赤鼻矶。当年苏轼贬黄州曾游此赤壁,因地名相同起兴,写有著名的怀古词赋。此处所指当是苏轼笔下的黄州赤壁。按稼轩曾两次官湖北,并于江西、湖北两处调任频繁。故此词可能写于淳熙四年至六年(1177—1179)任职湖北期间。 ②"雪堂"二句:言苏轼未借文章之力青云直上,反因诗文招祸贬谪黄州。按苏轼以"乌台诗案"(谓其作诗"指斥乘舆"、"包藏祸心")贬黄州团练副使。雪堂:苏轼筑室于黄州东坡,取名雪堂。 ③"赋写"三句:谓苏轼当年在此赋写感叹曹、刘兴亡的词赋,而今千古历史遗迹已无踪影。按苏轼写有《念奴娇》(大江东去)赤壁怀古词和《前赤壁赋》,感叹三国兴亡。曹刘:指曹操和刘备。泯(mǐn):消灭。 ④"望中"二句:一眼望去,但见岸石尽赤,赤鼻矶直插白浪翻滚的江心。 ⑤"半夜"三句:半夜慨然长啸,天地为之生悲,并且变窄。含苏轼《前赤壁赋》"盖将自其变者而观之,则天地曾不能以一瞬"之意。

【品评】

此亦赤壁怀古词。因赤壁而怀苏轼,因苏轼为文遭贬而感叹人生不平,由苏轼怀古词、赋而引发千古兴亡之感。通篇隐涵江山依旧、英杰流逝、人生瞬息、功业渺茫之慨。将辛词"赤壁"与苏词"赤壁怀古"并读,可以感到苏词虽流露壮志难酬、自觉苍老之感,但善于自解自慰,以举酒赏月收煞;辛词则更多执著现实,耿耿国忧,故结处有长啸凄楚、天狭地窄之叹。由此足见东坡词偏于清雄超旷,稼轩词趋于沉郁悲壮。

诗　选

元　日[1]

老病忘时节，　空斋晓尚眠。[2]
儿童唤翁起，　今日是新年。

【注释】

①元日：阴历正月初一叫元日。　②空斋：书斋孤寂安静。

【品评】

这首诗题为“元日”，写节日生活闲散安逸，儿童早醒，忙于欢度新年。前联写年老嗜睡，后联写儿童喜玩。写来平易质朴，真切自然。

即事示儿

扫迹衡门下，[1]　终朝抱膝吟。[2]
贫须依稼穑，[3]　老不厌山林。
有酒无余愿，　因闲得此心。
西园早行乐，[4]　桃李渐成阴。

【注释】

①扫迹:谓谢绝交游。孔稚圭《北山移文》:“乍低枝而扫迹。”衡门:指住处简陋。《诗经·陈风·衡门》:“衡门之下,可以栖迟。” ②抱膝:指躬身静坐。 ③“贫须”句:指靠种地吃饭。陶潜《丙辰岁八月中于下潠田舍获》诗:“贫居依稼穑,戮力东林隈。”④西园:指带湖之园。稼轩《蝶恋花》(点检笙歌多酿酒)词有“蝴蝶西园,暖日明花柳”句,即指带湖西园。

【品评】

此诗向儿辈表达归隐田园的舒畅心境。首联言归休村野,专心治学;颔联写靠种庄稼维持生计,至老喜爱山林;颈联谓有酒消愁,心满意足,心里休闲宁静;尾联以桃李满园、乐趣无穷收结。诗语开口而出,清新爽畅。

和傅岩叟梅花二首[1]

其一

月澹黄昏欲雪时, 小窗犹欠岁寒枝。[2]
暗香疏影无人处,[3] 唯有西湖处士知。[4]

其二

灵均恨不与同时, 欲把幽香赠一枝。[5]
堪入《离骚》文字否? 当年何事未相知。[6]

【注释】

①傅岩叟：傅为栋，字岩叟，江西铅山人，曾为鄂州州学讲师。与稼轩来往甚密，彼此唱和颇多。 ②岁寒枝：指梅。竹、松、梅，以其经冬不凋，冒寒开花，称岁寒三友。 ③暗香疏影：指梅花。源自北宋诗人林逋《山园小梅》咏梅名句："疏影横斜水清浅，暗香浮动月黄昏。" ④西湖处士：指林逋。《宋史·隐逸传》载，林逋，字君复，杭州钱塘人。"结庐西湖之孤山，二十年足不及城市。"酷爱梅与鹤，终身不娶不仕，旧称"梅妻鹤子"。 ⑤"灵均"二句：恨不与屈原生于同时，否则将赠献梅花一枝，以表仰慕之意。灵均：屈原名平，字原；又名正则，字灵均。幽香：指梅花。唐人齐己《早梅》："风递幽香去，禽窥素艳来。" ⑥"堪入"二句：谓屈原《离骚》广载花草，何以未及梅花。李清照《鹧鸪天》(暗淡轻黄体性柔)词结句："骚人可煞无情思，何事当年不见收?"此处语意略同。

【品评】

此诗当作于罢居瓢泉时期。第一首赞赏梅花清雅高洁，惟爱梅之雅士方是其知音。第二首惋惜梅花生不逢时，未能获得骚人的识拔。诗中隐寓高雅人士难得机遇的思绪。

游武夷作棹歌呈晦翁十首(选二)[①]

其　一

一水奔流叠嶂开，　溪头千步响如雷。[②]
扁舟费尽篙师力，　咫尺平澜上不来。[③]

其　七

巨石亭亭缺啮多，　悬知千古也消磨。[④]
人间正觅擎天柱，　无奈风吹雨打何。[⑤]

【注释】

①武夷山：在福建武夷山市西南，相传有仙人降此山，自称武夷君，故名武夷山。其山绵亘百二十里，有三十六峰，三十七岩，溪流缭绕其间，凡九曲，可行竹筏。稼轩一度仕闽，并在罢职期主管武夷山麓之冲佑观。棹(zhào)歌：划船歌。晦翁：南宋理学家朱熹，字元晦，号晦庵，与稼轩私谊颇笃。　②"一水"二句：极言水势之急。急流奔涌，群山为之开裂，水石相激，千步之外，声响似雷。　③"扁舟"二句：言逆水行舟之艰。篙(gāo)师：撑篙的船夫。咫(zhǐ)尺：古时八寸曰咫，咫尺谓距离极短极近。平澜：波澜平静。　④"巨石"二句：言仙掌峰高耸，缺口很多，可见多年经受折磨。缺啮：被风雨消蚀的缺口。啮(niè)：用牙啃或咬。悬知：想来。　⑤"人间"二句：喻指国家栋梁遭受折磨。擎(qíng)天

柱：古代神话传说谓昆仑山有八柱擎天，后用以喻国家栋梁之才。

【品评】

《宋史·辛弃疾传》记载："弃疾尝同朱熹游武夷山，赋《九曲棹歌》。"游武夷所作棹歌共十首，这里选录两首。第一首写溪水奔涌，行船艰辛。景象逼真，让读者如临其境。第七首咏武夷山之仙掌峰。言山石经千古风雨消磨，有不少缺口，正如人间擎天柱，不知要经受几多磨难。言外寓意深沉，发人深省。这使人们想到：坚持复国的志士英杰，在当时迭遭困厄和打击。

鹤鸣亭独饮①

小亭独酌兴悠哉，　忽有清愁到酒杯。
四面青山围欲合，　不知愁自那边来。

【注释】

①鹤鸣亭：亭址不详，稼轩不少诗题都提及鹤鸣亭，估计亭址当在瓢泉居第附近。

【品评】

此诗写独饮小亭时思绪之流动变化，开始兴致悠闲自在，忽又清愁袭来。结二句写青山围合，不料愁思冲来，无法抵御。这说明作者退隐山林，虽处境清幽，但毕竟时势艰危，国愁难忘。

寿赵茂嘉郎中二首（选一）[1]

玉色长身白首郎，　当年麾节几甘棠。[2]
力贫活物阴功大，　未老垂车逸兴长。[3]
久矣如今太公望，　岿然真是鲁灵光。[4]
朝廷正尔尊黄发，　稳驾蒲轮觐玉皇。[5]

【注释】

①赵茂嘉：赵不遏字茂嘉，曾任江西提刑。庆元年间于铅山置兼济仓，平稳谷价，造福乡里。州府上报朝廷，诏任直秘阁，以示嘉奖。　②“玉色”二句：先描述友人色白身长年长，次称扬其政绩。麾节：旌旗与符节。甘棠：《诗经·召南》有《甘棠》，旧说为宣扬文王德政之作。后用“甘棠”作为对地方官的颂词。此处谓赵茂嘉多次受到颂扬。　③“力贫”二句：谓扶贫济民功德大，未及年迈即退休。阴功：即阴德。垂车：即悬车。《汉书·叙传下》：“身修国治，致仕县（悬）车。”《后汉书·党锢传·张俭》：“阖门悬车，不豫政事。”悬车：谓辞官家居。　④“久矣”二句：谓赵公犹当今的姜尚，其硕果巍然独存。太公望：周初人，名姜尚，年七十遇王，受到赏识。鲁灵光：宫殿名，汉景帝子鲁恭王所建，故址在今山东曲阜。《文选》卷十一载汉代王文考《鲁灵光殿赋·序》有“遭汉中微，盗贼奔突”，西京一些殿堂皆堕坏，“而灵光岿然独存”。后称硕果仅存的人或事物为鲁灵光。宋李曾伯《挽尤端明》诗：

“典型周大雅，人物鲁灵光。”岿(kuī)然：高大独立貌。⑤“朝廷”二句：谓朝廷尊重年迈人士，您将应诏觐见君王。《汉书·申公传》载：“上使使束帛加璧，安车以蒲裹轮，驾驷迎申公。”黄发：指高寿人。蒲轮：用蒲裹轮的车。觐(jìn)：朝见君王。玉皇：道家称上帝为玉皇，此借指宋宁宗赵扩。

【品评】

此诗为闲居瓢泉时作。诗借祝寿称颂赵氏政绩，激励他继续奋进立功。前两联赞扬他为官政绩卓著，特别致力于扶困济贫、造福乡里。后两联祝贺他老而弥坚，勉励其应诏入朝，当更有所为。

读《语》《孟》二首①

其一

道言不死真成妄， 佛语无生更转诬。②
要识死生真道理， 须凭邹鲁圣人儒。③

其二

屏去佛经与道书， 只将《语》《孟》味真腴。④
出门俯仰见天地， 日月光中行坦途。⑤

【注释】

①读《语》《孟》:即读孔丘的《论语》和孟轲的《孟子》,用以代指研读儒家学说。 ②"道言"二句:批驳道教、佛教有关生死的言论。不死:道教妄言炼丹服药及练功,可使人长生不死。无生:佛教谓万物实体无生无灭。《圆觉经》卷上:"一切众生于无生中妄见生灭。" ③"要识"二句:谓欲识人世生死之理,需依据孔孟儒学。邹:指孟子,孟子邹(今山东邹城)人。鲁:指孔子。孔子鲁国陬邑(今山东曲阜)人。按孔孟均有议论人生生死的名言。如《论语·卫灵公》:"志士仁人,无求生以害仁,有杀身以成仁。"《孟子·告子上》:"生亦我所欲也,义亦我所欲也;二者不可得兼,舍生而取义者也。" ④"屏去"二句:抛开佛道图书,专心品味《论语》、《孟子》。屏(bǐng):除去。真腴(yú):内蕴丰美的哲理。⑤"出门"二句:谓以儒学观物处世,前途光明顺畅。

【品评】

第一首驳议道教、佛教言论虚妄,提出要识人世生死之理,须依据孔孟儒学。第二首谓体味《论语》、《孟子》内蕴丰富的哲理,则可以观照天地人生,行进于光明的人生征途,一切通达无阻。这说明稼轩在哲学思想上虽受佛老影响,但他毕竟仍以儒学为宗。

偶 题(三首选二)

其 一

人生忧患始于名，　且喜无闻过此生。①
却得少年耽酒力，　读书学剑两无成。②

其 三

闲花浪蕊不知名，　又是一番春草生。③
病起小园无一事，　杖藜看得绿阴成。④

【注释】

①"人生"二句：上句泛论，下句谓己。无闻：无名于世。《论语·子罕》："四十五十而无闻焉，斯亦不足畏也已。" ②"却得"二句：谓少年沉溺于酒，文章武术均无成就。耽(dān)：沉溺。孟浩然《自洛之越》诗："遑遑三十载，书剑两无成。" ③"闲花"二句：谓花开草盛，春临人间。闲花浪蕊：韩愈《杏花》诗："浮花浪蕊镇长有。" ④"病起"二句：谓病起无事，拄杖游园。绿阴：杜牧《叹花》诗："狂风落尽深红色，绿叶成阴子满枝。"

【品评】

两诗偶题感喟。前首议论陈述，言名高望重，未必平静，自身嗜酒好闲，文武无成，将默默度此一生。后首对景抒情，写花开草长，春临人间，个人休闲无事，观赏小园绿树成阴。看似悠闲，实则沉郁牢骚之意隐寓其间。

偶 作

至性由来禀太和，　善人何少恶人多。①
君看泻水着平地，　正作方圆有几何。②

【注释】

①“至性”二句：言高尚性情禀承太和，善者较少。《世说新语·文学》篇：“殷中军问：‘自然无心于禀受，何以正善人少，恶人多?’诸人莫有言者，刘尹答曰：‘譬如写（泻）水著地，正自纵横流漫，略无正方圆者。’一时绝叹，以为名通。” ②方圆：规圆矩方，此喻循规蹈矩之人。几何：多少。

【品评】

诗感叹人世善者少、恶者多，并以水泻平地为喻，表达了欣喜善良、厌恶污浊的情悰。诗人身处国家动荡之际，时有报国之难的感叹，言为心声，此虽题“偶作”，然实为胸中长期的感受。

送剑与傅岩叟[①]

镆邪三尺照人寒，[②] 试与挑灯子细看。[③]
且挂空斋作琴伴， 未须携去斩楼兰。[④]

【注释】

①傅岩叟：傅为栋，字岩叟，江西铅山人，曾为鄂州州学讲师，与稼轩来往甚密，彼此唱和颇多。 ②镆邪：一作莫邪，古代宝剑名。相传春秋时吴人干将与其妻莫邪善铸剑。尝铸二剑，分别以干将、莫邪名之，献给吴王（见《吴越春秋·阖闾内传》四）。后以此作名剑代称。 ③“试与”句：稼轩《破阵子·为陈同甫赋壮词以寄之》：“醉里挑灯看剑，梦回吹角连营。”此处句意略同。 ④斩楼兰：斩杀敌酋。楼兰：汉时西域的鄯善国，在今新疆维吾尔族自治区鄯善县东南一带。西汉时，傅介子奉命前往，斩杀楼兰王，立功异域（见《汉书·傅介子传》）。后泛指侵扰西北地区之敌。王昌龄《从军行》：“黄沙百战穿金甲，不斩楼兰终不还。”此当指北方的金国。

【品评】

诗发英雄无地用武之慨。前联写名剑锐利，挑灯看剑，雄心勃勃。后联写宝剑挂空斋，无缘赴边杀敌。先扬后抑，貌似平静，实际壮志难酬、无地用武之忧愤喷薄而出。

江郎山和韵[1]

三峰一一青如削，[2] 卓立千寻不可干。[3]
正直相扶无倚傍， 撑持天地与人看。

【注释】

①江郎山：一名金纯山，又名须郎山，在今浙江江山南，拔地而起，高八百寻，江山即以此山得名。陆游有《过灵石三峰》诗云："奇峰迎马骇衰翁，蜀岭吴山一洗空。拔地青苍五千仞，劳渠蟠屈小诗中。" ②三峰：江郎山上有三峰。《东阳志》云："金纯山有三峰，悉数百丈，色丹夺目，不可仰视。" ③千寻：古代以八尺为一寻，千寻极言其高。干：冒犯。

【品评】

全诗极言江郎山之雄奇高大：三峰陡峭，卓立云端，毫无倚靠，撑持长天。从文字上看，辛诗似仅就"三峰"着力，但如若结合诗人生活经历细细品味，则不无托物言志之意。

送别湖南部曲[1]

青衫匹马万人呼，[2] 幕府当年急急符。[3]
愧我明珠成薏苡，[4] 负君赤手缚於菟。[5]
观书到老眼如镜， 论事惊人胆满躯。[6]
万里云霄送君去，[7] 不妨风雨破吾庐。[8]

【注释】

①部曲：部属。 ②"青衫"句：写部属领兵前进。青衫：唐代从九品小官的官服，其色青，此指所送部属。 ③"幕府"句：谓当年幕府曾下达紧急公文。幕府：古代大将行军在帐幕中设办公处称幕府，后亦指地方军政长官的官衙。急急符：紧急公文。陈师道《咸平读书堂》诗："不奉急急符。" ④"愧我"句：谓自己遭谗去职，感到愧疚。明珠成薏苡：即薏苡变明珠。薏苡(yì yǐ)：禾本科植物，味甘淡，性微寒。《后汉书・马援传》载：马援出征交趾归来，载回一车薏苡种子，后被人诬陷为带回一车明珠。因用薏苡成明珠，喻指蒙冤被谤。稼轩在湖南安抚使任上，曾兴修水利，并创置飞虎军，却因此被当朝权贵诬控为"聚敛扰民"。 ⑤赤手缚於菟：空手捉老虎，形容部属勇敢。於(wū)菟：虎的别称。《左传・宣公四年》："楚人……谓虎於菟。" ⑥胆满躯：全身是胆。写心胸开扩。苏轼《刁景纯席上和谢生》诗："毋多酌我公须听，醉后粗狂胆满躯。" ⑦万里云霄：祝对方前程远大。 ⑧"不妨"句：言自己何惧

风雨破庐。谓倔强不屈，不以罢黜归隐为怀。杜甫《茅屋为秋风所破歌》："安得广厦千万间，大庇天下寒士俱欢颜，风雨不动安如山。呜呼！何时眼前突兀见此屋，吾庐独破受冻死亦足。"此处化用其意。

【品评】

淳熙七年(1180)，辛弃疾在湖南安抚使任上，招募一千八百人，创置飞虎军。此诗是作者调离湖南时所作。起联以迅猛笔势，突现这位部属的英俊形象。幕府下达紧急军令，壮士在众兵呼啸中跨马疾驰。次联化用马援被诬事典，申明自己无奈遭谗，造成对方虽勇于赴敌，却难受奖励。一愧一负，见出作者关怀部属，不计自身荣辱。三联说好在自身到老尚能眼光如镜、义胆满躯。诗人的识度远大，胸襟磊落，跃然纸上。尾联落笔到送别之情，但愿阁下前程万里，而我则准备经受狂风暴雨的袭击。

全诗向部属倾诉肺腑，脉络分明，铿锵有力，充盈悲壮雄迈之气。

题鹤鸣亭三首

其一

种竹栽花猝未休，[1] 乐天知命且无忧。[2]
百年自运非人力， 万事从今与鹤谋。[3]
用力何如巧作奏， 封侯元自曲如钩。[4]
请看鱼鸟飞潜处， 更有鸡虫得失不？[5]

其　二

莫被闲愁挠太和，　愁来只用道消磨。[6]
随流上下宁能免，　惊世功名不用多。[7]
闲看蜂衙足官府，　梦随蚁斗有干戈。[8]
疏帘竹簟山茶碗，　此是幽人安乐窝。[9]

其　三

林下萧然一秃翁，　斜阳扶杖对西风。[10]
功名此去心如水，　富贵由来色是空。[11]
便好洗心依佛祖，　不妨强笑伴儿童。[12]
客来闲说那堪听，　且喜新来耳渐聋。[13]

【注释】

①猝(cù):突然。　②"乐天"句:《易·系辞上》:"乐天知命故不忧。"　③"百年"二句:谓人生万事非人力所能把握,从今惟与鹤为友。　④"用力"二句:斥小人以巧诈手段骗取权势。曲如钩:《后汉书·五行志一》:"顺帝之末,京都童谣曰:'直如弦,死道边;曲如钩,反封侯。'"　⑤"请看"二句:谓我今归隐山水,不再计较人间得失。鱼鸟飞潜:即鱼潜鸟飞,喻归隐山林。鸡虫得失:喻细小之得失。杜甫《缚鸡行》:"鸡虫得失无了时,注目寒江倚山阁。"　⑥"莫被"二句:谓莫被闲愁困扰,应用道德修养消散愁思。太和:指阴阳会和。《易·乾》:"保合太和,乃利贞。"　⑦"随流"

二句：谓难免顺随流俗，出色功名不须多。随流上下：《楚辞·卜居》："将泛泛若水中之凫，与波上下，偷以全吾躯乎？"此处化用其意。功名不用多：陈师道《送外舅郭大夫西川提点刑狱》诗："功名何用多，莫作分外虑。" ⑧"闲看"二句：谓静观官府如蜂窠一样，官员拥挤众多，好像梦中所见蚂蚁在争夺搏斗。蜂衙：陆游《青羊宫小饮赠道士》诗："小窗幽处听蜂衙。"蚁斗：《太平广记·淳于棼》载：淳于棼梦至大槐安国，被招赘为驸马，率师出征，梦觉，见槐树下与宅东檀树下各有蚁穴，方知梦中干戈乃与蚂蚁搏斗。⑨"疏帘"二句：写居处环境清凉，舒闲安乐。安乐窝：《宋史·邵雍传》载：宋儒邵雍隐居洛中，市宅耕田，悠闲自在，"名其居曰安乐窝，因自号安乐先生"。 ⑩"林下"二句：写自己在林中拄杖闲游。 ⑪"功名"二句：谓将功名视如流水，富贵本来亦是空。色是空：佛教认为有形之物为色，色亦是虚幻。《般若波罗蜜多心经》："色不异空，空不异色。色即是空，空即是色。" ⑫"便好"二句：谓正好洗掉尘心，师从佛祖，与儿童一同玩笑。洗心依佛祖：苏轼《送刘寺丞赴余姚》诗："老我人间万事休，君亦洗心从佛祖。"⑬"客来"二句：谓厌烦俗客谈论功名，好在年老耳亦聋。

【品评】

此诗当为晚年闲居瓢泉时期作。鹤鸣亭在铅山瓢泉居第附近。三首皆写隐居山林的悠闲生活和乐天知命的潇洒情趣。第一首前两联写种竹栽花，休闲忘忧，顺应自然，与鹤为友。三联嘲讽小人巧诈逢迎，骗取权势，末以自身游乐山林，不计得失收结。第二首首联提出莫让闲愁干扰心态平衡，应以道德修养消弭愁绪。二联、三联进一步申明既不随波逐流，也莫过多追求名利，冷眼静观众多官场的你争我夺、勾心斗角。末联表示以超脱那污浊世界为清雅安乐的归宿。第三首先写年老的自己在山林中扶杖闲游，悠闲自适。继言心境淡于功名，藐视富贵。最后谓洗却一切尘心，与儿童相伴游乐，厌与俗人相晤，休听其难堪的谈论。三诗写得超尘拔俗，清爽明快。

文　选

美芹十论

乾道乙酉进[①]

臣闻事未至而预图，则处之常有余；事既至而后计，则应之常不足。虏人凭陵中夏，[②]臣子思酬国耻，普天率土，[③]此心未尝一日忘。臣之家世，受廛济南，[④]代膺阃寄，[⑤]荷国厚恩。大父臣赞，[⑥]以族众拙于脱身，被污虏官，留京师，历宿亳，涉沂海，[⑦]非其志也。每退食，[⑧]辄引臣辈登高望远，指画山河，思投衅而起，以纾君父所不共戴天之愤。[⑨]尝令臣两随计吏抵燕山，[⑩]谛观形势，谋及未遂，大父臣赞下世。粤辛巳岁，逆亮南寇，[⑪]中原之民屯聚蜂起，臣尝鸠众二千，隶耿京，[⑫]为掌书记，与图恢复，共籍兵二十五万，纳款于朝。[⑬]不幸变生肘腋，[⑭]事乃大谬。负抱愚忠，填郁肠肺。官闲心定，窃伏思念：今日之事，朝廷一于持重以为成谋，虏人利于尝试以为得计，[⑮]故和战之权常出于敌，而我特从而应之。是以燕山之和未几而京城之围急，[⑯]城下之盟方成而两宫之狩远。[⑰]秦桧之和反以滋逆亮之狂。[⑱]彼利则战，倦则和，诡谲狙诈，[⑲]我实何有？惟是张浚符离之师粗有生气，[⑳]虽胜不虑败，事非十全，然计其所丧，方诸既和之后，投闲蹂躏，犹未若是之酷。[21]而不识兵者，徒见胜不可保之为害，而不悟夫和而不可恃为膏肓之大病，亟遂龂舌以为深戒。[22]臣窃谓恢复自有定谋，非符离小胜负之可惩，而朝廷公卿过虑、不言兵之可惜也。古人言不以小挫而沮吾大计，正以此耳。

恭惟皇帝陛下，聪明神武，灼见事几，[23]虽光武明谟，宪宗果断，所难比拟。[24]一介丑虏尚劳宵旰，[25]此正天下之士献谋效命之秋。臣虽至愚至陋，何能有知，徒以忠愤所激，不能自已，以为今日虏人实有弊之可乘，而朝廷上策惟预备乃为无患。故罄竭精恳，不自忖量，[26]撰成御戎十论，名曰《美芹》：其三言虏人之弊，其七言朝廷之所当行。[27]先审其势，次察其情，复观其衅，则敌人之虚实吾既详之矣；然后以其七说次第而用之，虏固在吾目中。[28]惟陛下留乙夜之神，沉先物之几，[29]志在必行，无惑群议，庶乎"雪耻酬百王，除凶报千古"之烈无逊于唐太宗。[30]典冠举衣以覆韩侯，[31]虽越职之罪难逃；野人美芹而献于君，亦爱主之诚可取。惟陛下赦其狂僭而怜其愚忠，斧锧余生实不胜万幸万幸之至。[32]

【注释】

①乾道乙酉进：即乾道元年(1165)所进献的力主抗金北伐的奏章。 ②虏人：指金人。凭陵中夏：指侵犯中原。中夏：指中原地区。 ③普天率土：指全国上下。《诗经·小雅·北山》："溥天

之下，莫非王土；率土之滨，莫非王臣。”溥：通“普”。 ④受廛（chán）：犹言世居。廛：古称一家所居之房地。 ⑤代膺（yīng）：担任。阃（kǔn）寄：即任以重要军职。 ⑥大父臣赞：指辛弃疾祖父辛赞，曾仕于北金。 ⑦“历宿亳”二句：经历各地。宿：今安徽宿州一带。亳（bó）：今安徽亳州一带。沂：沂州，今山东临沂一带。海：海州，今江苏连云港一带。 ⑧退食：指退朝还家进食，此指公余闲暇。 ⑨“思投衅”二句：想乘机起义以解国仇。投衅：伺机起事反金。纾（shū）：解除。 ⑩燕山：借指金都燕京，即今北京。 ⑪“粤辛巳岁”二句：自辛巳年金主南侵。辛巳岁：宋高宗绍兴三十一年（1161）。逆亮：金主完颜亮。 ⑫鸠：聚集。隶：旧属。耿京：山东济南人，抗金军首领，后为叛徒张安国等杀害。 ⑬纳款：归顺。 ⑭变生肘腋：谓内部发生兵变，指耿京被叛徒杀害。 ⑮“朝廷”二句：谓朝廷一味求稳重和平，而金人则乘机以战事要挟。 ⑯“是以燕山”句：谓北宋徽宗宣和四年（1123），宋与金在燕山签订屈辱协定，靖康元年（1126），金军南侵直逼汴京（今河南开封）城下。 ⑰两宫之狩远：指徽宗、钦宗父子被俘。靖康二年（1127）金军攻破汴京，俘徽宗、钦宗北去，北宋灭亡。两宫：指徽宗、钦宗。狩（shòu）远：君主远行狩猎，实指二帝被押送北上。 ⑱秦桧之和：宋高宗绍兴十一年（1141）由宰相秦桧主持，与金人签订“绍兴和议”。 ⑲诡谲（jué）狙（jū）诈：诡计多端，狡猾奸诈。 ⑳张浚：宋枢密使，抗金名将，秦桧执政时被逐。宋孝宗即位，张浚复出，并于隆兴元年（1163）出兵伐金。先小胜，后大败于符离，举国震惊。 ㉑“然计其”四句：谓符离虽败，然其所失，犹不如数次和议带给百姓的灾难更为惨重。蹂躏：

侵害、摧残。 ㉒“而不悟”二句：谓人们不知屈辱求和乃不治之症，以此符离败绩后便不敢言战。膏肓(huāng)之大病：指病情严重。齚(zé)舌：谓忍气吞声。 ㉓灼见事几：明察事机。 ㉔“虽光武”三句：借古代君王称颂宋孝宗。光武：东汉光武帝刘秀。明谟(mó)：善于谋划。宪宗：唐宪宗李纯。 ㉕“一介”句：言金主辛劳不安。宵旰(gàn)：宵衣旰食。旰：晚。 ㉖“故罄竭”二句：谓极尽忠悬，不自量力。罄(qìng)：尽。 ㉗“其三”二句：概述《十论》的内容。 ㉘“虏固”句：敌人难逃我们的视线。 ㉙“惟陛下”二句：希望皇帝保重精神，专注首先的事机。乙夜：夜间。㉚“庶乎”二句：谓雪耻除凶之功绩不逊于唐太宗。百王：指万代皇帝。烈：功绩。唐太宗：李世民，唐代功业显赫的君主。㉛“典冠”句：以典冠自喻。战国时韩国的韩昭侯醉而卧，典冠怕其受寒，举衣覆之。韩昭侯醒后惩罚了典冠(见《韩非子·二柄》和《论衡·幸偶》)。典冠：掌管帽子的官吏。 ㉜“惟陛下”二句：祈请皇帝赦免其罪，极感幸运。狂僭(jiàn)：狂妄地超越本分，指上文所称越职言事。斧锧(zhì)余生：指赦免死罪，死刑下的生命。斧锧：古代刑具，用以斩人。

【品评】

宋孝宗隆兴元年(1163)夏，张浚北伐，在符离(今安徽宿州)溃败后，统治者对恢复疆土失去信心和勇气。其时金人内部发生了政变，完颜亮南侵败亡，抗金义军群起。稼轩关切国家命运，于此危急存亡的紧要关头，上《美芹十论》给孝宗，对宋金对立形势，战争发展方向，抗金策略和战术，进行了详明分析。全文共分十个部分。本文为“引论”。先论析当前形势热点，陈述个人阅历，进而提出“不以小挫而沮吾大计”，力主抗金北伐。继之提纲挈领概述《十论》的内容；“其三言虏人之弊，其七言朝廷之所当行”。结论是预计伐金必胜。这篇引论实为《十论》之总纲。

审势第一[①]

用兵之道，形与势二。[②]不知而一之，则沮于形，眩于势，而胜不可图，且坐受其毙矣。何谓形？小大是也。何谓势？虚实是也。土地之广，财赋之多，士马之众，此形也，非势也。形可举以示威，不可用以必胜。譬如转嵌岩于千仞之山，[③]轰然其声，嵬然其形，[④]非不大可畏也，然而堑留木拒，未容于直，遂有能迂回而避御之，至力杀形禁，则人得跨而逾之矣。[⑤]若夫势则不然：有器必可用，有用必可济。譬如注矢石于高墉之上，[⑥]操纵自我，不系于人，有轶而过者，抨击中射惟意所向，[⑦]此实之可虑也。自今论之：虏人虽有嵌岩可畏之形，而无矢石必可用之势，其举以示吾者，特以威而疑我也；谓欲用以求胜者，固知其未必能也。彼欲致疑，吾且信之以为可疑；彼未必能，吾且意其或能；是亦未详夫形、势之辨耳。臣请得而条陈之：

虏人之地，东薄于海，西控于夏，南抵于淮，北极于蒙[⑧]，地非不广也；虏人之财，签兵于民而无养兵之费，[⑨]靳恩于郊而无泛恩之赏，[⑩]又辅之以岁币之相仍，[⑪]横敛之不恤，则财非不多也；沙漠之地马所生焉，射御长技人皆习焉，则其兵又可谓之众矣。以此之形，时出而震我，亦在所可虑，而臣独以为不足恤者，盖虏人之地虽名为广，其实易分，惟其无事，兵劫形制，若可纠合，一有惊扰，则忿怒纷争，割据蜂起。辛巳之变，萧鹧巴反于辽，[12]开赵反于密，魏胜反于海，王友直反于魏，耿京反于齐、鲁，[13]亲而葛王又反于燕，[14]其余纷纷所在而是，此则已然之明验，是一不足虑也。

虏人之财虽名为多，其实难恃，得吾岁币惟金与帛，可以备赏而不可以养士，中原廪窖，[15]可以养士，而不能保其无失。盖虏政庞而官吏横，常赋供亿，[16]民粗可支，意外而有需，公实取一而吏七八之，[17]民不堪而叛，叛则财不可得而反丧其资，是二不足虑也。

若其为兵，名之曰多，又实难调而易溃。且如中原所签、谓之大汉军者，[18]皆其父祖残于蹂践之余，田宅罄于搥剥之酷，[19]怨愤所积，其心不一；而沙漠所签者，越在万里之外，虽其数可以百万计，而道里辽绝，资粮器甲一切取办于民，赋输调发非一岁而不可至。[20]始逆亮南寇之时，皆是诛胁酋长、[21]破灭资产，人乃肯从，未几中道窜归者已不容制，则又三不足虑也。

又况虏廷今日用事之人，杂以契丹、中原、江南之士，[22]上下猜防，议论龃龉，[23]非如前日粘罕、兀术辈之叶，[24]且骨肉间僭弑成风。如闻伪许王以庶长出守于汴，私收民心，而嫡少尝暴之于其父，[25]此岂能终以无事者哉。我有三不足虑，彼有三无能为，而重之以有腹心之疾，是殆自保之不暇，何以谋人？

臣抑闻古之善觇人国者，[26]如良医之切脉，知其受病之处而逆其必殒之期，初不为肥瘠而易其智。[27]官渡之师，袁绍未遽弱也，曹操见之，以为终且自毙者，以嫡庶不定而知之。[28]咸阳之都，会稽之游，秦尚自强也，[29]高祖见之，以为当如是矣，[30]项籍见之，以为可取而代之者，以民怨已深而知之。[31]盖国之亡，未有如民怨、嫡庶不定之酷，虏今并有之，欲不亡何待。臣故曰"形与势异"。惟陛下实深察之。

【注释】

①此为《美芹十论》第一篇论文。 ②形与势二：指表面现象与内在实力不同。 ③"转嵌岩"句：大石从高山滚下。嵌(qiàn)岩：险峻的岩石。转：滚落。千仞(rèn)：极言其高，八尺为一仞。 ④嵬(wéi)然：高大貌。 ⑤"然而堑留"五句：写岩石滚落看似险峻，人并不难跨越。堑(qiàn)留木拒：指遇到沟壑树木阻挡，不容大石直滚。力杀形禁：力尽而停。 ⑥"譬如注矢石"句：就像从城墙上向下射箭掷石。墉(yōng)：城墙。 ⑦"有轶"二句：有来犯者，可随意抨击射杀。轶(yì)：侵越。 ⑧"东薄"四句：指金人占地较广。东靠大海，西接西夏，南到淮河，北近蒙古。西夏据有今宁夏、陕北、甘肃一带。 ⑨签兵：强迫壮男当兵。 ⑩"靳恩"句：谓取军饷于城郊而不散发。靳(jìn)：取。 ⑪岁币：指南宋向金国每年进贡的钱财。仍：接连不断。 ⑫辛巳之变：辛巳年，即宋绍兴三十年(1161)，是年金主完颜亮大举南侵，其后方发生政

变，前方军队叛乱，完颜亮被杀，金兵北归。萧鹧巴：金国大将，曾随完颜亮南侵；后归降南宋。辽：指辽国故址，在今河北、山西北部和内蒙古一带地域。 ⑬“开赵”四句：写起义军首领纷纷起义。开赵起义于密州（今山东诸城一带），魏胜起义于海州（今江苏连云港一带），王友直起义于魏州（治所在河北大名府），耿京起义于山东，影响较大，辛弃疾率众起义，当时曾归属耿京。 ⑭葛王反于燕：葛王，即完颜雍，辛巳年乘完颜亮大举南侵之际，发动政变，在辽阳自立为帝，即金世宗。燕：今河北北部地区。 ⑮廪窖（lǐn jiào）：粮仓。 ⑯供亿：供给。 ⑰“意外”二句：如有特殊征需，国家取一份，而官吏则索七八份之多。 ⑱中原所签：中原所征。 ⑲“田宅”句：谓其家庭受尽剥削。罄（qìng）：尽。搥剥：敲榨剥削。 ⑳赋输调发：指征发运输，调动军队。 ㉑诛胁酋长：诛杀胁迫头目。 ㉒契丹：契丹族，唐末建国称辽，北宋时为金所灭。 ㉓龃龉（jǔ yǔ）：本意上下齿不咬合，喻意见不合，彼此相恶。 ㉔粘罕：完颜宗翰本名粘没喝，汉语讹名粘罕。为金国大将，宋金战争中曾任西路元帅。兀术（wù zhú）：完颜宗弼本名斡啜，又作兀术，金太祖四子，宋金战争中屡屡挂帅领兵。叶：“协”的古文，和谐。 ㉕“如闻”三句：许王即完颜永中。据《金史·世宗诸子列传》，完颜永中为世宗庶长子，显宗完颜苏尼则为嫡少子。显宗早卒，应由其子章宗即位。永中深感不满，利用外任之机，收买民心，图谋王位。后被章宗察觉赐死。嫡：古时妻所生为嫡出，妾所生为庶出。 ㉖觇（chān）：观测、察看。 ㉗“知其”二句：谓良医不仅知其病在何处，并可预料其危亡之时，不会为病者表面的胖瘦而改变其诊断。殒（yǔn）：死亡。 ㉘“官渡”

四句：官渡一战，袁绍实力并不弱，因立嫡子还是庶子犹豫不决，导致袁氏兄弟间斗争，曹操见此以为其终将自毙。按建安五年(200)曹操于官渡(今河南中牟东北)击破袁绍军。 ㉙"咸阳"三句：谓当年秦始皇建都咸阳(今属陕西)、巡游会稽山(今浙江绍兴东南)时，十分强大。 ㉚"高祖"二句：《史记·高祖本纪》："高祖尝繇(徭)咸阳，纵观，观秦皇帝，喟然太息曰：'嗟乎，大丈夫当如此也。'"高祖：汉高祖刘邦。 ㉛"项籍见之"二句：谓项籍见秦始皇情事，认为可取而代之。项籍，字羽，即项羽。《史记·项羽本纪》："秦始皇帝游会稽，渡浙江，梁与籍俱观。籍曰：'彼可取而代也。'"梁：指项梁。

【品评】

本文讨论的中心是审时度势。先以"用兵之道，形与势二"立论，强调金人貌似强大，其实实力不足。进而提出三不足虑说：其地虽广，其实易分；其财虽富，其实难恃；其兵虽多，其实难调而易溃。再加内部上下猜防，政见不一，骨肉间残杀成风。结论是金人不足为虑。

察情第二[①]

两敌相持，无以得其情则疑，疑故易骇，骇而应之必不能详，有以得其情则定，定故不可惑，不可惑而听彼之自扰，则权常在我而敌实受其弊矣。[②]古之善用兵者，非能务为必胜，而能谋为不可胜，盖不可胜者乃所以徐图必胜之功也。我欲胜，彼亦志于胜，谁肯处其败？胜败之情战于中，而胜败之机未有所决，彼或以兵来，吾敢谓其非张虚声以耀我乎？彼或以兵遁，吾敢谓其非匿形以诱我乎？是皆未敢也。然则如之何？曰：“权然后知轻重，度而后知长短”，定故也；[3]“他人有心，予忖度之”，审故也。[4]能定而审，敌情虽万里之远，可坐察矣。今吾藏战于守，未战而常为必战之待；寓胜于战，未胜而常有必胜之理。[5]彼诚虚声以耀我，我以静应而不轻动；彼诚匿形以诱我，我有素备而不可乘；胜败既不能为吾乱，则固神闲而气定矣。然后徐以吾之心度彼之情，吾犹是，彼亦犹是，南北虽有异虑，休戚岂有异趣哉。[6]

虏人情伪，臣尝熟论之矣：譬如狞狗焉，[7]心不肯自闲，击之则吠，吠而后却；呼之则驯，驯必致啮。[8]盖吠我者忌我也，驯我者狎我也。[9]彼何尝不欲战，又何尝不言和，惟其实欲战而乃以和狎我，惟其实欲和而乃以战要我，此所以和无定论而战无常势也，尤不可以不察。[10]曩者兀术之死，[11]固尝嘱其徒使与我和，曰：“韩、张、刘、岳近皆习兵，恐非若辈所敌。”[12]则是其情真欲和矣，然而未尝不进而求战者，计出于忌我而要我也。[13]刘豫之废，亶尝虑无以守中原，则请割三京，亶之弑，亮尝惧我有问罪之师，则又谋割三京而还梓宫；[14]亮之殒，褒又尝缓我追北之师，则复谋割白沟河，以丈人行事我；[15]是其情亦真欲和矣，非诈也。未几，亶之所割，视吾所守之人非其敌，则不旋踵而复取之；亮之所谋，窥吾遣贺之使，[16]知其无能为，则中辍而萌辛巳之逆；[17]褒之所谋，悟吾有班师之失，无意于袭，则又反覆而有意外之请。[18]夫既云和矣而复中辍者，盖用其狎而谋胜于我也。

今日之事，揆诸虏情，是有三不敢必战，二必欲尝试。何以言之？空国之师，商鉴不远，[19]彼必不肯再用危道，万一猖獗，特不过调沿边戍卒而已，戍卒岂能必其胜？此一不敢必战也。海、泗、唐、邓等州，吾既得之，彼用兵三年而无成，[20]则我有攻守之士，而虏人已非前日之比，此二不敢必战也。契丹诸胡侧目于其后，中原之士扼腕于其前，令之虽不得不从，从之未必不反，此三不敢必战也。[21]

有三不敢必战之形，惧吾之窥其弱而绝岁币，则其势不得不张大以要我，此一欲尝试也。贪而志欲得，求不能充其所欲，心惟务于侥幸，谋不暇于万全，此二欲尝试也。

且彼诚欲战耶，则必不肯张皇以速我之备。[22]且如逆亮始谋南寇之时，刘麟、蔡松年一探其意而导之，则麟逐而松年鸩，恶其露机也。[23]今诚必战，岂欲人遂知之乎。彼诚不敢必战耶，贪残无义，忿不顾败，彼何所恤？以母之亲、兄之长，一忤其意，一利其位，亮犹弑之，[24]何有于我？况今沿海造舰，沿淮治具，包藏祸心，有隙皆可投，敢谓之终遂不战乎？大抵今彼虽无必敢战之心，而吾亦不可不防其欲尝试之举。彼于高丽、西夏，气足以吞之，[25]故于其使之至也，坦然待之而无他；惟吾使命之去，则多方腆鲜，曲意防备。[26]如人见牛羊未尝作色，而遇虎豹则厉声奋臂以加之，此又足以见其深有忌于我也。彼知有忌，我独无忌哉？我之所忌不在于虏欲必战，而在于虏幸胜以逾淮、[27]而遂守淮以困我，则吾受其病矣。（御之之术，臣具于《守淮》篇。）

昔者黥布之心，为身而不顾后，必出下策，薛公知之以告高祖，而布遂成擒。[28]先零之心，恐汉而疑罕幵，解仇结约，充国知之，以告宣帝，而先零自速败。[29]薛公、充国非有风角鸟占之胜、枯茎朽骨之技，亦惟心定而虑审耳。[30]朝廷心定而虑审，何情不可得，何功不可成！不求敌情之知而观彼虚声诡势以为进退者，[31]非特重困吾力，且失夫制胜之机为可惜。臣故曰："知敌之情而为之处者，绰绰乎其有余矣。"[32]

【注释】

①此为《美芹十论》的第二篇。　②"两敌"八句：意谓两敌相对，要在察情，情不明，容易惊骇失措，情明则心定不惑，稳操主动。　③"权然后知"三句：所引语出《孟子·梁惠王上》，谓凡事惟经权衡、度量方能知其轻重、长短。定故：定其原委。　④"他人"三句：前二句引自《诗经·小雅·巧言》。忖度(cǔn duó)：推测、估量。审故：详察事物之原由。　⑤"今吾"四句：谓守中藏必战之准备，战中含必胜之因素。　⑥"南北"二句：言南北双方虽思虑不同，然休戚利害之识大略相同。　⑦狞狗：恶狗。　⑧"呼之"二句：呼唤它，它作驯服状，看似驯服，却又咬人。啮(niè)：咬。　⑨狎(xiá)我：戏弄我。　⑩"惟其"四句：谓金人拟战却以和相诱，拟和则反以战要挟，敌人时战时和，无固定形势，必须详察。　⑪兀术：完颜宗弼，金太祖四子。　⑫韩、张、刘、岳：韩世

忠、张浚、刘锜、岳飞，皆南宋抗金名将。若辈：你辈。⑬忌我而要我：嫉恨我国、要挟我国。⑭"刘豫"六句：刘豫被废黜，完颜亶担心难守中原，请割让三京以归还，完颜亶被杀，完颜亮惧宋室兴师问罪，又谋划割三京还宋。刘豫：原任南宋济南知府，后降金助金攻宋失败，被金人废黜。三京：指西京河南、东京开封和南京应天府(今河南商丘)。梓(zǐ)宫：帝后所用棺木，此借指北宋徽、钦二帝之灵柩。⑮"褎又尝"三句：完颜雍又放缓南宋追北之师，谋划割白沟河，恭敬南宋。褎：即金世宗完颜雍。白沟河：今河北新城东。丈人行(háng)：长辈。⑯遣贺之使：指南宋派往金国祝贺的使臣。⑰中辍(chuò)：中止，指中止归还三京。辛巳之逆：指辛巳年(1161)完颜亮大举南侵事。⑱"褎之"四句：辛巳年，宋军采石矶大捷，完颜亮兵败被杀，宋军随即班师还朝，未乘胜追击，致使金军于隆兴年间再度南侵。意外之请：隆兴元年(1163)宋军符离一战大败，金军提出割地赔款要求，次年达成屈辱和议，史称"隆兴和议"。⑲"空国"二句：金人鉴于历史教训，岂敢空国南侵。商鉴：以商朝为鉴。周武王伐商，商纣王倾国之师与周大战于牧野，最终大败亡国。⑳"海、泗"三句：海、泗等州敌人攻取不成。海、泗：今江苏连云港和泗洪、泗阳一带。唐、邓：唐州、邓州，分别为今河南唐河上中游和丹江、湍河、白河流域一带。㉑"契丹"五句：谓金人有契丹诸胡掣肘，有后顾之忧。契丹：契丹族，原为辽。扼腕：表示激怒。㉒"不肯张皇"句：谓金人不肯扩大声势，加速我方的战备。㉓"且如逆亮"四句：刘麟、蔡松年皆降金之臣，完颜亮图谋南侵时，刘、蔡探知其谋而顺意引导，完颜亮恨其泄露机密，逐刘杀蔡。松年鸩(zhèn)：松年被毒死。　㉔“以母”四句：写完颜亮残杀亲人。据《金史·熙宗本纪》，皇统九年，完颜亮杀兄熙宗完颜亶于寝宫，自己称帝。又据《金史·海陵本纪》，正隆六年，完颜亮以谏伐宋，弑皇太后徒单氏于宁德宫。忤(wǔ)：违背。　㉕“彼于”二句：谓金对高丽、西夏很为轻视。高丽：地在今朝鲜半岛。西夏：西夏国，地在今宁夏、陕北、甘肃西北部及内蒙古西部一带。　㉖“惟吾”三句：谓我方派使者赴金，金人则审慎应对。腆(tiǎn)鲜：支吾。　㉗ 逾淮：越过淮河。　㉘“昔者黥布”五句：借黥布事说明叛徒必亡。黥(qíng)布：即英布，因曾犯法被黥面，故称黥布。汉初因功封淮南王，后据地叛敌。谋士薛公谓英布叛乱，本有上、中、下三策可取，但因其只为自身，“不顾后为百姓万世虑”，故必取下策，并告之高祖刘邦，英布终兵败被杀(见《史记·黥布列传》)。　㉙“先零”六句：先零与罕开均为西羌族的分支。西汉大将赵充国知先零猜忌罕开，遂请汉宣帝刘询与罕开解仇缔约，终于加速了先零的失败(事见《汉书·赵充国传》)。　㉚“薛公”三句：借薛公、赵充国说明思虑周密的重要。风角、鸟占：古代两种占卜术。《后汉书·郎颉传》注云：“风角谓候四方四隅之风，以占吉凶也。”鸟占则是观察鸟之飞鸣，附会人物，以占吉凶。枯茎朽骨：枯茎即蓍草，朽骨即龟甲，皆古时卜筮用具，亦称“蓍龟”。　㉛“而观彼”句：观察其虚伪欺诈的宣传和形势而决定我方的进退。　㉜“知敌”二句：深知敌情而后相应行动，则能绰有余力。

【品评】

本文主旨是察情，即了解敌情。先谈敌我对峙，必须了解分析敌情，进而论析虏人言和欲战、谋略欺诈。以下窥察虏情，提出金人有“三不敢必战”和“二必欲尝试”。三不敢必战者：一、惟调边卒，而不敢空国之师南侵。二、海泗诸州收复，我有能攻善守之士。三、契丹掣肘，敌有后顾之忧。二必欲尝试者：一、惧吾之窥其弱而绝岁币。二、贪婪成性而又图侥幸取胜。结论则是察情而处，必绰有余力以对。

观衅第三[①]

自古天下离合之势常系乎民心，民心叛服之由实基于喜怒。喜怒之方形，视之若未有休戚，喜怒之既积，离合始决而不可制矣。[②]何则？喜怒之情，有血气者皆有之：饱而愉，暖而适，遽使之饥寒则怨；仰而事，俯而育，[③]遽使之捐弃则痛；冤而求伸，愤而求泄，至于无所控告则怒；怨深痛钜而怒盈，服则合，叛则离。秦汉之际，离合之变，于此可以观矣。秦人之法惨刻凝密，[④]而汉则破觚为圆，[⑤]与民休息，天下不得不喜汉而怒秦。秦人则役繁赋重不恤，[⑥]而汉则宽仁大度，务从简约，天下不得不喜汉而怒秦。怒之方形，秦自若也，怒之既积，则喜而有所属，[⑦]秦始不得自保，遂离而合于汉矣。

方今中原之民，其心果何如哉？二百年为朝廷赤子，[⑧]耕而食，蚕而衣，富者安，贫者济，赋轻役寡，求得而欲遂。[⑨]一染腥膻，[⑩]彼视吾民如晚妾之御嫡子，爱憎自殊，不复顾惜。方僭割之时，[⑪]彼守未固，此讻未定，[⑫]犹勉强姑息以示恩，时肆诛戮以贾威；[13]既久稍玩，[14]真情遂出，分布州县，半是胡奴，[15]分朋植党，[16]仇灭中华。民有不平，讼之于官，则胡人胜而华民则饮气以茹屈；[17]田畴相邻，[18]胡人则强而夺之；孳畜相杂，[19]胡人则盗而有之；民之至爱者子孙，签军之令下则贫富不问而丁壮必行；[20]民之所惜者财力，营筑馈饷之役兴则空室以往而休息无期；[21]有常产者困窭，无置锥者冻馁。[22]民初未敢遽叛者，犹徇于苟且之安，而怵于积威之末。[23]辛巳之岁相挺以兴，[24]矫首南望、思恋旧主者，怨已深，痛已巨而怒已盈也。逆亮自知形禁势格，巢穴迥遥，恐狂谋无成而窜身无所，故疾趣淮上，[25]侥幸一胜，以谋溃中原之心而求归也。此机不一再，[26]而朝廷虑不及此，中原义兵寻亦溃散。[27]吁，甚可追惜也。

今而观之，中原之民业尝叛虏，虏人必不能释然于其心，[28]而吾民亦岂能自安而无疑乎。疑则虑患深、操心危，是以易动而轻叛。[29]朝廷未有意于恢复则已；诚有意焉，莫若于其无事之时，张大声势以耸之，使知朝廷偃然有可恃之资；[30]存抚新附以诱之，[31]使知朝廷有不忘中原之心；如是则一旦缓急，[32]彼将转相告谕，翕然而起，[33]争为吾之应矣。

又况今日中原之民，非昔日中原之民：曩者民习于治而不知兵，[34]不意之祸如蜂虿作于怀袖，[35]知者不暇谋，勇者不及怒。[36]自乱离以来，心安于斩伐而力闲于攻守，[37]虏人虽暴，有王师为之援，民心坚矣。冯妇虽攘臂，其为士笑之。[38]孟子曰："为汤武驱民者，桀与纣也。"[39]臣亦谓今之中原离合之衅已开，虏人不动则已，诚动焉，是特为陛下驱民而已。惟静以待之，彼不亡何待。

【注释】

①此为《美芹十论》第三篇。 ②"喜怒"四句：喜怒之初起，似无关紧要，然积累既深，离合势态已成，则无可控制了。休戚：喜乐与忧愁。 ③仰而事，俯而育：上事父母，下育子女。 ④惨刻凝密：苛刻而严密。 ⑤破觚为圆：《史记·酷吏列传》："汉兴，破觚而为圜，斫雕而为朴。"意为改棱角而为光圆，喻破除严刑峻法。觚(gū)：古代多角的棱形器物。 ⑥役繁赋重不恤：劳役赋税繁重，不体恤百姓。 ⑦喜而有所属：谓民心欣喜有所倾向。即指反秦拥汉。 ⑧二百年：指宋朝开国至今二百余年。赤子：百姓。 ⑨求得而欲遂：谓生活欲求可以满足。 ⑩一染腥膻：指中原地区为金人占领。腥膻(shān)：对金人的鄙称。 ⑪僭割：超越本分，割据领土。指金人入主中原。 ⑫讻(xiōng)：祸乱、动乱。 ⑬"犹勉强"二句：勉强宽容以示恩惠，有时也大肆杀戮以示威吓。贾(gǔ)：谋求。 ⑭稍玩：渐习惯，轻慢。 ⑮"分布"二句：谓州县官员，一半由金人充任。 ⑯分朋植党：相互勾结，结党营私。 ⑰饮气以茹屈：忍气吞声，蒙冤受屈。茹：吃。 ⑱田畴(chóu)：田野。谷地为田，麻地为畴。 ⑲孳(zī)畜：指家禽家畜。孳：繁殖，滋生。 ⑳签军：征兵。 ㉑营筑馈(kuì)饷：营造官舍，运送军饷。空室：倾家而出。 ㉒困窭(jù)：贫困。无置锥：无立锥之地，极言贫困。馁：饥饿。 ㉓徇(xùn)：曲从。诛

(xù):害怕。通“怵”。 ㉔辛巳之岁:即宋绍兴三十一年(1161),是年金主完颜亮大举南侵,因其军叛乱,完颜亮被杀。相挺以兴:指中原人民纷纷起义反金。 ㉕逆亮:指金主完颜亮。形禁势格:受形势的阻难和限制。迥(jiǒng)遥:遥远。狂谋:狂妄谋划,指大举南侵事。疾趣(qū):急忙赶到。趣:通“趋”。 ㉖机不一再:时机不复再遇。 ㉗寻:不久,随即。 ㉘释然:消除疑虑。㉙易动而轻叛:易生动乱和反叛。 ㉚耸之:使之惊动。偃然:安然。可恃:可依靠。 ㉛存抚新附:慰勉新归附之人。 ㉜缓急:急事,此指南宋北伐。 ㉝翕(xī)然:聚集。 ㉞曩(nǎng):以前,往昔。治:指和平安定。兵:战乱。 ㉟虿(chài):蝎类毒虫。㊱“知者”二句:智者不及谋划应对,勇者不及怒而反抗。 ㊲“心安”句:心理上已适应战争,并熟悉于攻守。闲:通“娴”,熟悉。㊳“冯妇”二句:《孟子·尽心下》:“晋人有冯妇者,善搏虎,卒为善士。则之野,有众逐虎,虎负嵎,莫之敢撄。望见冯妇,趋而迎之。冯妇攘臂下车,众皆悦之,其为士者笑之。”后即以“冯妇”称重操旧业者,此借指金人重开战争,再次南侵。攘臂:挽袖出臂,表示振奋。 ㊴“孟子”三句:语出《孟子·离娄上》。汤武:成汤和周武王,分别是夏朝和商朝的两位贤君。桀纣:桀王和纣王,分别为夏朝和商朝的两位暴君。

【品评】

观衅(xìn),意为观察嫌隙,此指中原地区金统治者与广大汉民之间的矛盾和仇恨。文章以“天下离合之势常系乎民心”立论,即以人民向背定战争胜负和国家兴衰。作者指出中原人民备受欺榨，“怨深痛巨而怒盈”，一旦王师北伐，“彼将转相告谕，翕然而起，争为吾之应矣”。据此，“虏人不动则已，诚动焉，是特为陛下驱民而已”。

自治第四[①]

臣闻今之论天下者皆曰：“南北有定势，吴楚之脆弱不足以争衡于中原。”[②]臣之说曰：“古今有常理，夷狄之腥秽不可以久安于华夏。”[③]

夫所谓南北定势者，粤自汉鼎之亡，天下离而为南北，吴不能以取魏，而晋卒以并吴，[④]晋不能以取中原，而陈亦终于毙于隋；[⑤]与夫艺祖皇帝之取南唐、取吴越，[⑥]天下之士遂以为东南地薄兵脆，将非命世之雄，[⑦]其势固至于此。而蔡谟亦谓：“度今诸人，必不能办此，吾见韩卢、东郭毚俱毙而已。”[⑧]

臣以谓吴不能以取魏者，盖孙氏之割据，曹氏之猜雄，其德本无以相过，而西蜀之地又分于刘备，虽愿以兵窥魏，势不可得也。[⑨]晋之不能取中原者，一时诸戎皆有豪杰之风，晋之强臣方内自专制，拥兵上流，动辄问鼎，自治如此，何暇谋人？[⑩]宋、齐、梁、陈之间，其君臣又皆以一战之胜蔑其君而夺之位，其心盖侥幸于人之不我攻，而所以攻人者皆其自固也。[⑪]至于南唐、吴越之时，适当圣人之兴，理固应尔，无足怪者。[⑫]由此观之，所遭者然，非定势也。

且方今南北之势，较之彼时亦大异矣：地方万里而劫于夷狄之一姓，[13]彼其国大而上下交征，[14]政庞而华夷相怨，平居无事，亦规规然模仿古圣贤太平之事以诳乱其耳目，是以其国可以言静而不可以言动，其民可与共安而不可与共危，非如晋末诸戎四分五裂，若周秦之战国，唐季之藩镇，[15]皆家自为国，国自为敌，而贪残吞噬、剽悍劲勇之习纯用而不杂也。[16]且六朝之君，[17]其祖宗德泽涵养浸渍之难忘，而中原民心眷恋依依而不去者，[18]又非得为今日比。臣故曰："较之彼时，南北之势大异矣。"

当秦之时，关东强国莫楚若也，而秦楚相遇，动以数十万之众见屠于秦，君为秦虏而地为秦墟。[19]自当时言之，是南北勇怯不敌之明验，而项梁乃能以吴楚子弟驱而之赵，救钜鹿，破章邯，诸侯之军十余壁皆莫敢动，观楚之战士无不一当十，诸侯之兵皆人人惴恐，[20]卒以坑秦军，入函谷，焚咸阳，杀子婴，[21]是又可以南北勇怯论哉？方怀王入秦时，楚人之言曰："楚虽三户，亡秦必楚。"[22]夫彼岂能逆知其事之必至于此耶？盖天道好还，亦以其理而推之耳。故臣直取古今常理而论之。

夫所谓古今常理者：逆顺之相形，盛衰之相寻，如符契之必同，[23]寒暑之必至。今夷狄所以取之者至逆也，然其所居者亦盛矣。以顺居盛，犹有衰焉，以逆居盛，固无衰乎？臣之所谓理者此也。不然，裔夷之长而据有中夏，子孙又有泰山万世之安，古今岂有是事哉！[24]今之议者，皆痛惩往者之事，而劫于积威之后，不推项籍之亡秦，而猥以蔡谟之论晋者以借口，[25]是犹怀千金之璧，不能斡营低昂而摇尾于贩夫；[26]惩蝮蛇之毒，不能详核真伪而褫魄于雕弓，[27]亦已过矣。故臣愿陛下姑以光复旧物而自期，不以六朝之势而自卑，精心强力，日与二三大臣讲求古今南北之势，知其不侔而不为之惑，[28]则臣固当为陛下言自治之策。

今之所以自治者不胜其多也：官吏之盛否，民力之忧困，财用之丰耗，士卒之强弱，器械之良苦，边备之废置，此数者皆有司之事，陛下亦次第而行之，臣不能悉举也。顾今有大者二，陛下知之而未果行、大臣难之而不敢发者，一曰绝岁币，二曰都金陵。臣闻今之所以待虏，以缗计者二百余万，[29]以天下之大而为生灵社稷计，曾何二百余万之足云，臣不为二百余万缗惜也。钱塘、金陵俱在大江之南，而其形势相去亦无几矣，岂以为是数百里之远而遽有强弱之辨哉，臣不为数百里计也。然而绝岁币则财用未可以遽富，都金陵则中原未可以遽复，是三尺童子之所知，臣之区区以是为言者，盖古之英雄拨乱之君，[30]必先内有以作三军之气，外有以破敌人之心，故曰"未战养其气"，又曰"先人有夺人之心"。今则不然：待敌则恃欢好于金帛之间，立国则借形势于湖山之险，望实俱丧，[31]莫此为甚。使吾内之三军习知其上之人畏怯退避之如此，以为夷狄必不可敌，战守必不可恃，虽有刚心勇气亦销铄委靡而不振，[32]臣不知缓急将谁使之战哉。借使战，其能必胜乎？外之中原民心以为朝廷置我于度外，谓吾无事则知自备而已，有事则将自救之不暇，向之袒臂疾呼而促逆亮之毙、[33]为吾响应者，它日必无若是之捷也。如是则敌人将安意肆志而为吾患。今绝岁币、都金陵，其形必至于战，天下有战形矣，然后三军有所怒而思奋，中原有所恃而思乱，陛下间取其二百余万缗者以资吾养兵赏劳之费，岂不为朝廷之利乎。然此二者在今日未可遽行。臣观虏人之情，玩吾之重战，[34]而所求未能充其欲，不过一二年必以战而要我，苟因其要我而遂绝之，则彼亦将自沮，[35]而权固在我矣。

议者必曰："朝廷全盛时，西、北二虏亦不免于赂，[36]今我有天下之半，而虏倍西、北之势，虽欲不赂得乎？"臣应之曰："是赵之所以待秦也。"昔者秦攻邯郸而去，赵将割六县而与之和，虞卿曰："秦之攻赵也，倦而归乎？抑其力尚能进、且爱我而不攻乎？"王曰："秦之攻我也，不遗余力矣，必以倦而归矣。"虞卿曰："秦以其力，攻其力所不能取，倦而归，王又以其力之不能攻以资之，是助秦自攻也。"[37]臣以为虞卿之所以谋赵者，是今日之势也。且今日之势，议者固以东晋自卑矣，求之于晋，彼亦何尝退金陵、输岁币乎？

臣窃观陛下圣文神武同符祖宗，必将陵跨汉唐，[38]鞭笞异类，然后为称，岂能郁郁久居此者乎？臣愿陛下酌古以御今，[39]毋惑于纷纭之论，则恢复之功可必其有成。

古人云："谋及卿士，谋及庶人。"[40]又曰："作屋道边，三年不成。"[41]盖谋贵众，断贵独，惟陛下深察之。

【注释】

①此为《美芹十论》第四篇。 ②吴楚：指南方。吴：指古代吴国之地，在今江苏南部、安徽西部、浙江北部一带。楚：指古代楚国之地，今长江中下游一带。争衡：较量胜负。 ③“夷狄”句：谓外来入侵者不能久据中原。夷狄：古时对边疆少数民族的贬称。腥秽(huì)：污浊。 ④“粤自”四句：东汉亡于魏蜀吴鼎足三分，南北分裂后，吴未能灭魏，而最后却为雄踞中原的西晋所吞并。粤：助词。 ⑤晋：指移都建康(今南京)的东晋。东晋偏安江南，无力北伐统一中国。陈：南朝最后一个王朝，终为隋所灭，隋结束南北朝长期分裂，完成统一大业。 ⑥艺祖皇帝：开国之君。此指宋太祖赵匡胤削平五代十国，再次结束南北分裂，一统天下。南唐：五代十国之一，建都金陵(今南京)。吴越：五代十国之一，建都杭州。 ⑦命世之雄：当世著名英雄。 ⑧蔡谟：东晋人，康帝时官侍中、司徒。韩卢：战国时韩国所产黑色良犬，善跑。东郭㕙(cūn)：传说中善跑的兔。㕙：或作“逡(jùn)”。《战国策·齐策》：“韩子卢逐东郭逡，环山者五，腾山者五，兔极于前，犬疲于后，犬兔俱罢，各死其处。”此用以比喻争权夺势的小人。 ⑨“臣以谓吴不能”七句：谓吴不能取魏，是由于魏蜀吴鼎足而立，力量相当。孙氏：指吴之孙权。曹氏：指魏之曹操。猜雄：善猜测具雄才。 ⑩“晋之”七句：谓东晋不能恢复中原，是因为中原有诸胡争雄称王，而东晋内部则有大臣专权，且不无夺位野心。诸戎：即西晋末年以来中原地区的五胡十六国。问鼎：喻争夺帝位。⑪“宋、齐”四句：谓宋、齐、梁、陈四朝但求自固，无一统天下之志。宋、齐、梁、陈：继东晋王朝顺次而立的四代王朝，均建都金陵，史

称南朝。 ⑫“至于南唐”四句:谓宋灭南唐、吴越,乃常理之必然。南唐、吴越:晚唐五代十国中的两国。圣人:此指宋太祖赵匡胤。 ⑬劫于夷狄之一姓:即遭受女真一族(即金国)之劫难。⑭上下交征:上下互相征伐。 ⑮晋末诸戎:指西晋末年之五胡十六国。周秦之战国:周朝与秦朝之间七雄争霸的战国时代。唐季之藩镇:唐末藩镇割据、各自为政的时代。 ⑯“家自为国”三句:谓以家族立国,各国互相敌对,贪残凶猛。吞噬(shì):吞并。剽(piāo)悍:凶猛。 ⑰六朝:三国时期吴国以及东晋和其后的宋、齐、梁、陈,都占领南土,并建都建康,史称六朝。 ⑱“其祖宗”句:言其祖宗的恩惠修养影响深远。 ⑲关东:指函谷关以东地区,为战国时代与秦抗衡的六国所在地。秦楚相遇:指公元前223年秦楚之战,当时楚败,楚王被虏,楚遂亡。 ⑳“而项梁”六句:项梁是楚将项燕之子,项羽之叔,秦末起兵反秦,立楚怀王之孙为王,后战败,为秦将章邯所杀。章邯乘胜攻赵,项羽率军援赵,大破秦军于钜鹿(今河北平乡)。“诸侯军救钜鹿下者十余壁(军垒),莫敢纵兵,及楚击秦,诸将皆从壁上观。楚军士无不以一当十,楚军呼声动天,诸侯军无不人人惴恐。”(见《史记·项羽本纪》) ㉑“卒以”四句:据《史记·项羽本纪》,钜鹿之战后,项羽“坑秦卒二十余万人于新安(今河南渑池东)城南”。“引兵西屠咸阳,杀秦降王子婴,烧秦宫室,火三月不灭。” ㉒“方怀王”四句:怀王即楚怀王,名槐,被秦昭襄王诱骗入秦,扣留不放,死于秦。《史记·项羽本纪》载:“自怀王入秦不返,楚人怜之至今,故楚南公曰:‘楚虽三户,亡秦必楚。’” ㉓符契:犹符节,古用作凭证之信物。 ㉔“裔夷”三句:谓自古至今,从无边族侵占中原而又传世万代安如泰山之事。 ㉕猥：曲，苟且。 ㉖“虽犹怀”二句：犹如怀千金之璧，却不识价值高低，而贱价乞卖于小贩。斡（guǎn）营：指买卖经营。 ㉗“惩蝮蛇”二句：谓一旦被毒蛇咬后，不能辨别真伪而丧魂落魄。褫（chǐ）魄：落魄，形容恐惧。雕弓：即“杯弓蛇影”，喻自我惊恐、疑虑。 ㉘不侔（móu）：不相等。 ㉙缗（mín）：缗钱，用绳穿连成串的钱币。 ㉚拨乱：治理乱世。 ㉛望实俱丧：名声与实际俱已丧失。 ㉜销铄（shuò）：销熔，消失。 ㉝袒臂疾呼：袒露臂膀，大声呼叫。此形容中原人民起事反金。 ㉞玩吾：体味我方。 ㉟自沮（jǔ）：自己沮丧、失望。 ㊱“朝廷”二句：言北宋时代国力强盛，还向西北辽夏二虏纳币言和。 ㊲“臣应之曰”以下十九句：以当年赵国应对秦国之策，喻今日南宋对应北金之势。据《史记·虞卿传》，公元前 259 年，秦攻赵，兵围邯郸，后因兵疲而退，却让赵割六县以议和。虞卿力主联合魏、韩、齐以抗秦，赵王从其谋，秦终未得赵地而和。虞卿：战国游说之士，进说赵孝成王联合抗秦。邯郸（今河北市名），赵国国都。 ㊳“臣窃观”二句：谓皇帝智略与北宋诸帝相合，必将超越汉唐。 ㊴酌古以御今：参酌古代盛衰事理，以应对当今。 ㊵“谋及”二句：语出《尚书·洪范》，意为凡事应与官员众人商讨。 ㊶“作屋”二句：语本《诗经·小雅·小旻》：“如彼筑室于道谋，是用不溃于成。”又《后汉书·曹褒传》：“谚言：‘作舍道傍，三年不成。’”意谓路人之意见不同，造屋难成。喻众说纷纭，莫衷一是，做事难成。

【品评】

本文讲述自我治理之道。文章从驳论入手，以古今事例为证，驳时下流传的“南北有定势，吴楚之脆弱不足以争衡于中原”之说，从而导入自治自强论。何以自治自强？作者于众多事项中标举两端：“一曰绝岁币，二曰都金陵。”认为朝廷北伐之志若能如此明决，则“三军有所怒而思奋，中原有所恃而思乱”。据此，文章最后奏请皇帝“酌古以御今，毋惑于纷纭之论，则恢复之功可必其有成”。

守淮第五[①]

臣闻用兵之道，无所不备则有所必分，知所必守则不必皆备。[②]何则？精兵骁骑，十万之屯，山峙雷动，其势自雄，以此为备则其谁敢乘？[③]离屯为十，屯不过万，力寡气沮，[④]以此为备则备不足恃。此聚屯分屯之利害也。[⑤]臣尝观两淮之战，[⑥]皆以备多而力寡，兵慑而气沮，[⑦]奔走于不必守之地，而婴虏人远斗之锋，[⑧]故十战而九败。其所以得画江而守者幸也。且今虏人之情，臣固已论之矣，要不过以成兵而入寇，幸成功而无内祸，使之逾淮，将有民而抚之，有城而守之，则始足以为吾患。[⑨]夫守江而丧淮，吴、陈、南唐之事可见也。且我入彼出，我出彼入，旷日持久，何事不生？曩者兀术之将曰韩常、刘豫之相曰冯长宁者，皆尝以是导之，讵知其他日之计终不出于此乎？[⑩]故臣以谓守淮之道，无惧其必来，当使之兵交而亟去；[⑪]无幸其必去，当使之他日必不敢犯也。为是策者，在于彼能入吾之地而不能得吾之战，彼能攻吾之城而吾能出彼之地，然而非备寡力专则不能也。⑫

且环淮为郡凡几？为郡之屯又几？⑬退淮而江为重镇，曰鄂渚，曰金陵，曰京口，以至于行都扈跸之兵，⑭其将皆有定营，其营皆有定数，此不可省也。环淮必欲皆备，则是以有限之兵而用无所不备之策，兵分势弱，必不可以折其冲。⑮以臣策之，不若聚兵为屯，⑯以守为战，庶乎虏来不足以为吾忧，而我进乃可以为彼患也。

聚兵之说如何？虏人之来，自淮而东必道楚以趣扬；⑰自淮而西必道濠以趣真，⑱与道寿以趣和；⑲自荆襄而来，必道襄阳以趣荆。⑳今吾择精骑十万，分屯于山阳、濠梁、襄阳三处，㉑而于扬或和置一大府以督之。虏攻山阳，则坚壁勿战，而虚盱眙、高邮以饵之，㉒使濠梁分其半与督府之兵横击之，或绝饷道，或邀归途。㉓虏并力于山阳，则襄阳之师出唐、邓以扰之。㉔虏攻濠梁，则坚壁勿战，而虚庐寿以饵之，㉕使山阳分其半与督府之兵亦横击之。虏并力于濠梁，而襄阳之师亦然。虏攻襄阳，则坚壁勿战，而虚郢、复以饵之，㉖虏无所获，亦将聚淮北之兵以并力于此，我则以濠梁之兵制其归，而山阳之兵自沭阳以扰沂、海。㉗此正所谓不恃敌之不敢攻而恃吾能攻彼之所必救也。

臣窃谓解杂乱纷纠者不控拳，救斗者不搏撠，㉘批亢捣虚，㉙形格势禁，㉚则自为解矣。昔人用兵多出于此，故魏赵相攻，齐师救赵，田忌引兵疾走大梁，则魏兵释赵而自救，齐师因大破之于桂陵。㉛后唐庄宗与梁相持于杨刘、德胜之间，盖尝蹙而不胜，[32]其后用郭崇韬之策，七日入汴而梁亡。[33]兵家形势，从古已然。议者必曰："我知捣虚以进，彼亦将调兵以拒；进遇其实，未见其虚。"是大不然。彼沿边为守，其兵不过数万，既已厚屯于三城之冲，[34]其余不容复多，兵少而力不足，谓能当我全师者，又非其所虑也。又况彼纵得淮，而民不服，且有江以为之阻，则犹未足以为利。我得中原，而箪壶迎降，[35]民心自固，且将不为吾守乎？如此则在我者甚坚而在彼者甚瑕，[36]全吾所甚坚，攻彼所甚瑕，此臣所谓兵交而必亟去、兵去而不敢复犯者此也。呜呼，安得斯人而与之论天下也哉！[37]

【注释】

①此为《美芹十论》第五篇。　②"臣闻"三句：谓用兵切忌处处设防，分散兵力，如能掌握必守的战略要地，则不必处处设防。③"精兵"五句：谓集中精兵强将驻守要地，气势雄壮，谁也不敢侵犯。骁（xiāo）骑：良将。山峙雷动：形容大军气势雄壮。　④力寡气沮：兵力微薄，士气不振。　⑤聚屯分屯：聚兵防守与分兵防守。　⑥两淮之战：淮南、淮北为宋金两国交界处，经常发生战争。　⑦兵慑（shè）而气沮：士兵恐惧、士气不振。　⑧"而婴"句：触犯虏人的锋芒。婴：通"撄"，接触。　⑨"且今虏人"八句：谓敌以边兵侵扰，即使侥幸有所获，于我危害犹轻；如使敌越过淮河，据城抚民，则必成我心腹大患。　⑩"曩者"四句：谓往昔韩常、冯长宁等尝以此计诱导，岂知他日不出此计。兀术：金人完颜宗弼。刘豫：金人所立伪齐帝。　⑪兵交而亟去：谓从速使敌人

败退。兵交：交锋。亟(jí)：急迫。 ⑫备寡力专：防守点少，兵力相对集中。 ⑬为郡之屯又几：可屯驻士兵之郡县又有几个。⑭鄂渚：今湖北武汉。京口：今江苏镇江。行都：本指京师以外另建皇帝暂驻施政的城市，此指临安。扈跸(hù bì)：同扈驾，泛指帝王的车驾。 ⑮折其冲：击退敌军。冲：战车的一种。 ⑯聚兵为屯：集中兵力。 ⑰道楚以趣扬：经过楚州(今江苏盱眙、宝应一带)趋向扬州。趣：通“趋”。 ⑱濠：濠州，今安徽怀远、定远一带。真：真州，今江苏仪征、六合一带。 ⑲寿：寿州，今安徽蒙城、凤台一带。和：和州，今安徽和县、含山一带。 ⑳荆：荆州，今湖北江陵一带。襄阳：在今湖北省。 ㉑山阳：今江苏淮安。濠梁：今安徽凤阳、定远一带。 ㉒盱眙、高邮：今属江苏。㉓邀：阻截。 ㉔唐邓：唐州、邓州。分别指今河南唐河上中游和丹江、湍河、白河流域一带。 ㉕庐寿：庐州、寿州。庐州在今安徽合肥舒城一带。 ㉖郢复：郢州、复州。分别指今湖北钟祥和今湖北仙桃、天门一带。 ㉗沭阳：今属江苏。沂：沂州，在今山东临沂一带。海：海州，在今江苏连云港一带。 ㉘控卷(quān)：引弓，开弓，此指动武。搏撠(jǐ)：搏斗击刺。 ㉙批亢捣虚：抓住要害乘虚而入。批：手击。亢(gāng)：咽喉，引申为要害。 ㉚形格势禁：受制于形势无法进行。 ㉛“故魏赵”五句：指“围魏救赵”事。《史记·孙子吴起列传》载：魏兵攻赵，齐国田忌率军援赵，取孙子之谋，兵围魏都，迫使魏军释赵而自救，齐军以逸待劳，于桂陵大破魏军。田忌：齐国将领。大梁：魏国都城，今河南开封。桂陵：今河南长垣西北。 ㉜“后唐”二句：谓后唐庄宗与梁对峙，久未获胜。后唐：庄宗李存勖灭梁称帝，史称后唐。梁：唐末朱温代唐称帝，史称后梁。杨刘：今山东东阿县东北。德胜：今河南濮阳西南。蹙而不胜：谓急于求胜而不能。蹙（cù）：急躁。㉝“其后”二句：据《新五代史·郭崇韬传》载：梁破德胜，围杨刘。唐兵部尚书郭崇韬献谋，谓梁围杨刘，意在夺取郓州；今我兵出郓州周围战略要地筑垒，梁必分兵来争，我可必胜。庄宗从之，梁果然分兵攻垒，但攻而不克，当其回击杨刘时，又遭庄宗拦截。继之，庄宗一鼓作气，乘胜而取汴灭梁。汴：梁都，今河南开封。㉞厚屯：重兵驻守。三城：指上文山阳、濠梁、襄阳三地。冲：交通要地。 ㉟箪（dān）壶：即箪食壶浆。箪：盛饭的竹器。《孟子·梁惠王下》：“箪食壶浆，以迎王师。”谓踊跃欢迎并犒赏军队。㊱瑕（xiá）：玉上的斑点，喻缺陷。 ㊲斯人：指有上述见解的人。

【品评】

守淮，指扼守淮河。淮河时为宋金两国交界处之一，是不容忽视的战略要地。文章据此论守淮之道。作者综观两淮战争之失在于“备多而力寡”，因此力主“聚兵为屯，以守为战”，借以收守战两利之效：“虏来不足以为吾忧，而我进乃可以为彼患。”特别是民心之向背，尤使金人不敢轻易来犯，况淮河“在我者甚坚而在彼者甚瑕”，以我之坚攻彼之瑕，则胜败之理自明。

屯田第六[①]

赵充国论备边之计，[②]曰“湟中积谷三百万斛，则羌人不敢动”[③]；李广武为成安君谋，[④]曰“要其辎重，十日不至，则二将之头可致”者，[⑤]此言用兵制胜以粮为先，转饷给军以通为利也。[⑥]必欲使粮足而饷无间绝之忧，[⑦]惟屯田为善，而屯田盖亦难行：国家经画，[⑧]于今几年，而曾未睹夫实效者，所以驱而使之耕者非其人，所以为之任其责者非其吏，故利未十百而害已千万矣。名曰屯田，其实重费以敛怨也。[⑨]何以言之？市井无赖小人，惟其懒而不事事，而迫于饥寒，故甘捐躯于军伍，以就衣食而苟闲纵，一旦警急，擐甲操戈以当矢石，其心固偃然自分曰："向者吾无事而幸饱暖于官，今焉官有事而责死力于我。"且战胜犹有累资补秩之望，故安之而不辞；[⑩]今遽而使之屯田，是则无事而不免耕耘之苦，有事而又履夫攻守之危，彼必曰："吾能耕以食，岂不能从富民租佃以为生，而轻失身于黥戮？[⑪]上能驱我于万死，岂不能捐谷帛以养我，而重役我以辛勤？"不平之气无所发泄，在畎亩则邀夺民田、胁掠酒肉以肆无稽，[⑫]践行阵则呼愤扼腕、疾视长上而不可为用。[⑬]且曰："吾自耕自食，官何用我焉。"[⑭]是诚未睹夫享成之利也。[⑮]卤莽灭裂，[⑯]徒费粮种，只见有害，未闻获利，此未为策之善。

如臣之说，则曰：向者之兵怠惰而不尽力，向者之吏苟且而应故事。[⑰]不如籍归正军民，厘为保伍，择归正不厘务官，擢为长贰，使之专董其事。[⑱]且彼自虏中被签而来，耒耨之事盖所素习。[⑲]且其生同乡井，[⑳]其情相得，上令下从，不至生事。惟官为之计其闲田顷亩之数与夫归正军民之目，[㉑]土人已占之田不更动摇，以重惊扰。归正之人家给百亩而分为二等：为之兵者，田之所收尽以予之；为之民者，十分税一则以为凶荒赈济之储。[22]室庐、器具、粮种之法一切遵旧，使得植桑麻、畜鸡豚，以为岁时伏腊婚嫁之资，[23]彼必忘其流徙，便于生养。无事则长贰为劝农之官，有事则长贰为主兵之将，许其理为资考，久于其任，使得悉心于教劝，而委守臣监司核其劳绩，奏与迁秩而不限举主，[24]人孰不更相劝勉以赴功名之会哉？且今归正军民散在江淮，而此方之人例以异壤视之。[25]不幸而主将亦以其归正，则求自释于庙堂，又痛事形迹，愈不加恤。[26]间有挟不平、出怨语，重典已絷其足矣。[27]所谓小名目者仰俸给为活，胥吏沮抑，何尝以时得？[28]呜呼，此诚可悯也，诚非朝廷所以怀诱中原忠义之术也。[29]

闻之曰："因其不足而利之，利未四五而恩逾九十。"[30]此正屯田非特为国家便，而且亦为归正军民之福。议者必曰："归正之人常怀异心，群而聚之，虑复生变。"是大不然也。且和亲之后，沿江归正军民，官吏失所以抚摩之惠，相扳北归者莫计，[31]当时边吏亦皆听之而莫为制，此岂独归正军人之罪？今之留者既少安矣，更为屯田以处之，则人有常产而上无重敛，彼何苦叛去以甘虏人横暴之诛求哉？[32]若又曰"恐其窃发"，且人惟不自聊赖乃攘夺以苟生，诚丰饫矣，[33]何苦如是？饥者易为食，必不然也。诚使果尔，疏而远之于江外，不犹愈于聚乎内而重惊扰乎？[34]且天下之事，逆虑其害而不敢求其利，亦不可言智矣。

盖今所谓御前诸军者，[35]待之素厚而养之素优，故骄，骄则不可复使，此甚易晓也。若夫州郡之卒异于是。彼非天子爪牙之故，[36]可以劳之而不怨，而其大半出于农桑失业之徒，故狎于野而不怨。[37]往年尝猎其丁壮劲勇者为一军矣，臣以谓可辈徙此军，[38]视归正军民之数倍而发之，使阡陌相连，[39]庐舍相望，并耕乎两淮之间。彼其名素贱，必不敢倨视归正军民而媒怨；[40]而归正军民视之，犹江南之兵也，[41]亦必有所忌而不敢逞。势足以禁归正军民之变，力足以尽屯田之利，计有出于此者乎？

昔商之顽民相率为乱，周公不诛而迁之洛邑，[42]曰："商之臣工，乃湎于酒，乃庸杀之，姑惟教之。"[43]其后康王命毕公，[44]又曰："不臧厥臧，民罔攸劝。"[45]始则迁其顽而教之，终则择其善而用之，圣人治天下未尝绝物固如此。[46]今归正军人聚于两淮而屯田以居之，核其劳绩而禄秩以诱之，内以节冗食之费，[47]外以省转饷之劳，以销桀骜之变，[48]此正周人待商民之法，秦人使人自为战之术，而井田兵农之遗制也。[49]况皆吾旧赤子，[50]非如商民在周之有异念，术而使之，[51]天下岂有不济之事哉！

【注释】

①此为《美芹十论》第六篇。 ②赵充国：西汉大将，曾与羌人作战，并屯田于西北。 ③"湟中"二句：赵充国语，见《汉书·赵充国传》。湟中：今青海湟水流域。斛（hú）：量器名，古以十斗为一斛。羌：羌族，古代西部民族之一。 ④李广武：即李左车，秦末

谋士，依附赵王，封广武君。成安君：即陈馀，任赵国大将军，后自立为代王，封成安君。 ⑤“要其”三句：据《史记·淮阴侯列传》，张耳、韩信攻赵，李广武为成安君谋：绝其粮道，不出十日必胜。成安君不从，遂败。要：通“邀”，拦截。辎（zī）重：军用物资的总称，此指军粮。二将：即张耳、韩信。 ⑥“转饷”句：军粮供应顺利有利于战。 ⑦间绝：中断。 ⑧经画：经营规划。 ⑨重费以敛怨：耗费大量钱财，却招致民怨不止。 ⑩“市井”十二句：剖析市井小人从军心态。擐（huàn）甲：穿甲。当矢石：冲锋打仗，古代常用箭与石打击敌人。偃然自分（fèn）：安然地自我忖度。累资补秩：积累俸禄提高职位级别。 ⑪“失身”句：指当兵。黥（qíng）戮：在脸上刺记号或文字，并涂上墨，用于士兵，以防逃跑。⑫畎（quǎn）亩：田间。邀夺：截夺。胁掠：胁迫抢掠。以肆无稽：肆无忌惮。 ⑬践行阵：指临战打仗。疾视长上：目无长上。⑭官何用我：官于我何用。 ⑮享成之利：指因屯田而带来的军饷充裕之利。 ⑯卤莽灭裂：语出《庄子·则阳》篇：“君为政焉勿卤莽，治民焉勿灭裂。”指行事粗疏草率。此文指南宋屯田制而言。 ⑰苟且而应故事：敷衍了事，虚应故事。故事：成例，官样文章。 ⑱归正军民：指中原归顺南方的军民。厘：治理、更改。保伍：人员编制形式，古时户口编制以若干户为一保。古时军民编制以五人为一伍。不厘：不贪。擢：提拔。长贰：指保伍中的正副官长。 ⑲被签：被强行征发。耒耨（nòu）之事：指农事。耒耨：两种农具。 ⑳生同乡井：是同乡。 ㉑“惟官”句：官府应统计出当地闲散荒田之亩数和归正军民之人数。 ㉒十分税一：以收成十分之一纳税。凶荒赈济：荒年救灾。 ㉓岁时伏腊：夏伏冬腊,泛指节日。㉔迁秩:升职。㉕此方之人:指本地居民。异壤:指异乡之人。㉖"不幸"四句:谓归正之将但求向朝廷表白自己的过去,朝廷则因对其仕金不满,而不予顾惜。庙堂:宗庙的明堂,此代指朝廷。㉗重典已絷(zhí)其足:谓严刑加身。絷:拴,拘禁。㉘"所谓"三句:归正之小头目全仗微薄俸金为生,但既遭官吏克扣,又不能按期领取。胥吏:官府中办理文书的小吏。沮(jǔ)抑:克扣。㉙怀诱:怀柔引导,安抚。㉚"利未"句:利益未到四五,而朝廷恩赏已超过九十。㉛和亲:和议,指隆兴二年(1164)宋与金签订的屈辱性的"隆兴和议"。抚摩:抚慰。相扳:相互牵引。㉜甘虏人横暴之诛求:甘受金人横暴的勒索。㉝窃发:暗中起事。不自聊赖:生活没有依靠。攘夺:抢夺。丰饫(yù):饱食。㉞"疏而"二句:将归正军民疏远于长江之外,其所受惊扰犹重于聚集他们屯田。㉟御前诸军:护卫皇帝之军,也泛指驻防京师诸军。㊱天子爪牙:指天子的贴身亲兵。㊲狎于野:习惯于野外艰苦生活。㊳猎:猎取,此有选取之意。为一军:编为一军。辈徙此军:调遣此军。㊴阡陌:指田野。田间小路南北曰阡,东西曰陌。㊵倨视:傲视。媒怨:招致怨恨。㊶江南之兵:指南宋朝廷之兵。㊷商之顽民:指商朝逸民中顽固不化者。周公:周武王之弟姬旦,辅成王姬诵继位,是著名贤相。迁之洛邑:移民洛阳。㊸"商之"四句:语出《商书·酒诰》。臣工:群臣百官。湎:沉迷。勿庸:不用。㊹康王:周武王之子姬钊。毕公:周文王十五子姬高,武王封其为毕公。㊺"不臧"二句:语出《尚书·毕命》,意为不褒扬好的,民将无从得到勉励。臧(zāng):善。罔:无。㊻绝物:断绝人事交往。㊼冗食:不劳而食。　㊽桀骜(jié ào)：凶暴不驯。㊾井田：井田制，相传为古代奴隶社会的一种土地制度。以方九百亩的地为一里，划为九区，中间为公田，八家均私田百亩，同养公田。兵农：寓兵于农，闲时为农，战时为兵。　㊿旧赤子：旧时百姓，指原北宋时的中原百姓。　(51)术而使之：使之有术。术：此谓妥善安排之法。

【品评】

屯田，指以士兵或农民开荒种粮，以供军饷之需。屯田之制始于汉代。文章提出“用兵制胜以粮为先”，而“必欲使粮足而饷无间绝之忧，惟屯田为善”。作者主张组织中原归正军民和调发大批州郡士卒，使他们共同垦种于两淮之间。平时为农，战时为兵。此种编制体制，“势足以禁归正军民之变，力足以尽屯田之利”。

致勇第七①

臣闻行阵无死命之士，则将虽勇而战不能必胜；边陲无死事之将，则相虽贤而功不能必成。②将骄卒惰，无事则已，有事而其弊犹尔，则望贼先遁，临敌遂奔，几何而不败国家事。人君责成于宰相，宰相身任乎天下，可不有以深探其情而逆为之处乎！盖人莫不重死，惟有以致其勇，则惰者奋、骄者耸，③而死有所不敢避。呜呼，此正鼓舞天下之至术也。致之如何？曰：将帅之情与士卒之情异，而所以致之之术亦不可得而同。何则？致将帅之勇，在于均任而投其所忌，贵爵而激其所慕；④致士卒之勇，在于寡使而纾其不平，速赏而恤其已亡。[5]臣请得而备陈之：

今之天下，其弊在于儒臣不知兵而武臣有以要其上，故阃外之事，朝廷所知者胜与负而已，[6]所谓当进而退、可攻而守者，则朝廷有不及知也。彼其意盖曰："平时清要，儒臣任之；一旦扰攘，而使我履矢石！[7]吾且幸富贵矣，岂不能逡巡自爱而留贼以固位乎。"[8]向者淮上之帅有迁延而避虏者，[9]是其事也。臣今欲乞朝廷于文臣之中择其廉重通敏者，[10]每军置参谋一员，使之得以陪计议、观形势而不相统摄，非如唐所谓监军之比。[11]彼为将者心有所忌，而文臣亦因之识行阵、谙战守，缓急均可以备边城之寄；[12]而将帅临敌，有可进而攻之之便，彼知搢绅之士亦识兵家利害，[13]必不敢依违养贼以自封而遗国家之患。[14]此之谓均任而投其所忌。

凡人之情，未得志则冒死亡以求富贵，已得志则保富贵而重其生。古人论御将者以才之大小为辨，[15]谓御大才者如养骐骥，[16]御小才者如养鹰犬。然今之将帅岂皆其才大者，要之饱则飞去，亦有如鹰者焉。向者虹县、海道之帅，有得一邑、破数舰而遽以节钺、使相与之者，[17]是其事也。臣欲乞朝廷靳重爵命，齐量其功，等第而予之。[18]非谓无予之，谓徐以予之，且欲使之常亹亹然有歆慕未足之意，以要其后效。[19]而戒谕文吏，非有节制相临者必以资级为礼，与左选人均，[20]毋使如正使、遥郡者间有趋伏堂下之辱，如唐以金紫而执役之类。[21]彼被介胄者知一爵一命之可重，而朝廷无左右选贵贱之别，则亦矜持奋励、尽心于朝廷而希尊荣之宠。[22]此之谓贵爵而激其所慕。

营幕之间饱暖有不充，而主将歌舞无休时，锋镝之下肝脑不敢保，[23]而主将雍容于帐中，此亦危且勚矣。[24]而平时又不与之休息以养其力，至使之舁土运甓以营私室而肆鞭挞，[25]彼之心怀愤挟怨，惟恐天下之无事，以求所谓快意肆志者而邀其上，谁肯挺身效命以求胜敌哉。《兵法》曰："视卒如爱子。"[26]故古之贤将有与士卒最下者同衣食而分劳苦。臣今欲乞朝廷明敕将帅，自教阅外，非修营治栅名公家事者不得私有役使，[27]以收士卒之心。此之谓寡使而纾其不平。

人莫不恶死，亦莫不有父母妻孥之爱，冒万死、幸一生，所谓奇功斩获者有一资半级之望，朝廷较其毫厘而裁抑之，[28]赏定而付之于军，则胥吏轧之、主将邀之，不得利不与。[29]敌去师捷，主将享大富贵，而士卒有一命又复沮格如此，[30]不幸而死，妻离子散，香火萧然，万事瓦解，未死者见之，谁不生心？[31]《兵法》曰："军赏不逾时。"[32]而古之贤将盖有为士卒裹创恤孤者。[33]臣今欲乞朝廷遇有赏命，特与差官携至军中，呼名给付，[34]而死事之家，申敕主将曲加抚劳，[35]以结士卒之欢。此之谓速赏而恤其已亡。如此则骄者化而为锐，惰者化而为力。[36]有不守矣，守之而无不固；有不攻矣，攻之而无不克。

凡兹数事，非有难行重费，[37]朝廷何惜而不举，以收将卒他日之用哉？臣窃观陛下向尝训百官以宠武臣，隆恩数以优战伐，[38]是诚有意于激励将卒矣，然其间尚有行之而未及详，已行而旋复弛之事。[39]欲望陛下察臣所以得于行伍之说如此，[40]而明付之宰相，使之审处而力行之，庶几有以得上下之欢心，而急难不至于误国，此实天下之至计也。

【注释】

①此为《美芹十论》第七篇。 ②行阵：指临阵作战。死命之士：勇于以死相搏之士。相：宰相。 ③耸：惊觉。 ④"致将帅"三句：使将帅勇敢，在于量才任用，并使其有所顾忌，更以爵位激励其向上之心。 ⑤"致士卒"三句：激励士卒在于减少差役，解除其不平，及时奖励，以抚恤其所失。纾(shū)：解除。 ⑥阃(kǔn)外：郭门以外，指城外、边地。 ⑦清要：指清贵枢要之官职。扰攘：动乱。履矢石：冒死作战。 ⑧"岂不能"句：为何不退而自保，留下敌人以巩固自己的名位。逡巡：退却，迟疑徘徊。 ⑨迁延：拖延。 ⑩廉重通敏：清廉持重，通达机敏。 ⑪监军：官名，始于汉代，有较大权限。 ⑫备边城之寄：托付防守边关之事。⑬搢绅之士：此指上文所言文臣。 ⑭依违养贼：迟疑不决，放纵敌人。 ⑮御将：使用将领。 ⑯骐骥：良马。 ⑰"向者"二句：写一水军将领事。虹县：今安徽泗县。海道之帅：水军将帅。节钺(yuè)：符节与斧钺，加大权力的标志。使相：官名，唐宋时代使用，即授予宰相衔，但不实领宰相政事。 ⑱靳重：犹言珍重。齐量其功，等第而予之：意即论功赐爵。 ⑲亹亹(wěi)然：勤勉不倦貌。要其后效：观其后效。 ⑳非有节制：此指文臣武将间

无上下统辖关系。资级：资历与官的品级。左选：宋代称科场出身为左选，非科场出身为右选。均：相同。 ㉑“毋使”二句：谓勿使文臣出使边郡有拜伏堂下那种屈辱之感。如唐代以高官为上司服役。金紫：金印紫绶，指高官。 ㉒被介胄：披甲戴盔，指武将。被：同“披”。介胄：犹甲胄。矜(jīn)持：谨慎庄重。 ㉓锋镝(dí)：兵刃箭镞，泛指兵器。 ㉔勚(yì)：劳苦。 ㉕舁(yú)土运甓(pì)：抬土运砖。营私房：建造(将帅的)私房。肆鞭挞：肆意鞭打。 ㉖“视卒”句：语出《孙子兵法·地形篇》。 ㉗自教阅外：自教练、阅兵而外。修营治栅：修营建寨。 ㉘“所谓奇功”二句：即所谓期望杀敌建功以获一官半职之赏，朝廷斤斤计较于毫厘之差而裁定。 ㉙轧(yà)：碾压，排挤。邀：拦截，即从中克扣。不得利不与：谓文武官不能从中渔利，就不把朝廷赏赐发给士兵。 ㉚沮格：阻止。指朝廷恩赏被将帅克扣。 ㉛谁不生心：谓谁不寒心。 ㉜“兵法”二句：语出古兵书《司马法·天子之义第二》。不逾时：不超过时限。 ㉝裹创恤孤：包扎伤口，抚恤孤儿。 ㉞呼名给付：点名发给恩赏。 ㉟曲加抚劳：备加抚恤和慰劳。 ㊱“如此则骄者”二句：谓骄将惰卒可化为精锐之师。 ㊲非有难行重费：不难实施，且不耗费大量钱财。 ㊳“隆恩”句：凡有丰厚赏赐，必以有战功者优先。 ㊴“然其间”句：然而其中尚有虽实施而不够周全，已实施却随即又松懈的事。 ㊵行(háng)伍：古时军制以五人为伍，二十五人为行，故行伍泛指军队。

【品评】

致勇，即激励战士英勇无畏。文章认为将士英勇，无畏生死，则战必胜；反之，将骄卒惰，则战必败；因此，致勇为“鼓舞天下之至术”。然而将帅与士卒情况不同，故致勇之术亦各有异。“致将帅之勇，在于均任而投其所忌，贵爵而激其所慕；致士卒之勇，在于寡使而纾其不平，速赏而恤其已亡。”之后详细分段陈述其由。最后祈望皇帝明察其说，“明付之宰相，使之审处而力行之”。

防微第八[1]

古之为国者，其虑敌深，其防患密，故常不吝爵赏以笼络天下智勇辩力之士，而不欲一夫有忧愁怨怼、亡聊不平之心以败吾事。[2]盖人之有智勇辩力者，是皆天民之秀杰者，类不肯自已，苟大而不得见用于世，小而又饥寒于其身，则其求逞之志，果于毁名败节，凡可以纾忿充欲者无所不至矣。[3]是以敌国相持、胜负未决，一夫不平，输情于敌，[4]则吾之所忌，彼知而投之，吾之所长，彼习而用之，投吾所忌，用吾所长，[5]是殆益敌资而遗敌胜耳，[6]不可以不察。《传》曰：“谨备于其外，患生于其内。”[7]正圣人所以深致意而庸人以为不足虑也。

昔者楚公子巫臣尝教吴乘车射御，而吴得以逞。[8]汉中行说尝教单于毋爱汉物，而汉有匈奴之忧。[9]史传所载，此类甚多。臣之为今日虑者，非以匹夫去就可以为朝廷重轻，盖以为泄吾之机，足以增虏人之颉颃耳。[10]何则？科举不足以尽笼天下之士，而爵赏亦不足以尽縻归附之人，[11]与夫逋寇穷民之无所归、茹冤抱恨之无所泄者，[12]天下亦不能尽无，窃计其中亦有杰然自异而不徇小节者矣，彼将甘心俯首、守死于吾土地乎？[13]抑亦坏垣越栅而求释于他域乎？[14]是未可知也。臣之为是说者，非欲以耸陛下之听而行己之言，盖亦有见焉耳。[15]请试言其大者：

逆亮之南寇也，海道舟楫则平江之匠实为之；[16]淮南惟秋之防，而盛夏入寇，则无锡之士实基之；[17]克敌弓弩虏兵所不支，今已为之；[18]殿司之兵比他卒为骄，[19]今已知之。此数者岂小事哉？如闻皆其北归之人、叛军之长教之使然。[20]且归正军民，或激于忠义，或迫于虐政，故相扳来归，其心诚有所慕也，前此陛下尝许以不遣矣，[21]自去年以来，虏人间以文牒请索，[22]朝廷亦时有曲从，其间有知诗书、识义分者，如解元振辈，上章请留，陛下既已旌赏之矣。[23]若俗所谓泗州王等辈既行之后，得之道路，皆言阴通伪地，[24]教其亲戚诉诸虏庭移牒来请，此必其心有所不乐于朝廷者。若此曹虽阘茸无能，[25]累千百数举发以归之固不足恤，然人之度量相越智愚不同，或其中亦有所谓杰然自异者。患生所忽，渐不可长。[26]臣愿陛下广含弘之量，[27]开言事之路，许之陈说利害，官其可采，以收拾江南之士；[28]明诏有司，时散俸廪，[29]以优恤归明归正之人。外而敕州县吏，使之蠲除科敛，平亭狱讼，[30]以纾其逃死蓄愤无所伸诉之心。其归正军民，或有再索而犹言愿行者，[31]此必阴通伪地，情不可测，朝廷既无负于此辈，而犹反覆若是，陛下赫然诛其一二，亦可以绝其奸望。不然，则纵之而不加制，玩之而不加恤，[32]恐他日万一有如先朝张源、吴昊之西奔，近日施宜生之北走，㉝或能驯致边陲意外之扰，㉞不可不加意焉。

臣闻之：鲁公甫文伯死，㉟有妇人自杀于房者二人，其母闻之不哭，曰："孔子贤人也，逐于鲁而是人不随，今死而妇人为自杀，是必于其长者薄、于其妇人厚。"㊱议者曰："从母之言则是为贤母，从妻之言则不免为妒妻。"㊲今臣之论归正归明军民，诚恐不悦臣之说者以臣为妒妻也。㊳惟陛下深察之。

【注释】

①此为《美芹十论》第八篇。　②怨怼(duì)亡聊：怨恨无所依赖。　③求逞之志：实现建功立业之志。纾忿充欲：解除忿恨，充满欲望。无所不至：无所不用其极。　④输情于敌：向敌人泄露军情。　⑤"则吾之"六句：谓敌人知我所长而用之，知我所短而攻之。忌：禁忌，引申为弱点、短处。　⑥益敌资而遗敌胜：增强敌人实力，拱手让敌人胜利。　⑦"《传》曰"三句：古书云："谨慎防备外来之敌，而祸患则往往来自国家内部。"　⑧"昔者"二句：据《史记·吴太伯世家》，楚国亡大夫申公巫臣怨楚，后投晋国，更联吴抗楚，教吴用兵乘车。射御：射箭和驾御车马之术。逞：谓逞强称霸。　⑨"汉中行说"二句：据《史记·匈奴列传》，中行说曾教匈奴不要爱好汉物，以免人心向汉，对匈奴不利。单于从之，对汉骚扰益甚。中行说(háng yuè)：复姓中行，名说，汉代太监，后降匈奴。　⑩颉颃(xié háng)：不相上下的倔强毅力。⑪縻(mí)归附之人：指束缚北方归正军民。　⑫逋寇：流寇。茹：

含冤。 ⑬杰然自异：自以为有杰出才能。不徇(xùn)小节：不拘小节。 ⑭坏垣(yuán)越栅(zhà)：毁坏城墙，越过栅栏。 ⑮"非欲"二句：并非陛下之听闻以求实施我的主张，而是实有所见，不得不说。 ⑯亮之南寇：指金帅完颜亮南侵。平江：今江苏常熟、吴江、昆山一带，治所在吴县(今江苏苏州)。 ⑰惟秋之防：惟有秋天设防。惎(jì)之：教他。此指向敌人泄露边防机密。 ⑱弓弩(nǔ)：以机械之力射箭弓。不支：不能抵御。为之：制作。 ⑲殿司之兵：护卫皇帝之军。 ⑳北归之人：指降金之人。叛军之长：指降金军队的长官。 ㉑相扳：相引。不遣：指不遣返中原。㉒文牒请索：发来文书索回归正军民。 ㉓解元振：其人不详，当是一位归正之人。旌赏：表彰赏赐。 ㉔泗州王：其人不详，可能指泗州(今安徽泗县)姓王的人。阴通伪地：暗通敌方。 ㉕此曹：犹言此辈。阘(tà rǒng)：卑贱。 ㉖患生所忽，渐不可长：祸患生于疏忽，祸苗不可任其滋长。 ㉗广含弘之量：谓开阔宏大气度。 ㉘收拾：此指笼络。 ㉙时散俸廪(lǐn)：按时发放俸禄。㉚蠲(juān)除科敛：减免征赋纳税。平亭狱讼：平息刑事诉讼。㉛再索：指金人再以文书索取归正军民。 ㉜"则纵之"二句：放纵自流而不加钳制，玩忽其事而不认真以待。 ㉝张源、吴昊(hào)：北宋人，曾有志于经略西部边地，因不被重用而投奔西夏。施宜生：金兵入侵后，先降伪齐，后投金。 ㉞驯致：逐渐导致。边陲：边境。 ㉟公甫文伯：春秋时代鲁国大夫。 ㊱"孔子"五句：见《战国策·赵策》楼缓谓赵王语，个别文字略异。逐于鲁：谓孔子被逐出鲁国。是人不随：谓公甫文伯未随孔子同行。 ㊲"从母"二句：语出《战国策·赵策》。意谓此语出于其母之口，则其母可称贤母；若出诸其妻之口，则其妻不免被视为妒妻。 ㊳“今臣”二句：为归正军民请命事，今出于我口，恐与我政见不同者当视我为“妒妻”。按：稼轩亦是归正之人，故有此心此语。

【品评】

防微，即预防隐患。文章认为国家要防患周密，不可不察。有时“患生于其内”，一旦有人投敌泄密，于国危害极大。“患生于所忽，渐不可长。”为此，作者主张“不吝爵赏以笼络天下智勇辩力之士”。对江南之士应“开言事之路，许之陈说利害，官其可采”。对江北归正军民应“时散俸廪”，“平亭狱讼，以纾其逃死蓄愤无所伸诉之心”。而对“输情于敌”者，则必“诛其一二”，以警效尤。

久任第九[1]

臣闻天下无难能不可为之事，而有能为必可成之人。人诚能也，任之不专则不可以有成。故孟子曰：“五谷种之美者也，苟为不熟，不如稊稗。”[2]何则？事有操纵自我，而谋之已审，则一举而可以遂成；事有服叛在人，而谋之虽审，[3]亦必持久而后可就。盖自古夷狄为中国患，彼皆有争胜之心，圣人方调兵以正天诛，[4]任宰相以责成功，非如政刑礼乐发之自己、收之亦自己之易也。朝而用兵，夕而遂胜，公卿大夫交口归之，[5]曰：“此宰相之贤也。”明日而临敌，后日而闻不利，则群起而媒孽之，曰：“宰相不足与折冲也。”[6]乍贤乍佞，[7]其说不一，于是人君亦不能自信，欲求之立事，难矣哉。

臣读史，尝窃深嘉越勾践、汉高祖之能任人，而种、蠡、良、平之能处事：[8]骤而胜，遽而败，皆不足以动其心，而信之专，期之成，皆如其所料也。观夫会稽之栖，五年而吴伐齐，虚可乘也，种蠡如不闻；又四年，吴伐齐，虚可乘也，种蠡反发兵助之；又二年，吴伐齐不胜，而种蠡始袭破之，可以取之，种蠡不取；又九年而始一举灭之。盖历二十又三年，而勾践未尝以为迟而夺其权。[9]丰沛之兴，秦二年汉败于薛；[10]汉元年高帝厄于鸿门；[11]又二年衄于彭城；[12]又三年困于荥阳；[13]又五年不利于夏南。[14]良平何尝一日不从之计议，然未免于龃龉者，[15]盖历五年而始蹶项立刘，高帝亦未尝以为疏而夺其权。[16]诚以一胜一败兵家常势，惩败狃胜，非策之上。[17]故古之人君，其信任大臣也，不间于谗说；其图回大功也，[18]不恤于小节；所以能责难能不可为之事于能为必可成之人而收其效也。[19]

虏人为朝廷患，如病疽焉，[20]病根不去，终不可以为身安。然其决之也，必加炷刃，[21]则痛亟而无后悔；而其销之也，止于傅饵，[22]则痛迟而终为大患。病而用医，不一其言，[23]至炷刃方施而傅饵移之，傅饵未几而炷刃夺之；病不已而乃咎医，吁，亦自惑也。

且御戎有二道，惟和与战。和固非长策，然太上皇帝用秦桧一十九年而无异论者，太上皇帝信之之笃而秦桧守之之坚也。[24]今日之事，以和为可以安，而臣不敢必其盟之可保；[25]以战为不可讲，而臣亦不敢必其兵之可休。[26]惟陛下推至诚，疏谗慝，[27]以天下之事尽付之宰相，使得优游无疑以悉力于图回，则可和与战之机，宰相其任之矣。

唐人视相府如传舍，[28]其所成者果何事？淮、蔡之功，裴度用而李师道遣刺客以缓师，[29]高霞寓败而钱徽、萧俛以为言，宪宗信之深，任之笃，[30]令狐楚之罢为中舍，李逢吉之出为节度，皆以沮谋而见疏。[31]故君以断，臣以忠，而能成中兴之功。

而顷者张浚虽未有大捷，亦未至大败，符离一挫，召还揆路，[32]遂以罪去，恐非越勾践、汉高帝、唐宪宗所以任宰相之道。非特此也，内而户部出纳之源，外而泉曹总司之计，[33]与夫边郡守臣、屯戍守将，皆非朝夕可以责其成功者。臣愿陛下要成功于宰相，而使宰相责成功于计臣、守将，[34]俾其各得专于职治，而以禄秩旌其劳绩，不必轻移遽迁，则人无苟且之心，乐于奋激以自见其才。一纲既举，众目自张，天下之事犹有不办者，臣不敢信其然也。

【注释】

①此为《美芹十论》第九篇。　②“五谷”三句：语见《孟子·告子上》，意谓五谷虽美，但种而不熟，则不如田间杂草。稊稗（tí bài）：均为田间杂草。　③操纵自我，服叛在人：分别指事物的主动权在我或在人。　④天诛：上天惩罚，此指以兵讨伐。　⑤交口归之：谓众口同声归功于宰相。　⑥媒孽（niè）：构陷诬害，酿

成其罪。折冲：此谓退敌。 ⑦乍贤乍佞：忽贤忽佞。佞(nìng)：花言巧语、阿谀谄媚。与贤相对。 ⑧嘉：赞许。越：春秋时代越国。勾践：越国国君，十年生聚，十年教训，终一举灭吴。汉高祖：汉朝开国君刘邦。种、蠡(lǐ)：指越国大夫文种与范蠡，均助越灭吴，功绩卓著。良、平：西汉初大臣张良、陈平，在楚汉战争中谋略过人，立功封侯。 ⑨“观夫会稽”十六句：写越王勾践事。据《史记·越王勾践世家》，越王勾践兵败于吴，困居会稽。其后吴屡伐齐，国都空虚，文种和范蠡或按兵不动，或发兵助吴，或虽袭破吴都而不亡其国。及最终灭吴，已历二十三年之久，但勾践并未责怪二人灭吴太迟。会稽：越国都城，今浙江绍兴。 ⑩丰沛之兴：指刘邦在丰沛(今江苏丰县和沛县)兴兵反秦，时在秦二世元年(前209)。汉败于薛：前208年，刘邦部属雍齿在薛(今山东滕州南)叛刘，刘邦攻之未胜。 ⑪厄于鸿门：据《史记·高祖本纪》，汉元年(前206)，项羽驻军鸿门(今陕西临潼东)，刘邦赴宴谢罪，险遭杀害，终于幸免，史称“鸿门宴”。 ⑫衄(nǜ)于彭城：据《史记·高祖本纪》，汉二年(前205)，项羽与刘邦战于彭城灵壁(今安徽宿州西北)东睢水上，刘邦大败。衄：挫败。 ⑬困于荥阳：据《史记·高祖本纪》，汉三年(前204)刘邦军屯荥阳(今河南荥阳东北)，屡遭项羽侵袭，致使汉军绝粮，刘邦幸得脱险。 ⑭不利于夏南：据《史记·高祖本纪》，汉四年(前203)，刘邦进兵夏(今河南太康)南，因韩信、彭越失约而败于楚军，次年垓下之战，刘邦始取得决定性胜利。 ⑮未免于龃龉(jǔ yǔ)：指遭人非议。龃龉：上下牙齿不相对应，喻意见不合。 ⑯“盖历五年”二句：谓历时五年始打败项羽，建立西汉刘氏王朝，然刘邦并未因此疏远张良和陈平，进而剥夺其权位。蹶：颠仆，引申为挫败。⑰狃(niǔ)胜：贪胜。非策之上：即非上策。⑱图回：图谋运转，引申为治理邦国。⑲“所以”句：故将常人所不能之事交付胜任其事的大臣，必见成效。⑳疽(jū)：毒疮。㉑炷(zhù)刃：燃艾操刃，指医疗手术。㉒傅饵：指敷以药粉。傅：通“敷”。㉓不一其言：不听从一家之言，谓缺乏主见。㉔“然太上皇帝”二句：言太上皇长期任用秦桧，笃信他坚持主和。太上皇：指宋高宗赵构。秦桧：高宗时执政大臣，主和派首领。㉕“而臣不敢”句：谓自己认为和议盟约未必可靠。㉖“而臣亦不敢”句：谓自己认为战争未必就能休止。㉗推至诚：选任赤诚为国之贤臣。疏谗慝(tè)：疏远排斥奸谗邪恶之徒。㉘“唐人”句：谓唐朝宰相更替频繁。传舍：旅店。㉙“淮、蔡”二句：写唐宪宗时裴度、李愬出兵讨平淮、蔡(淮河上游与蔡州，即河南上蔡)叛将吴元济，李师道曾遣人行刺武元衡、裴度，造成延迟出兵。裴度：宪宗时宰相。李师道：时任淄青节度使。㉚“高霞寓”三句：谓高霞寓兵败，钱徽、萧俛据此反对出兵平叛，但宪宗对裴度深信不疑。高霞寓：唐军将领，曾被吴元济打败。钱徽：宪宗时翰林学士、中书舍人。萧俛：宪宗时翰林学士。㉛“令狐楚”三句：谓令狐楚、李逢吉皆因阻挠平叛而被贬职。令狐楚：宪宗时为翰林学士，后罢为中书舍人。李逢吉：宪宗时官中书门下平章事，后贬剑南东川节度使。沮谋：阻挠谋划(指平叛事宜)。㉜“而顷者”四句：写张浚兵败被贬事。张浚：南宋主战将领。隆兴元年(1163)，张浚与金交战兵败于符离(今安徽宿州符离集)，被召还京，撤去相位。揆(kuí)路：古称宰相之职为揆。㉝户部：官署名，掌管全国户籍、财赋。泉曹：地方理财之属官。㉞计臣：谋臣，泛指文臣。

【品评】

本文主要论述国君任人之道。文章提出对主战派人士要久任专任，“任之不专则不可以有成”。作者由古及今论证用人利弊，最终归结于日前的符离战役。认为“张浚虽未有大捷，亦未至大败，符离一挫，召还揆路，遂以罪去”，恐不合古代名君任臣之道。此论实为主战派张目，抨击主和派；希求今上勿以兵家暂时的胜负为念，要亲贤远佞，专任久任赤心为国的大臣。

详战第十①

臣闻鸱枭不鸣，要非祥禽；豺狼不噬，要非仁兽。②此虏人虽未动而臣固将以论战。何则？我无尔诈，尔无我虞，然后两国可恃以定盟，而生灵可恃以弭兵。③今彼尝有诈我之情，而我亦有虞彼之备，一诈一虞，谓天下不至于战者，惑也。明知天下之必战，则出兵以攻人与坐而待人之攻也孰为利？战人之地与退而自战其地者孰为得？均之不免于战，莫若先出兵以战人之地，此固天下之至权、④兵家之上策，而微臣之所以敢妄论也。

详战之说奈何？详其所战之地也。⑤兵法有九地，皆因地而为之势。⑥不详其地、不知其势者，谓之“浪战”。⑦故地有险易，有轻重，先其易者，险有所不攻，破其重者，轻有所不取。⑧今日中原之地，其形易、其势重者，果安在哉？曰：

山东是也。[9]不得山东则河北不可取，不得河北则中原不可复。此定势，非臆说也。[10]古人谓用兵如常山之蛇，[11]击其首则尾应，击其尾则首应，击其身则首尾俱应。臣窃笑之。夫击其尾则首应、击其身则首尾俱应，固也；若击其首则死矣，尾虽应，其庸有济乎？[12]方今山东者，虏人之首，而京、洛、关、陕则其身其尾也。[13]由泰山而北，不千二百里而至燕，[14]燕者虏人之巢穴也。自河失故道，河朔无浊流之阻，所谓千二百里者从枕席上过师也。[15]山东之民劲勇而喜乱，虏人有事，常先穷山东之民，天下有变而山东亦常首天下之祸。[16]至其所谓备边之兵，较之他处，山东号为简略。且其地于燕为近，而其民素喜乱，彼方穷其民、简其备，岂真识天下之势也哉？今夫二人相搏，痛其心则手足无强力；两阵相持，噪其营则士卒无斗心。[17]故臣以谓兵出沭阳（海州属县）则山东指日可下，山东已下则河朔必望风而震，河朔已震则燕山者臣将使之塞南门而守。[18]请试言其说：

虏人列屯置戍，自淮阳以西，至于汧陇（海州防御去处，故此不论），杂女真、渤海、契丹之兵不满十万。[19]关中、洛阳、京师三处，彼以为形势最重之地，防之为甚深，备之为甚密，可因其为重，大为之名以信之。[20]扬兵于川蜀，则曰："关陇秦汉故都，百二之险，吾不可以不争。"[21]扬兵于襄阳，则曰："洛阳吾祖宗陵寝之旧，废祀久矣，吾不可以不取。"[22]扬兵于淮西，则曰："京师吾宗庙社稷基本于此，吾不可以不复。"[23]多为旌旗金鼓之形，阳为志在必取之势，[24]已震关中，又骇洛阳，已骇洛阳，又声京师，彼见吾形，忌吾势，必以十万之兵而聚三地，且沿边郡县亦必皆守而后可，是谓无所不备则无所不寡。如此则燕山之卫兵、山东之户民（女真山东之屯田者不满三万，此兵不俱可用）、中原之签军，精甲锐兵必举以至，[25]吾乃以形耸之使不得遽去，以势留之使不得遂休，则山东之地固虚邑也。[26]山东虽虚，窃计青、密、沂、海之兵犹有数千，我以沿海战舰驰突于登、莱、沂、密、淄、潍之境，彼数千兵者尽分于屯守矣。[27]山东诚虚，盗贼必起，吾诱群盗之兵使之溃裂四出；而陛下徐择一骁将，以兵五万，步骑相半，鼓行而前，不三日而至兖、郓之郊，臣不知山东诸郡将谁为王师敌哉。[28]山东已定，则休士秣马，号召忠义，教以战守，然后传檄河朔诸郡，徐以兵蹑其后，[29]此乃韩信所以破赵而举燕也。[30]天下之人知王师恢复之意坚，虏人破灭之形著，则契丹诸国如窝斡、鹧巴之事必有相轧而起者。[31]此臣所以使燕山塞南门而守也。彼虏人三路备边之兵将北归以自卫耶？[32]吾已制其归路，彼又虞淮西、襄阳、川蜀之兵，未可释而去也。抑为战与守耶？腹心已溃，人自解体，吾又将突出其背而夹击之。当此之时，陛下筑城而降其兵亦可，[33]驱而之北、反用其锋亦可，[34]纵之使归、不虞而后击之亦可。臣知天下不足定也。[35]

然海道与三路之兵，[36]将不必皆勇，士不必皆锐，盖臣将以海道三路之兵为正，而以山东为奇，[37]奇者以强，正者以弱，弱者牵制之师而强者必取之兵也。古之用兵者，唐太宗其知此矣，尝曰："吾观行阵形势，每战必使弱常遇强，强常遇弱。敌遇吾弱，追奔不过数十百步，吾击敌弱，常突出自背反攻之，以是必胜。"[38]然此特太宗用之于一阵间耳。臣以为天下之势，避实击虚，不过如是。苟曰不然，必将驱坚悉锐由三路以进，寸攘尺取为恢复之谋，[39]则吾兵为虏弱久矣，骤而用之未尝不败，近日符离之战是也。[40]假设陛下一举而取京、洛，再举而复关、陕，彼将南绝大河，下燕蓟之甲，东逾泗水，漕山东之粟，[41]陛下之将帅谁与守此？曩者三京之役是也。[42]借能守之，则河北犹未病，[43]河北未病则雌雄犹未决也。以是策之，陛下其知之矣。

昔韩信请于高祖，愿以三万人北举燕赵，东击齐，南绝楚之粮道，而西会于荥阳。[44]耿弇言于光武，欲先定渔阳，取涿郡还收富平，而东下齐。[45]皆越人之都而谋人之国，二子不以为难能，[46]而高祖、光武不以为可疑，卒借之以取天下者，见之明而策之熟也。由今观之，使高祖、光武不信其言，则二子未免为狂，何者？落落而难合也。[47]如臣之论，焉知不有谓臣为狂者乎。虽然，臣又有一说焉，为陛下终言之：

臣前所谓兵出山东则山东之民必叛虏以为我应，是不战而可定也。议者必曰："辛巳之岁，[48]山东之变已大矣，然终无一人为朝廷守尺寸土以基中兴者，何也？"臣之说曰："北方郡县，可使为兵者皆锄犁之民，可使以用此兵而成事者，非军府之黥卒则县邑之弓兵也。"[49]何则？锄犁之民，寡谋而易聚，惧败而轻敌，使之坚战而持久则败矣。若夫黥卒之与弓兵，彼皆居行伍，走官府，皆知指呼号令之不可犯，而为之长者更战守，其部曲亦稔熟于其赏罚进退之权。[50]建炎之初，如孔彦舟、李成辈，杀长吏、驱良民、胶固而不散者皆此辈也。[51]然辛巳之岁何以不变？曰："东北之俗尚气而耻下人。[52]当是时，耿京、王友直辈奋臂陇亩，已先之而起，彼不肯俯首听命以为农夫下，故宁婴城而守，以须王师而自为功也。"[53]臣尝揣量此曹间有豪杰可与立事者，然虏人薄之而不以战，自非土木之兴筑、官吏之呵卫，皆不复用，[54]彼其思一旦之变以逞夫平昔悒怏勇悍之气，[55]抑甚于锄犁之民，然而计深虑远，非见王师则未肯轻发，陛下诚以兵入其境，彼将开门迎降，惟恐后耳。得民而可以使之将，得城而可以使之守，非于此焉择之未见其可也。[56]故臣于详战之末而备论之。

【注释】

①此为《美芹十论》第十篇。 ②"臣闻"四句：此以猛禽恶兽本性难移喻虏人不会放弃侵略。鸱枭（chī xiāo）：猫头鹰。噬（shì）：咬。 ③我无尔诈，尔无我虞：谓彼此不欺骗。弭（mǐ）兵：免除兵祸。 ④至权：指作战之主动权。 ⑤"详其"句：谓详察所战之处的地理形势。 ⑥九地：《孙子兵法·九地》称用兵之九种地形。 ⑦浪战：盲目作战，轻率作战。 ⑧"先其易"二句：攻易不攻险，取重不取轻。重：此指战略重地。 ⑨山东：古称太行

山以东地区为山东。 ⑩臆说：想象而无根据的言论。 ⑪常山：即恒山，五岳中的北岳，主峰在河北曲阳县西北。常山之蛇：传说此为神蛇，能首尾呼应，后兵书喻为一种阵法（见《孙子兵法·九地》），后亦称作常山阵。 ⑫庸有济乎：岂能有助于蛇首。 ⑬京、洛、关、陕：今河南开封、洛阳及陕西中部地区。关：指函谷关。 ⑭燕：今河北北部一带。 ⑮河：指黄河。河朔：泛指黄河以北地区。从枕席上过师：形容进兵容易、顺畅。 ⑯穷山东之民：指穷尽山东民财。首祸：谓首遭其祸。 ⑰痛其心：击伤其心胸。噪其营：扰乱其军营。 ⑱燕山：指金都燕京，即今北京。 ⑲列屯置戍：谓驻守军队。淮阳：今河南东部、淮河以北地区。汧(qiān)陇：今陕西西部、千河上中游地区。女真：族名，指金人。渤海：即靺鞨族。契丹：族名，指辽人。 ⑳"大为"句：谓故意造出大兵攻取的声势，使彼信以为真。 ㉑扬兵：扬言出兵。川蜀：今四川。百二之险：极言地势险固。百二：语出《史记·高祖本纪》。《集解》谓"秦地险固，二万人足当诸侯百万人也"。 ㉒陵寝：帝王陵墓。废祀：停止祭祀。 ㉓宗庙社稷基本于此：谓国家根基在此。宗庙：帝王祭祀祖先之所。社稷：社稷坛，帝王祭祀土神、谷神之所。宗庙与社稷均为国家之象征。 ㉔"多为"二句：谓大张旗鼓，佯为必取之军事态势。阳：通"佯"。 ㉕户民：此指落户山东的金人。签军：指征自中原的汉人军队。必举以至：全部开拔至此。 ㉖"吾乃"三句：谓以虚假形势迫使敌人既难脱身，又难安宁，而山东之地则因此而空虚无防。 ㉗青、密、沂、海：指青州（今山东益都一带）、密州（今山东诸城一带）、沂州（今山东临沂一带）、海州（今江苏连云港一带）。登、莱、沂、密、淄、潍：即登州（今山东蓬莱一带）、莱州（今山东莱州一带）、沂州、密州、淄州（今山东淄博一带）、潍州（今山东潍坊一带）。分于屯守：分屯防守。 ㉘骁（xiāo）将：勇猛之将。鼓行而前：击鼓进军。兖：兖州（今山东兖州一带）。郓（yùn）：郓州（今山东东平一带）。谁为王师敌：谁能抵挡王师（指宋军）。 ㉙休士秣马：休养士兵，喂饱战马，谓休整军队。传檄（xí）：传布声讨敌方的文书。蹑（niè）：追随。 ㉚破赵而举燕：据《史记·淮阴侯列传》，公元前205年，韩信破赵，其后纳李左车之谋，休士秣马，作即将伐燕之势。燕慑于汉军声势，举国降服。举：攻克。 ㉛窝斡（wò）、鹧巴之事：指绍兴三十一年（1161）金主亮大举南侵时，窝斡、鹧巴乘机发动兵变。窝斡：即移剌窝斡，契丹族首领，反金，并称帝改元，后为金世宗击败。鹧巴：即萧鹧巴，金国大将，曾随金主亮南侵。相轧：相互倾轧。 ㉜三路：指上文所称关中、洛阳、京师三路。㉝筑城而降其兵：汉唐均于边境筑受降城，以固国防，以示天威。㉞反用其锋：谓使敌人自相残杀。 ㉟不足定：犹言定之甚易。㊱海道（之兵）：指上文所称攻取登、莱诸州之兵。三路之兵：即上文所称扬兵川蜀、襄阳、淮西三路之师。 ㊲正：指正面之师。奇：指侧面之师。 ㊳"吾观"八句：唐太宗谈兵之言，见于《资治通鉴》卷一九二，此处所引文字不同，见解一致。 ㊴驱坚悉锐：悉驱遣精锐之师。寸攘尺取：谓争夺尺土寸壤。 ㊵符离之战：指隆兴元年（1163）张浚兵败符离之战。 ㊶"彼将"二句：谓对方将调燕蓟之师渡河南下，东越泗水以运山东之粮。绝：越过。大河：指黄河。蓟（jì）：蓟州，今天津蓟州区一带。 ㊷三京之役：绍兴十年（1140）完颜宗弼（即兀术）侵宋，于三京附近先后败北，当金兵欲逃，宋军拟乘胜追击，直捣黄龙之际，南宋朝廷却下令撤兵班师，并于次年与金签订绍兴和议。三京：指西京（今河南洛阳）、东京（今河南开封）、南京（今河南商丘）。 ㊸借：假如。病：此作威胁讲。 ㊹“昔韩信”五句：秦亡，刘邦为汉王，困于巴蜀汉中一带，韩信为刘邦呈上出兵谋略。据《汉书·高帝纪》：“信使人请兵三万人，愿以北举燕赵，东击齐，南绝楚粮道。” ㊺“耿弇”五句：东汉初年，大将军耿弇（yǎn）向光武帝刘秀呈献平定诸侯割据势力的策略。据《后汉书·耿弇传》，建武三年耿弇击败渔阳（今北京密云西南）彭宠，讨平涿郡（今河北涿州）张平，镇压富平（今山东惠民东北）农民起义，又大破齐地张步。 ㊻二子：即上文的韩信和耿弇。 ㊼落落而难合：冷落孤寂，很难合群。 ㊽辛巳之岁：即指绍兴三十一年（1161）金主亮大举南侵之年，其时中原人民纷纷乘机起事。 ㊾黥卒：即官军。宋代招募兵卒，为防其逃亡，于脸上刺字，故称黥卒。弓兵：州县守备和治安之兵。 ㊿长者：指军中长官。部曲：指队伍。稔（rěn）熟：熟悉。 51建炎：宋高宗赵构的年号（1127—1130）。孔彦舟、李成：均为南宋将领，后叛宋降金。胶固：此作贬义，犹言顽固。 52尚气而耻下人：崇尚气节而以居人之下为耻。 53王友直：其人未详，当为起义首领之一。奋臂陇亩：起事于田间，指农民起义。先之：指先于黥卒弓兵起事。婴城而守：环城固守。须：等待。 54薄之：鄙视之。呵卫：高官出巡，左右吆喝护卫。 55悒怏（yì yàng）：忧郁。勇悍：勇猛剽悍。 56“得民”三句：谓或命将，或守城，惟有从这些归正军中选择，别无他路。

【品评】

本文系详论作战方略。文章提出根据当前形势天下必战，作战必要详察地理形势。“地有险易，有轻重，先其易者，险有所不攻，破其重者，轻有所不取。”放眼中原，形易势重之地，非山东莫属。“不得山东则河北不可取，不得河北则中原不可复。”作者进而提出进兵路线：兵出两淮而取山东，攻克山东以震河北，震撼河北以困燕山，最终完成光复中原、一统河山之大业。

综观《美芹十论》，稼轩胸有韬略，有胆有识，有勇有智，有策士之风，实非书生，堪称政治家、军事家，文中扑面而来的是一颗忠君报国之心，一腔抗金复国之情。

九　议[1]

某窃惟方今之势，恢复岂难为哉。上之人持之坚，下之人应之同，[2]君子曰“不事仇雠”，小人曰“脱有富贵”，[3]如是而恢复之功立矣。虽然，战者天下之危事，恢复国家之大功，而江左所未尝有也。[4]持天下之危事，求未尝有之大功，此搢绅之论党同伐异、[5]一唱群和，以为不可者欤？于是乎“为国生事”之说起焉，“孤注一掷”之喻出焉，曰“吾爱君，吾不为利”，曰“守成、创业不同，帝王、匹夫异事”。[6]天下未尝战也，彼之说大胜矣，使天下而果战、战而又少负焉，则天下之事将一归乎彼之说，[7]谋者逐，勇者废，天下又将以兵为讳矣，则夫用兵者讳兵之始也。[8]某以为他日之战当有必胜之术，欲其胜也，必先定规模而后从事，故凡小胜不骄、小负不沮者，[9]规模素定也。某谨条具其所以规模之说以备采择焉。苟从其说而不胜，与不从其说而胜，其请就诛殛以谢天下之妄言者。[10]惟无以人而废其言，使天下之事不幸而无成功，他日徒以某为知言，幸甚。

【注释】

①《九议》作于乾道六年（1170），为向宰相虞允文上书。②“上之人”二句：谓上级坚持抗金复国，下面群众同声响应。③“君子”二句：言在上的人不侍奉仇雠（chóu），即不向金人臣服纳币，群众愿为功名富贵而向金作战。脱有：意同倘或。 ④“而江左”句：谓历史上从未有江南战胜中原，从而统一全国之事。江左：江南地区。 ⑤搢绅：官吏，此指主和廷臣。党同伐异：偏袒朋党，攻伐异己（语出《后汉书·党锢传序》）。 ⑥“吾爱”四句：意谓主和是爱君国，非谋私利；和与战不同，乃国家大事，应由君主裁决。 ⑦“使天下”三句：谓天下真发生战争，少有败仗，那么就会归于主和之说。 ⑧“谋者”四句：谓主战之文臣武将将被罢黜，从此天下不敢言兵，以兵为忌讳。 ⑨小负不沮：小有败仗也不沮丧、气馁。 ⑩“其请”句：言请诛杀我以谢绝天下妄言之人。诛殛（jí）：处死。

【品评】

乾道六年（1170），稼轩由建康通判经孝宗召对延和殿，调任司农寺主簿。时主战派虞允文当政。次年稼轩作《九议》以呈，继《美芹十论》之后，再论恢复大计。《九议》由九篇专论组成。前冠以引论，即为本篇。引论先提出恢复中原，当务之急并不难为，“必先定规模而后从事”。但时下“为国生事”、“孤注一掷”的议论甚嚣尘上，有悖于恢复意图。文中进而对这些“讳兵”言论进行驳议，并坚持陈述复国方略，“以备采择”。

其　一[①]

恢复之道甚简且易，不为则已，为则必成。然而某有大患：[②]天下智勇之士未可得而使也。人固有以言为智勇者，有以貌为智勇者，又有以气为智勇者。言与貌为智勇，是欺其上之人，求售其身者也，其中未必有也；[③]以气为智勇，是真足办天下之事而不肯以身就人者，叩之而后应，迫之而后动，[④]度其上之人果足以有为，于是乎出而任天下之事，其规模素定，不求合于人者。[⑤]

且恢复之事，为祖宗、为社稷、为生民而已，[⑥]此亦明主所与天下智勇之士之所共也，顾岂吾君吾相之私哉。[⑦]然而特怵于天下之士不乐于吾之说，故切切然议之，[⑧]遂使小人乘间投隙，持一偏可喜之论以媒己私利，上之人幸其不徇流俗而肯为是论也，[⑨]亦稍稍而听之，故施于事者或骇，用于兵者有未可知，此某之所以为大患欤。

故某以为今日之论，“不可白于天下”，所恶乎白者为其泄也，[⑩]然取天下智勇之士可与共吾事者而泄之，非泄之于天下也。今不泄于吾之共事者而泄于敌，其泄之也甚矣。盖天下有英雄者出然后能屈群策而用，⑪有豪杰者出然后能知天下之情。欲乞丞相稍去簿书细务，⑫为数十日之闲，舒写胸臆，延访豪杰，⑬无问南北，择其识虚实兵势者十余人，置为枢密院属官，⑭有大事则群议是正而后闻，⑮敢泄吾情者罪之；议论已定，敢泄吾事者罪之。此古人论兵决事之大要也。

【注释】

①本篇为《九议》的第一篇。 ②大患：沉重的忧虑。 ③"是欺"三句：欺瞒上官，以求提拔，胸中未必有文才武略。 ④"叩之"二句：谓访求再三而后应命行动。 ⑤"其规模"二句：谓其恢复方略早有成算在胸，并不迎合他人。 ⑥社稷：古代国家的代称。 ⑦"顾岂"句：谓并非君主、丞相之私事。 ⑧怵：害怕。切切然：忧思貌。 ⑨乘间投隙：趁空寻机。媒：中介，此犹言谋取。徇(xùn)：曲从。 ⑩"不可白"二句：谓不可公布于天下，以免泄露恢复中原战略方案之机密。 ⑪屈(jué)群策：竭尽群策。⑫簿书细务：日常繁琐的事务。 ⑬"舒写"二句：展示抒发胸怀，寻访约请豪杰。 ⑭枢密院：宋代主管军事的最高机构。 ⑮是正而后闻：审定后上报朝廷。

【品评】

本文论恢复之道要广招人才，对人才要善于识别，广揽天下豪杰之士，更择其中善知兵机者置枢密院任职，集思广益，共商大事。而凡有泄密者，则必问罪。

其 二[①]

论天下之事者主乎气，而所谓气者又贵乎平。[②]气不平则不足以知事之情，事不知其情则败。今事之情有三：一曰无欲速，二曰宜审先后，[③]三曰能任败。[④]

凡今日之弊，在乎言和者欲终世而讳兵，论战者欲明日而亟斗。终世而讳兵，非真能讳也，其实则内自销铄，猝有祸变而不能应。[⑤]明日而亟斗，非真能斗也，其实则恫疑虚喝，反顾其后而不敢进。[⑥]此和战之所以均无功而俱有败也。孔子曰："欲速则不达，见小利则大事不成。"[⑦]昔越之谋吴也，二十余年而后动；[⑧]燕之谋齐也，谓其臣曰："请假寡人五年。"对曰："谓假王十年。"[⑨]故疾之期年而无功，[⑩]与迟之数年而决胜，利害相万也。[⑪]符离之役断可见矣。[⑫]故曰"无欲速"。

凡战之道，不一而足，大要不过攻城、略地、训兵、积粟与夫命使、遣间、可以诳乱敌人耳目者数事而已。[⑬]然而知所先后则胜，否则败。譬之弈棋，纵横变化不出于三百六十路之间，[⑭]巧者用之以常胜者，谚所谓"知先后之着"耳，[⑮]败者反是。故曰"审先后"。

凡战之道主乎胜，而胜败之数不可必，[⑯]始败而奋，[⑰]终则或胜；始胜而骄，终则或败。故曰"一胜一负，兵家之常"，讵一败便沮成事乎？[⑱]且高祖未尝胜，项羽未尝败，然而兴亡若此者，其要在乎忍与不忍而已。不能忍则不足以任败，不任败则不足以成事。故曰“能任败”。

此三者虽非胜负之所以决，[19]然能以是三者处之胸中，则其所施为措注气象宏远，[20]浮论不能移，[21]深间不能窥矣。[22]

【注释】

①本篇是《九议》之二。 ②“论天下”二句：言论国家大事，应有勇谋进取的气势，又要冷静沉着。 ③宜审先后：应详察作战部署的先后次序。 ④能任败：能经受战败的磨炼。 ⑤“其实”二句：谓自我瓦解斗志，一旦战争突发便无以应对。销铄(shuò)：销熔。猝(cù)：突然。 ⑥“恫疑虚喝”二句：言恐惧疑虑，虚张声势，瞻前顾后，不敢进攻。恫(dòng)：恐惧。 ⑦“孔子”三句：引自《论语·子路》，意谓一味图快，反而达不到目的；只顾小利，就不能成其大事。 ⑧“昔越”二句：谓越国灭吴，二十余年才成功。 ⑨“燕之谋齐”五句：据《战国策·燕策二》，燕惠王欲攻齐，苏代为之谋。王曰：给我五年时间准备。苏代曰：十年。后果败齐。假：给与。 ⑩疾之期年：加快一年。期年：一年。⑪利害相万：利害相差万倍，言差距很大。 ⑫符离之役：指张浚符离兵败事。符离：今安徽宿州。南宋隆兴元年，张浚督师北伐，全军溃败于符离。 ⑬命使：任命使节。遣间：派遣间谍。诳乱：迷惑。 ⑭“譬之”二句：以下围棋为喻，围棋盘上纵横各十九条平行线共三百六十一个交叉点，称三百六十路，棋手交战，纵横变化均不出其外。弈(yì)：下棋。 ⑮先后之着：谓知对方棋路之

先后。 ⑯胜败之数不可必：胜败难以料定。 ⑰始败而奋：先败而能发奋图强。 ⑱“讵一败”句：岂能一败便终止最终胜利的信心。讵（jù）：岂。沮（jǔ）：沮丧。 ⑲此三者：指上文“无欲速”、“审先后”、“能任败”。 ⑳施为措注：谓制定作战措施。 ㉑浮论不能移：不为虚浮的议论所影响。 ㉒深间不能窥：深藏的间谍不能窥间伺隙，有所图谋。

【品评】

本文重点论北伐之战的长期性。文章既反对主和者不言兵，也不附和主战者速战速胜论，力主充分备战，长期作战。要点有三：一、“无欲速”；二、“审先后”；三、“能任败”。惟此方能做到“施为措注气象宏远，浮论不能移，深间不能窥”。

其 三①

凡战之道，当先取彼己之长短而论之，故曰：“知己知彼，百战不殆。”②

今土地不如虏之广，士马不如虏之强，钱谷不如虏之富，赏罚号令不如虏之严，是数者彼之所长、吾之所短也。

然天下有急，中原之民袒臂大呼、溃裂四出、影射响应者，③吾之所长、彼之所短也。

彼沿边之兵不满十万，边徼远阔，④乘虚守戍力且不给，一与吾战，必召沙漠。⑤吾之出兵也在一月之内，彼之召兵也在一岁之外，兵未至而吾已战矣。此吾之所长、彼之所短也。

吾之出兵也官任其费，不责之民，缓急虽小取之，不至甚病，虽病而民未变也；[6]彼之出兵也，一仰给于民，[7]预索租赋，头会箕敛，[8]官吏乘时掊克，[9]夺攘其财，斩艾其命，[10]而天下大乱矣，虽有严法，不知而禁。[11]此吾之所长、彼之所短也。

彼逾淮而来，长江以限之，舟师以临之，不过虏吾民、墟吾城，食尽而去耳，[12]吾逾淮而往，民可襁负而至，城可使金汤而守，[13]断其手足，病其腹心。[14]此吾之所长、彼之所短也。

彼之所长，吾之所短，可以计胜也；吾之所长，彼之所短，是逆顺之势不可易，彼将听之，以为无奈此何也。[15]故以形言之，是谓小谋大，寡遇众，弱击强；[16]以情言之，则其大可裂也，其众可蹶也，其强可折也。[17]举天下之大事而蔽之以一言，[18]曰："攻其无备，出其不意。"[19]是谓至计。

【注释】

①此为《九议》之三。　②"故曰"二句：语出《孙子兵法·谋攻篇》，谓深知敌我双方之长短，则虽百战而无危险。殆：危险。　③影射：仿效他人。　④边徼（jiào）：边界。　⑤必召沙漠：指调遣金国本土之兵。　⑥"虽病"句：谓百姓虽稍受损失但不会动乱。　⑦一仰给于民：全部依赖民众。　⑧头会箕敛：按人头收谷，用畚箕收取，谓赋税苛重。　⑨乘时掊（póu）克：乘机搜刮民财。　⑩斩艾其命：犹言草菅人命。艾：艾草。　⑪"虽有"二句：

法律虽严，难以阻止天下大乱。⑫“彼逾”五句：谓金人渡淮南来，受长江天险制约，面对南宋水军拦截，不过掠我民众，毁我城池，食尽离去而已。⑬襁负而至：背负幼儿前来援助。襁(qiǎng)负：用布幅把婴儿兜负在背上。金汤而守：守城固若金汤。金汤：金城汤池，喻城防坚固。⑭“断其”二句：意指陷于金人的中原地区被割断，金国本土受损失。⑮“彼之所长”八句：谓知敌我之长短，则可谋取胜利，逆与顺的军事态势不可改变，敌方将听凭于我，无可奈何。⑯“故以形”四句：谓以外形说，南宋不如金国强大。⑰“以情言之”四句：谓以实情而论，金人总会分裂、挫败、摧毁。众可蹶：兵多也可挫败。⑱蔽之以一言：一言以蔽之，用一句话概括。⑲“攻其”二句：语出《孙子兵法·计篇》。

【品评】

本文主要论敌我之长。文章认为敌之所长在地广、兵强、财富、令严，然敌方“其大可裂”，“其众可蹶”，“其强可折”。而我方之长根本立足点，在于一旦开战，中原人民会群起响应，使敌人首尾不得兼顾，而处于必败之地。

其　四[①]

既知彼己之长短，其胜在于攻其无备、出其不意而已也，故莫若骄之，不能骄则劳之。[②]盖天下之言，顺乎耳者伤乎计，利于事者忤于听。[③]上之人苟不以逆吾耳而易天下之事，[④]某请效其说：[⑤]

智者之作事也，精神之所运动，智术之所笼络，以失为得，转害为利，如反手耳，天下不得执而议也。[6]日者兵用未举而泛使行，计失之早也。[7]虽用兵之道有名实，争名者扬之，争实者匿之。吾惟争名乎，虽使者辈遣、冠盖相望可也。[8]吾将争实乎，吾之胜在于攻无备、出不意，吾则捐金以告之"吾将与汝战也"可乎。

谋不可以言传，以言而传必有可笑者矣。陈平之间楚君臣与出高祖于平城者，[9]其事甚浅陋也，由今观之不几于笑欤，然用之而当其计，万世而下功名若是其美也。[10]

某闻其使人之来，[11]皆曰："南北之利莫如和。"某度之，必其兵未集而有是言，使之集，则使者健而言必劲矣。[12]吾将骄彼，彼顾骄我，不探其情而为之谋，某未知胜负之所在也。故上策莫若骄之：卑辞重币，[13]阳告之曰："吾之请复陵寝也，[14]将以免夫天下后世之议也，而上国实制其可否。上国不以为可，其有辞于天下后世，顾两国之盟犹昔也。"[15]彼闻是言也，其召兵必缓，缓则吾应之以急，急则吾之志得矣。此之谓骄。[16]传檄天下，明告之曰："前日吾之谓也，今之境内矣，期上国之必从也。今而不从，请绝岁币以合战。"[17]彼闻是言也，其召兵必急，急则吾应之以缓，深沟高垒，旷日持久，[18]按甲勿动，待其用度多而赋敛横，法令急而盗贼起，然后起而图之，是之谓劳。[19]故彼缓则我急，彼急则我缓，必胜之道也。兵法以诈立。[20]

虽然，事有适相似者：里人有报父之仇者，力未足以杀也，则市酒肉以欢之，[21]及其可杀也，悬千金于市求匕首，又从而辱之，意曰："汝詈我则斗。"[22]曾不知父之仇则可杀，以酒肉之欢则可图，又何以詈为哉。计虏人之罪，诈之不为不信，侮之不为无礼，袭取之不为不义，特患力不给耳。[23]区区之盟曾何足云。故凡求用兵之名而泄用兵之机者，是里人之报仇者也。

【注释】

①此篇为《九议》之四。　②骄之：使其骄傲。劳之：使其劳顿。　③"顺乎"二句：顺耳之言害于计，逆耳之言利于行。忤(wǔ)：违逆。　④上之人：此指丞相虞允文。　⑤效其说：呈献一种议论。　⑥"智者"七句：谓智慧人做事，启动精神，以智能涵盖，变失为得，转害为利，易如反掌，人们不能抓住缺陷而议论。⑦"日者"二句：谓近来战备不足而欲出兵，未免失之过早。兵用：战备。　⑧"吾惟"二句：谓我要争战争虚名，可不断遣人使金邀战。辈遣：成批遣使。冠盖相望：形容使臣前后相望、络绎不绝。⑨"陈平"句：写汉高祖刘邦两次脱险的故事。陈平：刘邦谋士。间楚君臣：据《史记·高祖本纪》，刘邦曾困于荥阳，陈平以万金离间项羽君臣关系，刘邦得以乘机脱险。出高祖于平城：据《史记·匈奴列传》，刘邦曾被匈奴冒顿单于围于平城(今山西大同东)，七日后绝粮。陈平向冒顿王后行贿，劝冒顿撤围，刘邦得以引兵出城。　⑩"然用之"二句：其用计得当，其成就功业传为万世美谈。⑪其使人：指金国使者。　⑫健而言必劲：谓态度傲慢而言语强硬。　⑬卑辞重币：言辞谦恭，多贡钱财。　⑭请复陵寝：请求整

修北宋帝王陵墓。 ⑮“其有辞”二句：使天下后世议论，谓两国之盟一如往昔之不友好。 ⑯此之谓骄：此谓骄兵之计，即麻痹敌方。 ⑰“前日”五句：前者曾请求在金国境内整修陵寝，期望上国答应，今既不允，则绝岁币与你交战。 ⑱旷日持久：相待过久，空费时日。 ⑲是之谓劳：此乃劳兵之计，即诱使敌方疲劳不堪。 ⑳兵法以诈立：《韩非子·难一》：“战阵之间，不厌诈伪。”即兵不厌诈。 ㉑市酒肉以欢之：买酒肉结欢敌人。 ㉒汝詈我则斗：你骂我则斗。詈(lì)：骂。 ㉓特患力不给：惟恐力量不足。

【品评】

本文主旨论战争攻守之术。文章认为兵不厌诈，应诱使敌人或骄或劳。如果敌因骄而兵缓，我则“应之以急”，急速攻；假若敌因兵急而劳，我则“应之以缓”，长期坚守，静观其变而图之。此即作者所称：“彼缓则我急，彼急则我缓，必胜之道也。”

其　五[①]

某闻之：胜兵先胜而后求战，败兵先战而后求胜。[②]故善为兵者阴谋。[③]阴谋之守坚于城，阴谋之攻惨于兵。心之精微，出而为智，行乎阴则谓之谋。

某以谓今日阴谋之大者，上则攻其腹心之大臣，下则间其州府之兵卒，使之内变外乱，其要领不可不知也。

求非常之事必有非常之费，非常之费朝廷所不恤也，然而用之当其计则费少而功多，不当其计则费巨而功寡。何以言之？朝廷所谓经略秘计者，不过招沙漠之酋长，结中原之忠义，[4]其招之者未必足以为之固也，[5]假使招之来，拥兵而强则为我之师，释兵而穷则为今之萧鹧巴，[6]不然，使甘听吾言而就战其地，虽婴儿之智亦不为此。结之者固非锄犁无知之民则椎埋窃发之党，[7]非有尺寸可借以为变，甚则率数十百人而来耳。势不足以为朝廷重，祸不足以制夷狄命，徒费金钱，为之无益耳。

某以谓欲其招沙漠之酋长，不若攻腹心之大臣；欲其结中原之忠义，不若间州县之兵卒。请言其说：

虏情猜忌，果于诛杀，[8]其朝廷之上，将相则华夷并用而不相安，兄弟则嫡庶交争而不相下。某顷游北方，见其治大臣之狱，往往以矾为书，观之如素楮然，置之水中则可读，交通内外类必用此。[9]今之归明人中，其能通夷言、习夷书者甚多，可啖以利，[10]务得其心，然后精择上间，先至其廷，多与之金，结其酋贵，[11]俟得其用事之主名，孰为贤，孰为党；用事则多怨，又知其怨者。俟得其情，然后诈为夷狄书画，[12]若与其党交结为反者状，遣之怨家，事必上闻。[13]嫡庶之间亦必有党，将令其争，又复如此。必将党与交攻，[14]大为杀戮而后已。如是而其国大乱矣。是之谓攻其腹心之大臣。

中原州郡类以夷狄守之，故其卒伍之长甚贵而用事，[15]然其心亦甚怨而不平。某尝揣量此曹间有豪杰可与共事者，然而计深虑远、不肯轻发，非比垅上之民，[16]轻聚易散、出没山谷间止耳。若威声以动之，神怪以诳之，重赏以饵之，若是而未有不变者。[17]彼变则拥兵而起，据城而守，变一兵而陷一城，陷一城而难千里，[18]计无大于此二者。

苟朝廷不以为然，择沈鸷有谋、[19]厚重不泄之人，付以沿边州郡，假以岁月，安坐图之，虏人之变可立以待。

今两淮州郡，朝廷功名地也，盖河北可以裂天下，山东可以趋河北，两淮可以窥山东。[20]朝廷不知重此，而太守数易、才否并置，[21]类非可以语此事规模者，[22]某窃譬之有其器而不知其用者也。

【注释】

①本篇为《九议》之五。 ②“胜兵”二句：意谓凡取胜之军必先求谋胜之术而后战，失败之师必先战而后始求谋胜之术。③阴谋：秘密计谋。 ④“不过招”二句：谓招引金国头目，联系中原汉民的忠义之士。 ⑤足以为之固：足以信赖、可靠。 ⑥“拥兵”二句：兵多而强者可入我军编制，兵少而弱者则如萧鹧巴。萧鹧巴：归降南宋的金将。 ⑦椎埋窃发之党：指杀人偷盗之徒。⑧果于诛杀：谓杀人成性，任意杀人。 ⑨“往往”四句：凡有密件即以矾水书写，看来似一张白纸，置于水中则字迹显露，想必其内外秘密联络亦必用此法。素楮(chǔ)：白纸。 ⑩“今之”四句：谓今弃暗投明之人，多能通晓夷言夷书，可以利诱。啖(dàn)：利诱。⑪“然后”四句：选他为间谍，先到虏廷，多与金钱，联系金国权贵。⑫“然后诈为”二句：伪造其与同党勾结的文书。 ⑬“遣之”二句：将此文书送交怨家，怨家必将此事上报朝廷。 ⑭党与交攻：朋党之间互相攻击。 ⑮卒伍之长：指军官。 ⑯垅上之民：指

普通农民。⑰“若是”句：谓如能做到上述三点，他们必能倒戈起事。⑱难千里：祸害千里。⑲沈鸷（zhì）：沉着勇猛。鸷：一种凶猛的鹰类。⑳“盖河北”三句：控制两淮可以窥视山东，夺取山东可以向河北进军，占领河北即可结束南北分裂，完成统一大业。㉑才否（pǐ）并置：有才与鄙劣一并使用。否：指无能。㉒“类非”句：谓对无能之太守不足言恢复中原之大事。

【品评】

本文重点讲对敌离间之术。文章认为击敌之大计，要充分利用敌方内部矛盾，可抓住两端，“上则攻其腹心之大臣，下则间其州府之兵卒，使之内变外乱”。如是则我方有机可乘，北伐中原则可事半功倍。

其　六[①]

既谋而后战，战之际又有谋焉。吾兵与虏战，众寡不相敌也，使众寡而相敌，人犹以为虏胜，何者？南北之强弱素也。[②]盖天下之势有虚实，用兵之序有缓急，非天下之至精不能辨也。[③]故凡强大之所以见败于小弱者，强大者分而小弱者专也。[④]知分之与专，则吾之所与战者寡矣，所与战者寡，则吾之所以胜者必也。故曰：“备前则后寡，备左则右寡，无所不备则无所不寡。”[⑤]寡者备人者也，众者使人备己者也。[⑥]又曰：“出其所不趋，趋其所不意。”[⑦]又曰：“形之所在，敌必从之。”[⑧]

今虏人之所备者，山东也，京师也，洛阳也，关中也。

其备山东者轻而京师、洛阳、关中则重也。[9]彼山东者，于燕甚近而其民好乱，天下有事，虏人常先穷山东之民，天下有变而山东亦常首天下之祸。计不知此而轻其备，岂真识天下之势也哉？今夫二人相搏，殴其心则手足无全力；两阵相持，噪其营则士卒无斗志。故某以为兵出沭阳则山东可指日而定，[10]山东已定则河北可传檄而下，河北已下，则燕山者某将使之塞南门而守。请试言其说：

虏人沿边之兵不满十万，使召兵而来又必十万（若乘其不备则不及召兵），二十万之众，较其数则多，然其边徼阔远，势能分之使备我则寡。[11]将战之日，大为虚声，务使之分，命一使于川蜀，曰“收复关陕”，[12]建以旌旗而布以诏令，彼必聚兵而西，深沟高垒勿与之战；如是而两月，又命一使于荆襄，曰“洒扫陵寝”，[13]建以旌旗而布以诏令，彼必召山东之兵而俱西，深沟高垒勿与之战；如是而两月，又命一使于淮西，[14]曰“御营宿卫”，[15]声言直趋京师，若为羽檄交驰、车马旁午状以俟天子亲驾者，[16]彼必竭天下之兵而南，深沟高垒勿与之战；又令舟师战舰，旌旗精明，金鼓备具，遵海而行。四路备兵，势分备寡，内郡空虚，盗贼群起，吾之阴谋又行，援我者众，虽有良、平不能为之谋矣。[17]

然四路者非必以实攻也，以言耸之使不得去，以势劫之使不得休。[18]何则？彼重之吾又重之，其信我者固也。[19]然后以精兵锐卒，步骑三万，令李显忠将之，[20]由楚州出沭阳，[21]鼓行而前，先以轻骑数百，择西北忠义之士，令王任、开赵、贾瑞等辈领之,[22]前大军信宿而行,[23]以张山东之盗贼,[24]如是不十日而至兖郓之郊,[25]山东诸郡以为王师自天而下,欲战则无兵,欲守则无援,开门迎降惟恐后耳。然后号召忠义,教以战守,传檄河北,谕以祸福,[26]天下知王师恢复之意坚,虏人破灭之形著,城不攻而下,兵不战而服,有不待智者然后知者。此韩信之所以破赵而举燕也。[27]彼沿边三路兵将,北归以自救耶?其势不得解而去也,[28]抑为战与守耶?腹心已溃,人自解体,吾又将突出其背反攻之。当是之时,虏人狼顾其后,[29]知为巢穴虑而已,遑恤他乎?故曰:"燕山者将使塞南门而守也。"今之论兵者,不知虚实之势、缓急之序,乃欲以力搏力,以首争首,[30]寸攘尺地取以觊下,[31]譬之驱群羊以当饿虎之冲,其败可立待也。惟详择毋忽。[32]

【注释】

①本篇为《九议》的第六篇。　②"南北"句:谓历史上向有南弱北强之说。　③至精:极精明之人。　④"强大"句:谓兵力强大者反而分散,兵弱者却能集中。　⑤"备前"三句:语出《孙子兵法·虚实篇》。备:设防。寡:薄弱。　⑥"寡者"二句:兵力所以薄弱,是因为处处防人;兵力所以雄厚,是因为让人处处防己。⑦"出其"二句:语出《孙子兵法·虚实篇》,意谓攻其防守薄弱和意外之处。　⑧"形之"二句:化用《孙子兵法·势篇》,意谓以己虚假之形调遣敌人。　⑨轻:兵力弱。重:兵力强。　⑩沭阳:江

苏北部县名。 ⑪“然其”二句：谓因其边界漫长，势必分兵把守而导致兵力薄弱。徼(jiào)：边界。 ⑫关陕：今陕西中部一带。⑬荆襄：今湖北荆州、襄阳地区。陵寝：皇帝陵墓。 ⑭淮西：今安徽合肥、凤阳地区。 ⑮御营宿卫：值宿警卫御营，意谓皇帝御驾亲征。 ⑯“若为”二句：倘能传送紧急文件之车马纷繁飞驰，迎候天子。旁午：纷繁。 ⑰良、平：张良、陈平，汉高祖刘邦的主要谋臣。 ⑱“以言”二句：谓虚张声势使敌人不能撤兵，又不得安宁休整。 ⑲“彼重”二句：敌我加强兵力，敌必信我实攻无疑。⑳李显忠：南宋著名将领，历任节度使、都统制。 ㉑楚州：今江苏淮安、盱眙一带。 ㉒王任、开赵、贾瑞：均为中原抗金将领，后归附南宋。贾瑞早年入耿京部，后与辛弃疾一同南渡。 ㉓“前大军”句：谓早于大军两天出发。信宿：连宿两夜。 ㉔“以张”句：谓声援山东起义者。 ㉕兖：兖州，今山东兖州、泗水一带。郓(yùn)：郓州，今山东汶上、东阿、阳谷一带。 ㉖谕以祸福：晓谕利害。 ㉗“此韩信”句：公元前205年韩信破赵，又采纳李左车之谋，作出伐燕之势。燕慑于汉军声势，举国降服。此借喻破山东即可定河北。 ㉘“其势”句：谓无法解脱，不能撤兵北援。㉙狼顾：狼惧被袭，时时回头看。 ㉚“乃欲”二句：只想以力相搏，以首相争，硬打死拼。 ㉛“寸攘”句：谓斤斤计较尺寸之地的得失，有不正当的希图。觊(jì)：希图。 ㉜毋忽：不可疏忽。

【品评】

本文重点论作战虚实之势。文章以为敌强我弱，当用虚张声势之法，以分散敌人兵力，从而争取胜利。先后佯攻关陕、荆襄，乃至作势将取道淮西而直趋京师，以调遣敌人，并诱使敌人“竭天下之兵而南”。同时又佯攻水路，使敌“四路备兵，势分备寡”。以上皆属虚攻，实则以精锐之师直取山东，此即用兵虚实之法。

其　七[①]

正取之计已定，[②]然后谋所以富国强兵者：除戎器，练军实，[③]修军政，习骑射，造海舰，凡此所以强兵也。其要在于为之以阴，行之以渐，使敌人莫吾觉耳。[④]

至于富国之术，民无余力，官无遗利矣，国不可得而富也。兵待富而举，则终吾世而兵不得举矣。[⑤]虽然，某有富国之术，不在乎聚敛而在惜费，苟从其可惜者而惜之，则国不胜富矣。何以言之，自朝廷规恢远略以来，[⑥]今三年矣，其见于施设者，费不知其几也：[⑦]城和、城庐、城扬、城楚、筑堰、募兵，建康之寨，京口之寨，江阴之寨，[⑧]与夫泛使赂遗，[⑨]发运本钱，其他便宜造次、[⑩]恩泽赏给、不可得而纪者，合千有余万缗矣。[⑪]一岁之币，三年而郊，[⑫]又二千万矣。岁币郊祀之费是不得已而为之者，其他得已而不已者为恢复计也，然而于恢复之功非有万分一也。非有恢复之万一而费之，则费为可惜矣。若规模既定，断以三岁而兴兵，[⑬]未战之岁取是数费而聚之，当战之岁，岁币可绝也，郊祀可展也，[⑭]如是而得三千万缗矣。今帑藏之储又仅二千万，[⑮]合五千万缗而一战，岂不绰绰然有余裕哉。

其次则宽民力：可以息民者息之，可以予民者予之。

盖恢复大事也，能一战而胜乎，其亦旷日持久而后决也。旷日持久之费，缓急必取之民，凡民所以供吾缓急、财尽而不怨、怨甚而不变者，以其素抚养者厚也。[16]古之人君，外倾其敌，内厚其民，[17]其本末先后未有不如此者。不然，事方集而财已竭，财已竭而民不堪，虽有成功而不敢继也。[18]

今世之所病者，深根固本则指为迂阔不急之论，从事一切则目为治办可用之才。[19]国用既虚，民力又竭，求强其手足而元气先弱，是犹未病而进乌喙，[20]及其既病也则无可进之药，使扁鹊、仓公望之而去者是也。[21]

【注释】

①本篇为《九议》的第七篇。 ②正取之计：指恢复中原的方针大计。 ③除戎器，练军实：整治兵器和一切军用物资。除：修治。 ④"其要"三句：重要的应暗中实施，循序行事，不让敌人觉察我们的军事意图。 ⑤"兵待"二句：如待国富再出兵，则吾辈今世出兵无望。 ⑥规恢远略：规划恢复中原之长远方略。⑦"其见于"二句：谓用于军事设施之费用极为巨大。 ⑧城：此谓修建城防。和、庐、扬、楚：分别指和州（今安徽和县一带）、庐州（今安徽合肥一带）、扬州、楚州（今江苏淮安、盱眙一带）。堰：挡水之坝。寨：指水寨、水营。 ⑨赂遗：贿赂。 ⑩便宜造次：谓应付突发事件所化之费。 ⑪千有余万缗：言花费之多。缗（mín）：以绳贯穿之钱币。 ⑫三年而郊：指每隔三年用于郊祀之钱。 ⑬"断以"句：决断三年后出兵。 ⑭可展：可以延期。⑮帑（tǎng）藏：国库。 ⑯"以其"句：是因为朝廷向来待民宽厚。

⑰“外倾”二句：谓对外倾覆强敌，对内厚养其民。 ⑱“事方集”三句：战事方准备就绪，军费依然枯竭，而百姓又无以为补，虽成功有望，却难乎为继。 ⑲“从事”句：谓做事不论巨细轻重，都被认为是治国有用之才。 ⑳乌喙（huì）：一种中药，能通经活络，但有毒。 ㉑扁鹊、仓公：分别为春秋和西汉时的名医。望之而去：谓无能为力而告退。

【品评】

本篇论富国强兵。文章以为强兵之术在于“除戎器，练军实，修军政，习骑射，造海舰”。富国之术有二：一曰“惜费”，即节省钱财，以应战备之需。二曰“宽民力”，即养民而使民有余力。惟有“内厚其民”，方可“外倾其敌”，因为“旷日持久之费，缓急必取之民”。

其　八[①]

方今之论，以为将有事于中原，必先迁都建业。[②]某以为有不得已而必迁者，有既迁而又当迁者，又有不可得而迁者及未可得而迁者，不可不知也。

不迁则不足以示天下之必战，中原之变也必缓，吾军之斗也必不力，[③]深居端处以待舆地之来，是谓却行而求前。[④]此不得已而必迁者也。

所谓战者将姑为是名耶，其亦果有志于天下也？姑为是名，虽迁都建业徒费无益；志于天下，虽迁建业犹以为近。[⑤]何则？人主破天下庸常之论，图天下难能之事，而又阴得其所以必胜之权，不躬犯艰难而决之，[6]天下有不信吾心而殆吾事者矣。向之城扬、城庐，[7]费累百万，其实甚无益也。腐缣败素，染而紫之，价必十倍。[8]异时有急，敕庐、扬为车驾东西巡幸地，[9]以决三军胜负之数，则城庐、城扬真恢复大计也。此既迁而又当迁者也。

天下无事，搢绅之论人人得以自尽[10]："主上方以孝养治天下，北内晨昏之问不可得而远也"；[11]"国用方虚，民力方困，千乘万骑，百司庶府，[12]一动而百费出，迟留岁月无从而给也"。苟搢绅之论以是而相持，上之人必无说以却此。[13]此不可得而迁者也。

两敌相持，见之以弱犹恐为强，示之以怯犹恐为勇，见强示勇，敌必疑惧，敌既疑惧，吾事必去。[14]故先事而迁，[15]是见之强而示之勇也。两敌相持，士未致死，天子顺动，亲御鞍马，[16]隆名重势猝压其上，[17]三军思奋，斗必十倍。国势惊乱，变必内起。此古英雄之君御将决胜之奇术。故先事而迁，是兵未战而术已尽也。吾未战而迁建业，万一虏因是而迁京师（逆亮是也），此事之不可知者也。[18]凡吾所以未战而求胜者，以中原之变为之助也，[19]虏迁京师，胁以兵力，中原之民必不敢变，中原不变则战之胜负未可知也。故先事而迁是趣虏人制中原之变也。此未可得而迁者也。

参四者而论之，则大计见矣。[20]某以为宜明降约束，以禁传言迁都建业者，姑少待之。异时兵已临淮，则车驾即日上道，驻跸建业以张声势；[21]兵已渡淮，则亲幸庐、扬以决胜负。如是则搢绅之论不见持于无事之际，敌国之重不及虑于已战之后，[22]最为得计。

【注释】

①本篇是《九议》的第八篇。　②建业：今江苏南京。　③“不迁”三句：谓不迁都不足以向天下表北伐之决心，从而影响中原人民起事和我军的斗志。变：变乱。　④“深居”二句：深居端坐以待中原之恢复，犹如虽欲向前而实后退。舆地：地域，此指中原失地。却行：后退。　⑤犹以为近：指离战争前线还不够近。　⑥躬犯艰难：亲冒艰险危难。　⑦城扬、城庐：修建扬州、庐州的城防。　⑧“腐缣”三句：谓陈旧的白色丝绢，一旦染成紫色，便可身价大增。　⑨“异时”二句：谓来日开战，下令庐州、扬州为皇帝巡视之地。车驾：指皇帝一行。　⑩自尽：充分进言。　⑪北内：皇帝的内宫。晨昏之问：指宋孝宗赵昚早晚得向上皇宋高宗赵构请安，以尽孝道。　⑫千乘万骑：帝王出巡时的庞大车驾仪仗。百司庶府：指朝廷百官及其所辖机构。　⑬“苟搢绅”二句：如大臣们坚持以上述理由反对迁都，朝廷必难以驳却。　⑭“两敌”七句：谓两敌相持，一方若示之以弱兵和畏怯，另一方犹恐是诈，不敢轻举妄动；我方若示之以强兵勇敢，则敌方必疑惧，从而加强戒备，使我方难以取胜。　⑮先事而迁：指未开战而先迁都。　⑯“天子”二句：谓皇帝御驾亲临前线。　⑰“隆名”句：至高名声和巨大的声势突然降临其上。　⑱“万一”二句：意谓万一金人迁都开封（如完颜亮于贞元元年曾迁都燕京），此事不能预料，令人忧虑。　⑲“凡吾”二句：谓我力求不战而胜，全赖中原人民起事

相助。 ⑳大计：指迁都大计。 ㉑驻跸(bì)：皇帝出巡，车驾暂住。 ㉒“敌国”句：谓战争开始后不必顾虑敌国强大。

【品评】

本文内容是论迁都。文章认为恢复中原，必先迁都建业。迁都情况大凡有四：不得已而必迁，既迁而又当迁，不可得而迁，未可得而迁。经过缜密论析，作者提出：迁都既不宜声张，亦不宜胶着一处，应悄然随机而动。他主张待“兵已临淮”，遂“驻跸建业以张声势”；待“兵已渡淮，则亲幸庐、扬以决胜负”。

其　九[1]

事有甚微而可以害成事者，不可不知也。朝廷规恢远略，[2]求西北之士谋西北之事，西北之士固未用事也，东南之士必有悻然不乐者矣。[3]缓急则南北之士必大相为斗，[4]南北之士斗，其势然也。西北之士又自相为斗：有才者相娼，[5]有位者相轧，旧交怨其新贵，同党化为异论，故西北之士又自相为斗。私战不解则公战废，亦其势然也。武王曰：“受有臣亿万惟亿万心，予有臣三千惟一心。”[6]胜商杀受，诚在于此。某欲望朝廷思有以和辑其心者，[7]使之合志并力、协济事功，则天下幸甚。

右某所陈皆恢复大计，其详可次第讲闻也。独患天下有恢复之理而难为恢复之言。盖一人醒而九人醉，则醉者为醒而醒者为醉矣；十人愚而一人智，则智者为愚而愚者为智矣。不胜愚者之多而智者之寡也，[⑧]故天下有恢复之理而难为恢复之言。虽然，某尝为之说曰：[⑨]今之议者皆言“南北有定势，吴楚之脆弱不足以争衡于中原”，某之说曰：“古今有常理，夷狄之强暴不可以久安于华夏。”夫所谓南北定势者，粤自汉鼎之亡，天下离为南北，吴不能以乱魏，而晋卒以并吴，晋不能取中原，而陈亦终毙于隋；与夫艺祖皇帝之取南唐、取吴越，天下之士遂以为东南地薄兵脆，将非命世之雄，其势故至于此。而蔡谟亦谓“度今诸人必不能办此，吾见韩卢、东郭俱毙而已”。某以谓吴不能取魏者，盖孙氏之割据，曹氏之猜雄，其德本无以相过，而西蜀之地又分于刘备，虽欲以兵窥魏，势不可得也。晋之不能取中原者，一时诸戎皆有豪杰之风，晋之强臣方内自专制，拥兵上流，动辄问鼎，自治如此，何暇谋人？宋、齐、梁、陈之间，其君臣又皆以一战之胜蔑其君而夺其位，其心盖侥幸人之不我攻，而所以攻人者皆自固也。至于南唐、吴越之时，适当圣人之兴，理固应尔，无足怪者。由此观之，所遭者然，非定势也。

且方今南北之势，较之彼时亦大异矣：地方万里而劫于夷狄之一姓，彼其国大而上下不交，政庞而华夷相怨，平居无事，亦规规然摹仿古圣贤太平之事以诳乱其耳目，是以其国可以言静而不可以言动，其民可与共安而不可与共危，非如晋末诸戎四分五裂，若周秦之战国，唐季之藩镇，皆家自为国，国自为敌，而贪残吞噬、剽悍劲鲁之习纯用而不杂也。且六朝之君，其祖宗德泽涵养浸渍之难忘，而中原民心眷念依依而不去者，又非得为今日比。故曰："较之彼时，南北之势大异矣。"

当秦之时，关东强国莫楚若也，而秦楚相遇，动以十数万之众见屠于秦，君为秦虏而地为秦墟。自当时言之，是南北勇怯不敌之明验，而项梁乃能以吴楚子弟驱而之赵，救钜鹿，破章邯，诸侯之军十余壁皆莫敢动，观楚之战士无不一当十，诸侯之兵皆人人惴恐，卒以坑秦军，入函谷，焚咸阳，杀子婴，是又不可以南北勇怯论也。方怀王入秦时，楚人之言曰："楚虽三户，亡秦必楚。"夫彼岂能逆知其事之必至此耶？盖天道好还，亦以其理而推之耳。故某直取古今常理而论之。

夫所谓古今常理者：逆顺之相形，盛衰之相寻，如符契之必合，寒暑之必至。今夷狄所以取之者至逆也，然其所居者亦盛矣。以顺居盛，犹有衰焉，以逆居盛，固无衰乎？某之所谓理者此也。不然，裔夷之长而据有中夏，子孙又有泰山万世之安，古今岂有是事哉！今之议者，皆痛惩曩时之事，而劫于积威之后，不推项籍之亡秦，而猥以蔡谟之论晋者以借其口，是犹怀千金之璧，而不能斡营低昂而俯首于贩夫；惩蝮蛇之毒，不能详核真伪而褫魄于雕弓，亦已过矣。昔越王见怒蛙而式之，曰："是犹有气。"[10]盖人而有气然后可以论天下。

【注释】

①本篇为《九议》的第九篇。 ②规恢远略:规划恢复中原的长远方略。 ③悻然:怨愤貌。 ④大相为斗:互相斗争。 ⑤娼(mào):嫉妒。 ⑥“武王”三句:武王即周武王,西周的建立者。受:商朝末代国君,即纣王,后为周武王所灭。所引武王语见《尚书·泰誓》。 ⑦和辑:和睦协调。 ⑧“不胜”句:谓当今朝廷愚者特多而智者特少。 ⑨自“某尝为之说曰”以下,至尾段“亦已过矣”,均见《美芹十论·自治第四》前六段,可参阅其注文。⑩“昔越王”三句:相传越王勾践将伐吴,出见怒蛙,乃凭轼为敬,随从问其故,越王曰:“蛙见敌而有怒气,故为之轼。”其意在激励士气(见《吴越春秋·勾践伐吴外传》)。后作“式怒蛙”。式:同“轼”,车前横木。

【品评】

本文主要论南北“合志并力、协济事功”。文中列举历史事例,重点驳斥南弱北强定势论。作者认为古今常理盛衰相寻,“以顺居盛犹有衰焉”,而夷狄“以逆居盛固无衰乎”?本篇内容和文字与《美芹十论·自治第四》的前六段相同。

新居上梁文[1]

“百万买宅,千万买邻”,[2]人生孰若安居之乐?一年种谷,十年种木,[3]君子常有静退之心。久矣倦游,兹焉卜筑。[④]稼轩居士，生长西北，仕宦东南；[⑤]顷列郎星，继联卿月；两分帅阃，三驾使轺。[⑥]不特风霜之手欲龟，亦恐名利之发将鹤。[⑦]欲得置锥之地，遂营环堵之宫，[⑧]虽在城邑阛阓之中，独出车马嚣尘之外。[⑨]青山屋上，古木千章；[⑩]白水田头，新荷十顷。亦将东阡西陌，混渔樵以交欢；[⑪]稚子佳人，共团栾而一笑。[⑫]梦寐少年之鞍马，沉酣古人之诗书。虽云富贵逼人，自觉林泉邀我。望物外逍遥之趣，"吾亦爱吾庐"；[⑬]语人间奔竞之流，"卿自用卿法"。[⑭]始扶修栋，庸庆抛梁：

抛梁东，坐看朝暾万丈红。[⑮]直使便为江海客，也应忧国愿年丰。

抛梁西，万里江湖路欲迷。家本秦人真将种，不妨卖剑买锄犁。[⑯]

抛梁南，小山排闼送晴岚。[⑰]绕林乌鹊栖枝稳，一枕薰风睡正酣。[⑱]

抛梁北，京路尘昏断消息。人生直合在长沙，欲击单于老无力。[⑲]

抛梁上，虎豹九关名莫向。[⑳]且须天女散天花，时至维摩小方丈。[㉑]

抛梁下，鸡酒何时入邻舍。只今居士有新巢，[㉒]要辑轩窗看多稼。[㉓]

伏愿上梁之后，早收尘迹，[㉔]自乐余年。鬼神呵禁不祥，[㉕]伏腊倍承自给。[㉖]座多佳客，日悦芳樽。[㉗]

【注释】

①此文约作于淳熙八年(1181)。 ②“百万”二句:《南史·吕僧珍传》载,宋季雅罢职买宅,与僧珍邻近,僧珍怪其宅贵,季雅曰:“百万买宅,千万买邻。” ③“一年”二句:《管子·权修》:“一年之计,莫如树谷;十年之计,莫如树木;百年之计,莫如树人。” ④倦游:指倦于游宦生涯。卜筑:意为择地建屋。 ⑤“稼轩”三句:稼轩为山东济南人,二十二岁率众起义,二十三岁南渡,开始仕宦生涯。 ⑥“顷列”四句:言历年来调动频繁,宦迹不定。郎星:天上之郎位星,象征人间官居郎位之武将。卿月:指卿士。帅阃(kǔn):率兵于朝门之外。使轺(yáo):使者所乘之轻车。 ⑦龟(jūn):同“皲”,皲裂。《庄子·逍遥游》:“宋人有善为不龟手之药者。”鹤:鹤发,即指白发。 ⑧置锥之地:极言宅地狭小,仅可置锥,夸张之辞。环堵之宫:四面围有土墙之房,极言简陋。 ⑨阛阓(huán huì):繁华的街市。嚣(xiāo)尘:喧闹并多尘埃。 ⑩千章:犹言千株。 ⑪渔樵:渔人樵夫。 ⑫团栾(luán):团聚。 ⑬吾亦爱吾庐:陶潜《读山海经》:“众鸟欣有托,吾亦爱吾庐。” ⑭卿自用卿法:刘义庆《世说新语·方正》篇载:“王太尉(王衍)不与庾子嵩交,庾卿之不置。王曰:‘君不得为尔。’庾曰:‘卿自君我,我自卿卿。我自用我法,卿自用卿法。’” ⑮朝暾(tūn):初升之太阳。 ⑯秦:国名,代指西北地区。将种:将门之子孙。卖剑买锄犁:谓弃武务农。《汉书·龚遂传》:“民有带持刀剑者,使卖剑买牛,卖刀买犊。” ⑰“小山”句:化用王安石《书湖阴先生壁》诗:“一水护田将绿绕,两山排闼送青来。”排闼:推门而入。岚(lán):山间雾气。 ⑱“绕林”二句:曹操《短歌行》:“月明星稀,乌

鹊南飞，绕树三匝，何枝可依？”此反用其意。薰风：和风。 ⑲“人生”二句：抒发壮志难酬之慨。在长沙：西汉政论家贾谊因遭权臣忌毁，贬为长沙王太傅，年仅三十三，即忧郁而死（见《史记·贾生列传》）。单（chán）于：匈奴君主称单于。 ⑳虎豹九关：语出《楚辞·招魂》：“魂兮归来，君莫上天些。虎豹九关，啄害下人些。”谓上天九重门，有虎豹把守。此喻朝廷森严，不可轻易靠近。㉑“且须”二句：谓欲求心净尘断，惟可靠近佛寺长老住处。《维摩诘经》载，维摩讲佛经，仙女向听讲者抛撒天花。维摩：即维摩诘，佛教中的先哲。方丈：佛寺长老及住持说法处。 ㉒新巢：指带湖新居。 ㉓“要辑”句：《宋史》本传称辛弃疾“尝谓‘人生在勤，当以力田为先……’，故以稼名轩”。时人洪迈《稼轩记》谓辛弃疾在荒地立圃，开拓稻田，“意他日释位得归，必躬耕于是，故凭高作屋下临之，是为稼轩”。 ㉔早收尘迹：早断绝红尘，谓归隐。㉕呵禁不祥：谓驱凶化吉。韩愈《送李愿归盘谷序》：“鬼神守护兮，呵禁不祥。” ㉖“伏腊”句：逢年过节，多多上供。伏腊：夏天的伏日，冬天的腊日，都是节日。 ㉗芳樽：谓美酒。

【品评】

淳熙八年（1181）稼轩在江西安抚使任上，冬十一月改除两浙西路提点刑狱，尚未到新任，因遭台臣诬告，落职罢归乡里。这时江西上饶带湖新居落成，此文当作于建筑新居上梁之时。文章写建设新居的感受，并借题发挥，想象日后归隐山水之乐，却又时见壮志难酬的忧国愤慨。通篇骈散结合，颇富文采，且显见幽默情趣。

祭陈同父文[1]

呜呼！同父之才，落笔千言。俊丽雄伟，珠明玉坚。人方窘步，我则沛然。[2]庄周李白，庸敢先鞭。[3]

同父之志，平盖万夫。横渠少日，慷慨是须。[4]拟将十万，登封狼胥。[5]彼臧马辈，殆其庸奴。[6]

天于同父，既丰厥禀：[7]智略横生，议论风凛，[8]使之早遇，岂愧衡伊。[9]

行年五十，犹一布衣。[10]间以才豪，跌宕四出。[11]要其所厌，千人一律。

不然少贬，动顾规检，[12]夫人能之，同父非短。

至今海内，能诵三书，[13]世无杨意，孰主相如？[14]

中更险困，如履冰崖，[15]人皆欲杀，我独怜才。[16]

脱廷尉系，先多士鸣，耿耿未阻，厥声浸宏。[17]

盖至是而世未知同父者，益信其为天下之伟人矣。

呜呼！人才之难，自古而然。匪难其人，抑难其天。使乖崖公而不遇，安得征吴入蜀之休绩？[18]太原决胜，即异时落魄之齐贤。[19]方同父之约处，孰不望夫上之人谓握瑜而不宣；[20]今同父发策大廷，天子亲置之第一，[21]是不忧其不用；以同父之才与志，天下之事孰不可为，所不能自为者，天靳之年！[22]

闽浙相望，[23]信问未绝，子胡一病，遽与我诀！[24]呜呼同父，而止是耶？

而今而后，欲与同父憩鹅湖之清阴，酌瓢泉而共饮，长歌相答，极论世事，可复得耶！[25]

千里寓辞，[26]知悲之无益而涕不能已。呜呼同父，尚或临监之否。[27]

【注释】

①陈亮(1143—1194)，字同父(同甫)，婺州永康(今属浙江)人，南宋杰出的思想家。为人才气豪迈，喜谈兵，主抗战，因此屡遭主和派迫害，曾三次被诬入狱。他与稼轩志同道合，交往甚密，且有诗词唱和。著有《龙川集》、《龙川词》。绍熙五年(1194)，陈亮病逝。稼轩时在福建安抚使任上，作此文悼念。 ②"人方"二句：言其才思充溢。窘(jiǒng)步：举步艰难。沛然：丰盛貌。 ③庄周：战国时代著名思想家。李白：唐代著名大诗人。先鞭：先占一着。 ④"横渠"二句：谓少年时师承张载，言行有慷慨之风。横渠：北宋著名唯物主义思想家张载，少喜谈兵，为凤翔郿县横渠镇人，人称横渠先生。《宋史·道学》有传。 ⑤"拟将"二句：拟率兵十万，登狼居胥，封山而还。封狼胥：汉将霍去病追击匈奴，至狼居胥(今内蒙古自治区西北部)封山而还(见《史记·卫将军骠骑列传》)。封：筑台祭天。此喻陈亮有北伐中原，直捣金人故都之志。 ⑥臧马：指臧宫、马武。臧宫从刘秀起兵，以勇猛著称；马武为东汉开国元勋之一。《后汉书·吴盖陈臧列传》："臧宫、马武之徒，抚鸣剑而抵掌，志驰于伊吾之北矣。"庸奴：犹言庸

人。 ⑦既丰厥禀:谓天赋丰美的禀性。 ⑧"智略"二句:才智横溢,议论凛然。 ⑨衡伊:商代贤相伊尹。衡:阿衡,商代官名,相当于宰相。 ⑩"行年"二句:谓陈亮年五十犹未入仕。布衣:平民之服,指未仕。按陈亮五十一岁始中进士,授签书建康府判官厅公事,但未到任,次年即病卒于家乡永康。 ⑪跌宕:此言放逸不羁。 ⑫"不然"二句:谓自我抑制,每有所动必自顾是否符合规范。 ⑬三书:淳熙五年(1178),陈亮至京师,十日之内三上《上孝宗皇帝书》,直言朝政之失,力陈抗金复国方略,耸动天下。 ⑭杨意:即杨得意。相如:汉代文学家司马相如。据《史记·司马相如传》,武帝读相如赋,甚为赏识,但不知何人所作,狗监杨得意告知是司马相如所作。相如由此受武帝重视。此惜陈亮才名卓著,可惜无人举荐,际遇不佳。 ⑮"中更"二句:指陈亮三次受诬入狱事。更:经历。 ⑯"人皆"二句:杜甫《不见》诗:"世人皆欲杀,吾意独怜才。" ⑰"脱廷尉系"四句:谓陈亮虽屡遭冤狱,但仍关心国事,发出宏大的抗金之论。廷尉:掌刑狱的官。脱廷尉系:指出狱。先多士鸣:先于众多士人发论。 ⑱"使乖崖"二句:北宋人张詠字复之,号乖崖,曾两知益州,累官至吏部尚书。《宋史》有传。据文莹《湘山野录》卷上载,乖崖尝因科场不举,愤而欲学道于陈抟。陈抟谓其"性度明躁,安可学道"?后果榜中,陈又赠诗云:"征吴入蜀是寻常,鼎沸笙歌救火忙。"乖崖后果先后入蜀平王均、李顺之变,入吴平定绍伦妖蛊之乱,遂得以验证陈诗预言不谬。休绩:嘉美之功绩。此处以此喻陈亮有征伐之才,可惜际遇太迟,未能一展怀抱。 ⑲"太原"二句:据《宋史·张齐贤传》,太祖驾幸西都,齐贤曾以布衣呈献取河东之策。太祖返,语太宗曰:

"我幸西都,唯得一张齐贤。"日后,太宗亲征晋阳,齐贤上谒,迁秘书丞。又曾敏行《独醒杂志》卷八亦称,太祖"乃取其奏归以授太宗曰:'他日取河东,当用齐贤策。'太宗后平河东,用齐贤为相"。此处以此喻陈亮曾以布衣上《中兴五论》等一系列抗金复国的奏议,亦惜其天不假年,赍志以殁。 ⑳约处:指穷困未达之时。握瑜:喻怀美才。瑜:美玉。《楚辞·九章·怀沙》:"怀瑾握瑜兮,穷不知所示。" ㉑"今同父"二句:绍熙四年(1193)五月,光宗策进士,陈亮廷对得体,奏名第三,而御笔擢置第一,并授官职。发策:发出策问。策:试题。大廷:指朝廷。 ㉒天靳之年:谓天不假以年寿。靳(jīn):吝惜。此惜陈亮早卒。 ㉓闽浙相望:谓两地接近。时稼轩在福建(闽)任上,陈亮在浙江永康家乡。 ㉔胡:何,何故。诀:诀别,永别。 ㉕"而今"六句:谓今后再不能与陈亮作鹅湖之会了。淳熙十五年(1188),陈亮访稼轩于上饶带湖,同作鹅湖之游,诗词唱和,共论世事。鹅湖:铅山县东北有鹅湖山,山上有湖,名鹅湖。瓢泉:据《铅山县志》,瓢泉在县东南二十五里,形状若瓢,稼轩名为瓢泉。为稼轩二次卜筑之地。 ㉖千里寓辞:谓人在千里之外,作此祭文。 ㉗临监:躬临其地视察。

【品评】

文章赞陈亮才高,颂其志宏,感叹其雄才未展,壮志不酬。通篇立足于抗金复国大业,痛惜世势艰危,英才不遇。字字流自肺腑,情意深厚,语调感人。

名家精注精评本已出书目

书　名	主要编选者
李白集	郁贤皓(中国李白研究会原会长)
杜甫集	张忠纲(中国杜甫研究会原会长)
韩愈集	卞孝萱(中国韩愈研究会原会长)
白居易集	严　杰(南京大学教授)
王维集	董乃斌(上海大学教授、中国唐代文学学会副会长)
李商隐集	周建国(中国李商隐研究会理事)
柳宗元集	尚永亮(武汉大学教授、博导)
刘禹锡集	吴在庆(厦门大学教授、中国唐代文学学会理事)
杜牧集	罗时进(中国唐代文学学会副会长)
柳永集	王星琦(南京师范大学教授)
欧阳修集	刘扬忠(中国宋代文学学会副会长)
苏轼集	陶文鹏(中国社科院文学所研究员、博导)
三曹集	张可礼(山东大学中文系教授、博导)
陶渊明集	陈庆元(福建师大教授、博导)
二李集	蒋　方(湖北大学教授)
辛弃疾集	刘乃昌(中国李清照辛弃疾学会原会长)
王安石集	王兆鹏(武汉大学教授、博导)
陆游集	蒋　凡(复旦大学教授、博导)
李清照集	王英志(苏州大学教授、博导)
黄庭坚集	蒋　方(湖北大学教授)
李贺集	吴企明(苏州大学教授)
纳兰性德集	施议对(澳门大学教授)